秩父の山（1952年3月）

高良美世子【著】　高良留美子【編著】

誕生を待つ生命

母と娘の愛と相克

自然食通信社

海（1952年3月）

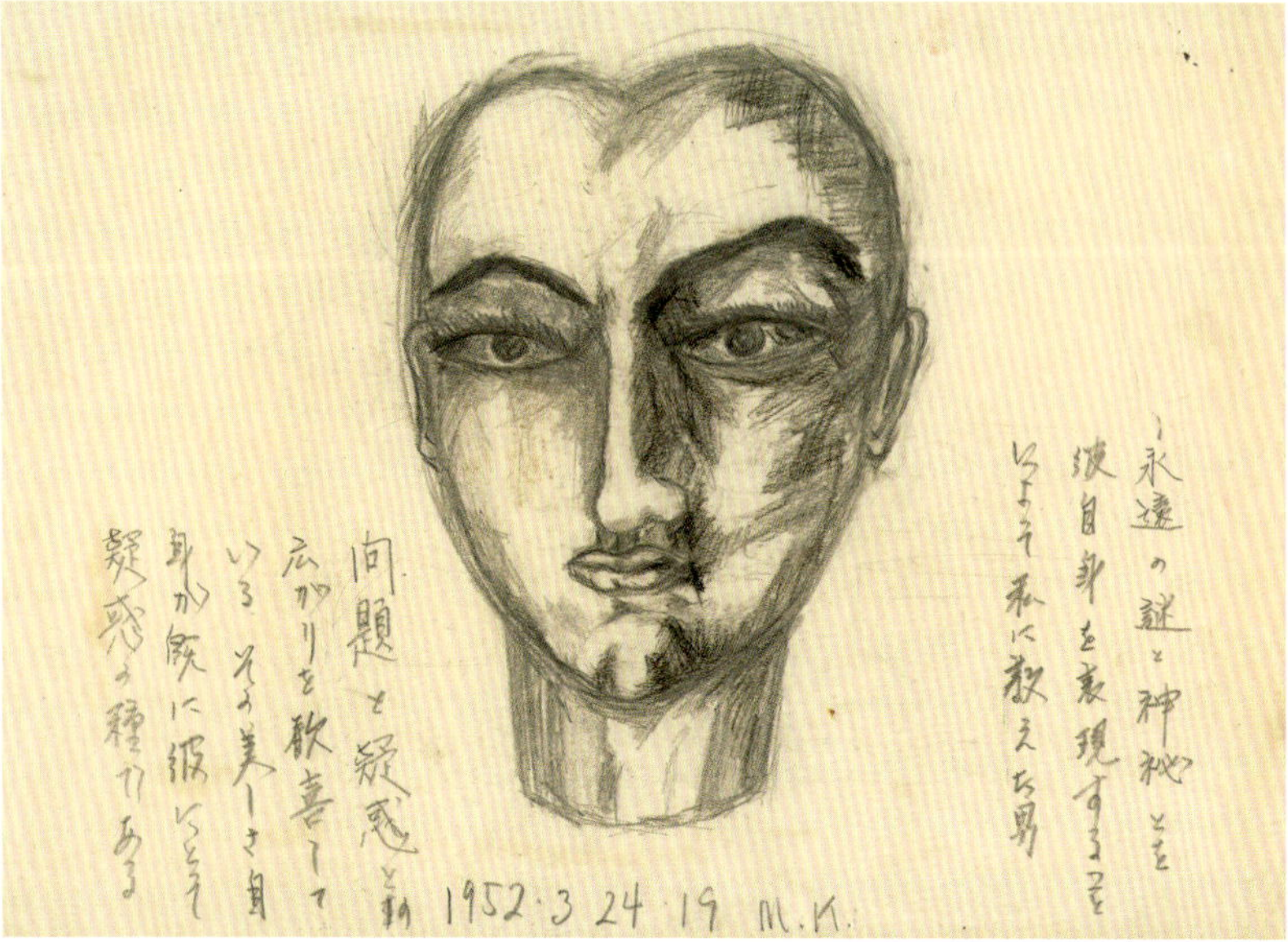

鉛筆デッサン

一九五二年三月二十四日十九時 m・k
（野口勇さんらしい少年の顔のデッサンの左右に）

永遠の謎と神秘とを
彼自身を表現すること
によって私に教えた男

問題と疑惑との
広がりを歓喜して
いる　その美しさ自
身が既にかれにとって
疑惑の種である

（裏面）郷愁・離別・船旅

詳細は本文一二二ページ

庭　で（1954年春）

きょうだい三人　左から高良美世子、留美子、真木

幼年時代

母と一緒に

高良興生院の庭で

小学校時代

お友達と　右端が高良美世子

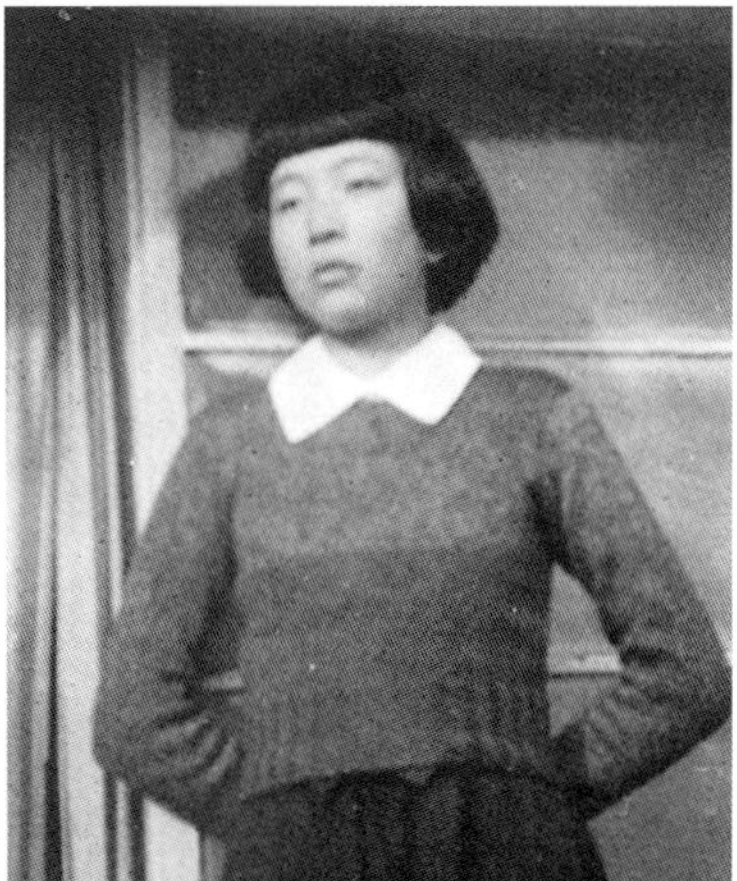

バルコニーで

中学二年生

蓼科のキャンプ　左端が高良美世子

水上で

庭で

日光で父と共に

中学校時代

菅平で

中学卒業の頃

高校時代

左から高良留美子、美世子、真木

樹陰で

家族と食堂で　前列左から父方の祖母・高良登美、武久、とみ。後列左から美世子、留美子、真木
(1953 年春)

バラの咲く庭で

祖母と姉たちと

犬吠埼で

告別式の花

真鶴で（1954 年夏）

告別式

誕生を待つ生命

母と娘の愛と相克

凡例

1　高良美世子の遺稿は『春の雪――高良美世子遺稿』（私家版、一九五八年三月）所収のすべての原稿と、未収録の草稿による。生前に発表された原稿五篇の発表紙誌と発表年月日は文末に記した。
2　旧字体は新字体に改めた。
3　ゝ ゞ 〱 などをやめ、使用頻度の高い副詞・接続詞等の漢字表記を最小限平がなに改めた。平がな表記を漢字表記に改めたものもある。検さつ官→検察官、など。
4　誤字と認められるものは検討の上、訂正した。
5　読めない字は□、著者が空けておいたところは○、編者が発表を控えたところは＊で表示した。
6　英文はスペリングを訂正したものがあるが、語彙はほとんど変更していない。訳は編者が行なった。
7　（中断）は、文章などがここで途切れていることを示すために編者が入れた。
8　亀甲パーレン〔　〕でくくったものは編者が付加した説明である。鈴一〔スズワン〕など。

誕生を待つ生命

母と娘の
愛と相克

目次

口絵

星が飛ぶ

高良とみ

空一面の息づく夜だ。
アジアの美咲《ママ》から　アフリカの運河まで
天に何ごとかあるように　星が光る。星が光る。
赤く光るのも　碧くまたたくのも
青白く　じっと見下しているのも
薄紅色に　ほほえみかけるのもある。

幾層かの　星雲をヴェールとして
ちりばめた　星、星、星。
星の祭りに　どこからか集りて来た
星たちのつどいのようだ。
空一面の光、空一面の星、空の祭典だ。
またたき合い、何かをささやいている。

おお、星が飛んだ――
一つの世界から　他の世界へ――
長く光の尾をひいて　星が流れた。
そして消えてしまった。
何のあとかたもなく　音も立てず
予告もなく　星の一つが流れ去った。

一番光る　美しい星が消えた。
五つ児星も　三つ姉妹の星たちも
悲しみに　光を曇らせて
雲のヴェールに身をかくした。
空一面の星々は尚も運行を変えず
永遠の法則に柔軟に　静かにまたたく。

おお、又しても　星が飛んだ。
いずこの世界へ　行ったのか。

長くながく　光の尾をひいて――
彼方の世界で　あちら側の空で
いつまでも　光っているのだろうか。
こちらからは　全く見えなくなった。

永遠の約束で　星は消え星は飛ぶのか。
悲嘆の蒼い光を　長くこの世に残して。
一番優しいもの　一番愛されたもの
一番美しいものが　一番先に言葉も残さず
予告もなく　消えてゆく約束だったのか。
星々がまたたく　星々が何かささやいている。

アラビアの沙漠から　極洋の氷山まで
星はささやく　幾世紀を超えて。
いにしえの聖者も　占星人も
熱砂の旅人も　帆を張る船人も
星を仰いでゆき　星の飛ぶのを見て

人の逝くを　生命の定めを知ったのか。

悠久の宇宙よ、創られた殿堂よ。
人の知の及びも果てぬ　無数の宇宙の
星づく夜々の　創造のこの交響楽。
星々は流れ去り　また流れ来る。
人は生れ人は去る――予告もなく言葉もなく
ただ悲しみの別離の歌を　永遠に残して。

一九五五年の春、突如として末娘に逝かれ、又翌年交通事故で唯一人の妹を失い傷心の身をアラビア海の船上に浮べて星降る夜を過した時の実感でございました。

（「黄薔薇」32号、一九五七年一二月一日）

高良美世子遺稿

［中学一年］　一九四九年四月～一九五〇年三月

風の吹く夜

学校の帰りがひどく遅くなってしまった。

一里近い道だから少しこわい所だってある。「バスで帰ろう」と思った。そしてお金をポケットに入れるとバスを待った。

近くの商店はみな黒まくを落《おろ》してしまっている。ただ、停留所の向いにある果物屋だけに電気がともっている。

風が出て来た。オーバーのえりをつめて、みをすくめた。果物屋は、黄金色に光っている。寒い中で後にある黒いへいを唯一の友として待つ間に、バスは来た。

すいている。わたしと、サラリーマンらしき男が二人。土方風の男が一人。そしてわたしは、一番すみに体をよせつけた。バスの中はきれいで電気の玉が《ママ》いくつもある。誰もしゃべらない。車しょうさえも、みんなこの夜を恐れているかのように。外の酒場らしき小屋の細いのれんがおどり狂っている。

わたしは外とうのえりをつめた。

富　士

わたしはその時、たまげてしまった。
富士の山がくずれて行くかと、耳をちぢめて、山を見つめた。どんどん動く。
ああやっぱり山は動かない。動いたのは、雲だった。

五月になっても
私の心が晴れないとしたら
なんてわたしは　皮肉にできているのだ。
地平線より高い
みどりの中に　うずまってもか。
その中でつつじが
ほほえんでもか。

一九四九年九月六日

夜の空を見ると
　光るひかる星が。
なぜそんなに光る？
　それは幸福をもっているから。

夢

夕べは花の国へ行きました。
　そのまえのよるは虹の国へ行きました。
今夜はどこへ行くのかわかりません。
　誰かが良い所へつれていって下さるでしょう。

真夜中に

「アッ」とわたしは、いそいでペンをはなした。わたしは今、自分のすわっているすぐわきに、ピアノのあることを思い出した。と、急に自分の指がとても早く動き、何でも自由に弾けるように思った。弾こう。と立って、ピアノのいすにこしかけた。だけど、もう十一時。今から弾いて、家中の人が目をさまし、近所迷わくだ。たしかに。けれど、わたしの指ははやって、どうしても、その真黒なピアノのふたを開けた。音ぷを見ない。だが、頭の中に音ぷがちらついた。

そこで、わたしは、一分で弾かねばいけない曲を、五十秒ほどで弾いてしまった。いつもなら、二分もかかるのに……。もう一回弾く。少しく自分の弾くピアノの音の響きの大きさに驚きながら。三回目……。たまらなく愉快だ。指は、非常に良く動く。四回目——。もう何も頭にはない。五回目。このまま朝まで弾きつづけたい。　とても。

病気の人

「ああ顔があって目があって、顔があって目があって。しずかにしてくんろ。このわたしは病気なんだ。また、顔があって目があって、顔があって目がある。」

今、とてもほしい

今、何が一番ほしいかって言ったら。

何だろう。すてきな家？　違うなあ。ピカピカの自動車？　やはり違う。それでは、りっぱな才能？　まさか。こんなときに才能なんて、どうする。わたしのほしいのは、焼きたての、あったかーい、いもなんだ。

秋——三題——

秋のない年

庭にはチューリップも木れんも咲いた。いつもなら、しばふにレンゲも咲くのだが、今年は、はたけになってしまったから。……

夏、プールからつかれて帰ってくると、いつもマンジュシャゲが赤い顔をして待っている。死んだ猫の墓のそばにも、はげいとうがやはり赤い顔をして垂れていた。日まわりだって元気な顔でお日さまをおがんでいる。

だのに、今は……この秋はどうしたのだろう。金木せいは日光に行っている間に散ってしまうし、青い空だって見えない。昨日も今日も、つめたい雨つづき、そのうちに新聞には新潟に雪が二寸も、つもったと書くだろう。

風が吹いて雪がふって、どこかへさまよいでていった子猫だって、こごえ死んでしまうだろう。

おち葉

たき火に行こうよ。手袋なんかとってさ。寒かあないんだぜ、庭のおちばを燃やせば、ぼーうっと燃えるもの。

でも、おちばをためておくのもいいね。カサコソと何か話をしてくれるもの。たき火はやめようか。

雨

理科の勉強をするといって持ってきた参考書は、そっとかばんにしまって、夕やけに近い町を見わたした。昼間あんなに、もくもく吐いていた、えんとつの煙もあまり見えなくなって、ただ風呂屋の煙だけが勢よい。その煙を目あてに、金だらいをかかえた人達が歩いてゆく。

大六天のいちょうの木の下に座って、足の下の道を見た。会社帰りの男が二、三人、すこしぬれて帰っていった。早く暖い家に帰りたいのだろう。雨よ、もう降ってくれるなと思って、私は空をながめたが、まだまだ、降りそうな顔をしていた。私のぶかぶかの上衣もすこしぬれていた。さっき買ってきたキャラメルをたべたが、まずかった。それでもぽりぽりたべて、のこりすくなくなった時、道をあるく人がまた傘をさしはじめていた。

私はぼそりと立ってお宮の前に行った。宮の中はごちゃごちゃによごれて、中のものもこわれ、さいせん箱までやぶれていた。前にはずいぶんかわいらしかっただろうと思われるきつねが、うすぐろくよごれて堂の中に座っている。だれが置いていったのか、おひな様が二つ、古ぼけて、うすぐろい顔をしておかれてあった。

すこし歩いて子安地蔵の前までいった。今日あるはずの祭も、雨でだめになってしまった。けれど地蔵の前には、いつも線香がゆるやかな筋をひいてのぼっている。「新しい地蔵ははなやかなものだ」と思った。いつもの縁日の店の道を歩いた。この間食べたとうもろこし屋もいない。何の店も今日はない。

また理科の本を出して少し見たが、本はすぐぬれてしまった。はじめて傘をさした。帰って勉強しようと思って、また本をしまって歩きだした。

泉の女の子

ああそうだっけ、あの人だっけ、あの森にいたのは。あの時は、あの時のわたしと同じくらいの歳だったから、ほんとなら今の私ぐらいのはずなのに。あの子はまだ小さく可愛い。あの子はいつまでも若い。

そして、今もあの森の、あの泉にすんでいるのだろうか。わたしはあの子の頭の上の白い大きなリボンをとても良くおぼえている。

あの時は、わたしが六つの秋だった。私と友とは、あの日、リュックサックをしょってハイキングのつもりで家を出た。ほんとは、森の中に入って行くつもりじゃなかった。だけど、あの小屋の白いひげのおじいさんが、「森の中には小さな泉があって、その泉はとてもきれいに、すんだ水がわき出て底まですきとおっている。そして、よく森の妖精が来て水を浴びたり、美しい鹿が来て水をおいしそうにのむ」ってそういった。それでわたし達は、森の中へ入って行った。木の葉がサラサラわたし達の頭に落ちて来た。上を見ても木ばかりで、ほんの少しもようのように青い空が見えるだけ。木の葉はとても美しく、赤や黄にそまっていた。一寸横を見れば深い谷、後を見れば、えのぐにそまったようにきれいに色づいた木々、そして私たちの通って来た所だけが白く見えた。なぜか小鳥は一羽も見えない。そのかわりに森の上を大きなたかが、いやわしだったかも知れないが、ザーッと通って行った。私は少しこわくなって友にもう帰ろうかといい出した。けれども、まだ近くでおのの音が聞えるから平気、それに泉に行って鹿や妖精を見たいからと思いなおして、また歩き出した。私は、その間、いろいろな想像をした。ここをどんどん入って行くと、古いけれど大きなお城があるんだと。そこには少数の人々が生活している。それは、楽しい楽しい生活なのだ。わたし達には、想像もつかないような、そして私たちの生活とは、太陽と月ほど違っているような。じいさんのいった妖精は、その城の住人で、鹿は召使、あのじいさんは城の門番で……。この森の奥にはそんな所があるんじゃないだろうか……。でも、またこんな所はどこにでもある浅い森で、ここを少し歩けば、また都会のごちゃごちゃに帰ってくるのだと思った。その考えは私のたのしい空想のじゃまをした。いつまでもいつまでもこの森を歩きつづけたら、きっとお城があるにちがいないと信じたかった。

私は「少しつかれたから休もう」といって草の上にすわった。谷間の方で小川の流れがチョロチョロゴボゴボいっている。小さいエプロンのポケットからキャラメルを出してたべた。トロンと甘いキャラメルはとてもおいしかった。リュックサックをマクラにねころんだ。そして天上を見た。ほんのわずかに木々の間から見える空を。雲がゆうゆうと、小っちゃい空を渡って行った。あの雲が落ちてこないかな。ふわふわ落ちて来て、私の体をつつんでしまわないかな、なんて思っているうちに、私の心も体もうとうとしてしまった……。

私は一人で泉のほとりにすわりこんで、きれいなつめたそうな水を見つめていた。水にはわたしの影がぼんやりうつっている。それから木のかれっぱがたった一枚、水にゆられながらうかんでいる。目をつぶっているうちに、その木の葉は古い城になっていった。夜になるとチラチラと小っちゃな光がそのくずれかけている窓からもれる。またかわる。美しい人々。のんびりした古城の中だ。何かかわった人たちがお城に住んでいた。わたしは体中をうんとゆすぶって、も一度水を見た。もう木の葉は、泉のはしに行ってしまった。だが、何かうすく水の中に見える白いものが、だんだん濃くなって来て、わたしにはそれが女の子の顔だという事がわかった。あのうす白いのは、かみにさした大きなリボンだった。その子は、私と同じくらいだった。女の子は、水の中でにこにこっと、それは可愛く笑って、またなだんだんうすくなって行って、消えてしまった。わたしは夢を見ているような気持でじっと目をつぶっていた。

夕方、西の空が真赤に染まる頃、わたし達はもとのじいさんの小屋まで帰って来た。じいさんは長いひげをなでながらいった。「どうだったね。大分おそくなったね。泉があったろう、きれいな泉が」。わたしは「ええ」と小さくうなずいた。友は私の顔を見た。またじいさんがいった。「そしてきれいな妖精がいたろう」「ううん、妖精なんかじゃない。あれは」わたしはまたあの白いリボンの顔を思いうかべた。「そうかい。じゃさよなら」おじいさんはわたしの顔を見ていった。そして森の中にずんずん入って行ってしまった。友は、「あのじいさん小屋の人じゃないのね。ほら、森の中に入ってしまうわ」と不思議そうな顔をしていったが、私にはむしろ当りまえのような気がした。

やっぱりあの人……白いリボンの人は……

泉の主

百姓たちはみな汗を流して働いていた。働きの後には楽しい休息がまっていた。そろそろ昼に近くなった。村のサイレンがボオーッと暑い田畑にうなり始めたのは、間もなくだった。春吉は隣の田で牛を追っている安三に声をかけた。

「おう行こうや」

「ああ、みなのしゅうも行きやるかの？」

とあたりを見まわして安三はこたえた。他の田でも、もう腰をあげて、てんでにぞろぞろと道を歩んで行く。その後を女子供がべんとうを持ってついて来る。百姓たちは、どんどん田畑を離れ、森に入って行く。べちゃべちゃしゃべりながら。

「今日もまた、あの泉はきれいだろうがなあ」一人の百姓が歩きながらいった。

「そうでさ。あの泉はにごるこたあねえでな」とまた一人がたばこをきせるにつめながら応じる。

「ありゃあ、いつからできたのかねえ」と、後から安三の女房が、「ありゃあのう、おれんお父っつぁんがいうたがよ、お父っつあんのちいせえ頃にどっか他の村の若もんが目つけたって話よ」

百姓たちはだまって歩いた。森の中頃に来た時、一行はあるきれいな小さな泉の前にやっこらさとすわりこんだ。

泉は小さいけれどとてもきれいにすんでいて、奥からはコトコトと音がしそうにつめたい水がわき出ていた。百姓たちはそこに落ちついてから、茶わんを取り出して泉の水を汲んでのどをうるおした。

「うめえ。やっぱりこの水はうめえなあ」と百姓達は水のついた口のあたりをふきながらいった。

「ああ、家の井戸水とは味が違わい」と春吉は、酒でものむみたいなおうぎょうなかっこうをした。

「おらたちあ、この泉があるんでずい分助かってんのう」と年老いた百姓がフウッとたばこの煙をはいていった。

「まったくのう。おらたちあ、この泉のお主さまにお礼をしなきゃいけねえで」と梅次郎の姉がいう。

すると梅次郎の子が「おばちゃん泉んお主さまちゃあ誰だ?」と聞いた。

とそのとなりにいた子が「おらあ知ってら」と、地下たびの小はぜをはめながら梅次郎の子の方を向くと、梅次郎の子は「そりゃあ誰だ?」とのり気になって尋ねた。

「へびだて」と後ろの方で誰かの声が笑声にまじって聞えた。子供はそっちの方を振り向いて、「違わーそんなもんじゃねっと、そいつあなあ、乙姫さんよ」と口をとがらしていった。吉郎は、

「何いってんだえ、乙姫さんかね、アッハッハッハッ」と笑って泉に目をやって、「おらあそんない乙姫さんがへえれる位この泉は大きくねえと思うが」という。

と、さっきの老人がむすびをつかんで、

「そんないお主さまあ誰でもええ。そいでよ、今日お礼を申し上げねえかね。ばちが当るといけんからのう。そらお主さまにお礼申すんのに文句ねえもん手上げっ」と自分でも手を上げていった。

「おらええ」「かもうことねえや」などと口々に何かいいながらも多数の手が上った。

「ひいふうみい……よっしそんなら女子しゅう、今日はごくろうさんだがお月見とおなじいだんごつくってくれねえか。お願いするじゃ」

後ろの方で四、五人が「ええな」とか「今日ならええ」「作るべえよ」などと顔を見合わせながらいった。

と梅次郎の姉が、「ようがす。おらたちでやりますだ」

それで夕方の頃に女子しゅうがさらにだんごを盛ってやって来た。そしてそれを泉のはたにおくと下の方に、

「おーい早うおいでよ」と百姓たちをよんだ。

皆くると、ゆかいに踊ったり歌ったりした。そして終りにあの老人が長い長いお礼言葉を述べて、皆でぞろぞろ、ともし灯のついた村に向って森を出て行った。

森の中は闇がおそって来て、ただ泉のほとりに、みなのおいて行っただんごがおかれてある。どこからか青蛙が一匹やって来て泉のはたでケロケロないていた。

泉の主は誰だ。

国語

一．「比叡の鳥」と「鳳來寺紀行」では「比叡の鳥」の方があまり人間味のようなものがなく、とてもすなおに写生してあるから好きだ。

二．「比叡の鳥」の自然について

小鳥の声とそのまわりのふん囲気が、何のくせもなく美しくかけている。作者はその風景等をのべた後、別に自分の気持はかいてはいないがやはりあざやかな経験がなければかけないようなその時のうっとりとした感じや、興ふんした気持が現れている。

しかし、この文ではある感じをもつ鳥が次々とないたり、また作者がそれについて思うようなことも何か清らかではあるが、やはり地球のどこか一部分の自然であるといった感じで、この文から壮厳な自然の美しさや神ぴさ、また何か神ということについて感じないでいられないようなものをえることはむずかしいことだと思う。

自然について

まだ心を打たれるような自然を感じたことは少なく、また世界地理等をやって〝世界はせまい〟と思ってしまえばあまり深くは考えられない。

しかし宇宙は広く自然は限りない。これらは神話のように神々が作ったのだろうか。またはたった一人の、人類、その他全生物を愛するという神が作ったのだろうか。いやもしかしたら人間が勝手に想像したものかもしれない。でも科学的に今まで研究した人もあり、その人達は相当たしかなろん理を出している。しかしそれはこの宇宙のほんの一部分にしか当らないのだ。だが人間はそれでももっともっと知ろうとする。しかし知ることは出来ない。

神は人間に、この小さな小さな人間に大きな夢と想像を持たせてくれたのかも知れない。

これは人間の力ではとてもわかることはできないことだ。まあせいぜいうんと想像し、人間の頭の中で一つの宇宙をまとめるのが良いのではないか。

［中学二年］一九五〇年四月〜一九五一年三月

Ⅰ

一匹のあり

一匹のありは一つの背の高いみどりの葉っぱにのぼった。

はっぱはとてもつめたかったがありはどんどんのぼった。

だんだん体があつくなって来た。ありはどんどんのぼって行って、空に一つの火を見つけた。

火はぐるぐるまわって広い空にたくさんの火の粉をまきちらしていた。

小さいありはそれを見てとても嬉しくなった。

そしてそのままおりては来なかった。

わたしの犬

わたしの犬が道を通るとそれこそたいへんなのです。近くの家からは牡犬がたくさん、クンクンいいながら「友達になろうよ」とはねまわったり追っかけたり、ひどくゆかいそうに遊びます。子供は皆喜びの声を上げて走って来て、わたしの犬を歓迎してくれます。

しかし大人達はこわがります。わたしの犬が歩くと、男は臆病な目付きをして道の端へよけますし、女は黄色い声をあげて逃げてしまいます。立派な紳士も奥様も令嬢もわたしの犬をさけて毛一つふれやしません。

子供達だけです。わたしの犬はその美しい尻尾をふりふり子供達の相手になります。

くつ屋の娘も、粉やのむすこも、乾物屋の双子の娘も、足の悪い小鳥屋の坊やも目の見えないローソク作りの孫娘もみんなみんな来ておくれ。お金持の坊ちゃん、あなたも、町を馬車でなく、大きな木ぐつで歩いてごらんなさい。わたしの犬はやっぱりあなたとも仲の良い友だちでしょう。美しいりこうな犬です。わたしの犬は。

（『中学作文教室』第二巻第三号、一九五〇年十一月）

汽車

一九五〇年十一月

夜ねているとと遠くで汽車の汽笛が聞える。私はもうあの中にいる。私は窓ぎわの席にすわって外を見るのだ。汽車が走ると外の景色はとんで行ってしまう。そしてまた別の奴が来る。

山、高い山はむこうにある。低い山はすぐそこだ。高い山にのぼって今私ののっている汽車をみたらどうだ。小さい小さい黒いものだろうな。

川がある。川は山の間をまがりくねって、おしまいには海へ行く。

大きい河は好きだ。小さい河も好きだ。だけれども中くらいの河はいやだ。ああどんどん行って、次は何だろう。駅だ。人がいる。汽車からおりて行く人がいる。とその顔をみつけて向うの顔がにこにこする。だが私を待っている顔は一つもない。それはそうさ、私はまだまだずっと遠くへ行くのだもの。

私は一人で座席に座っている。人々は私の所は遠りょしてあっちで話している。静かで良い。良いけしきだ。林がずっと広がっている。小高い丘がある。みどりだ、みどりだ。広い広い畑なんだ。けどだんだん寒くなって来る。けしきはうすやみにとざされてよく見えなくなってくる。

そこで私は考えた。今にこんなにしている内に私は私の行くべき所がわからなくなってしまうにちがいない。人間はみんないなくなって私だけ汽車に置いとくんだろう。

その内汽車は幌もない材木はこびの荷車に化けるかもしれない。きっとそうだ。

そして私は白いふとんの中に帰った。

雪

一九五〇年十一月

何のことはない。

ほんの皮だけそっとかぶった屋根の雪なんか、いつのまにやらお天道さんの真赤な舌でなめられちゃった。

お天道さんは庭の木やかきねのさざんかのつめたい着物をなめたと思えば、すぐにかくれちゃった。

とあっちからポキリポキリぐしゃぐしゃ雨の玉が落ちて来た。上はめちゃくちゃだ。

犬もきたながって歩かない。

もし雨が女神ならいってやらねばいけない。

「雨よ、お前はちっとも美しくなんかない。もしお前が土をこんなにしてしまうならお前の銀の糸のきものはぐしゃぐしゃくすぶって、まるで天の牡牛のよだれとしか思えない」と。

はっきりはしていない。その有様は……。

だがそのことのあったことだけははっきりしている。

わたしは十才ほどの少年だった。近くの小学校に行っている、首席をとりつづけていた小さい子供だった。

学校ではその頃非常に植物の学習がみなに好かれた。友達は近くの寺や、植物園に、「植物研究」と称して学校が退けると、五、六人でぞろぞろ下駄を引きずって行った。だがわたしは植物の研究が別に好きではなかった。

ある土曜日クラスの人達全部で、理科の先生に伴われて附近にあるg寺へ行った。g寺は、比較的大きな寺で、中には墓地が広くあるそうだが、友達で行った人はいなかった。だが理科の先生は「しいの木」や「月けい樹」や「ひいらぎ」を見せるために、どんどん墓地へ入って行く。女の子はキャーキャー言った。男の子は、強そうに入って行くものもあった。わたしもその一人であった。

だが中に入るにつれて、暗くなり墓の無気味さがより濃くなったため、女の子は話しもせず、だまって仲の良い友達と手をつないだりして列の後ろから来る。男の子もたまに、「これもやっぱりしいの木ですね、先生」と元気そうに言うが先生はただ、普通に答えるだけで、生徒はまた黙ってしまう。

わたしは、一人女の子より後ろを歩いていた。わたしは、墓地に初めて入って見て、友達のこわがるのを少しく不思議に思いながらもやはり墓地は愉快な所ではなかった。けれど、そのときわたしは、「人が何かをこわがるというのは、面白い」と思った。

　友達が何をこわがっているのか、良くわからなかった。わたしは、「ここは死んだ人が入る所だからこわがっているのかしら」と思った。だが別に友達は「死」なんて単に人の体が動けなくなってしまって、もう「生きていない」ことになる、くらいにしか考えていないのだから少しもこわくはないはずだ。「地獄」等の言葉も少しは彼等におそれをもたすのに原因するかも知れぬが……。そのときわたしは「お化け」ということばを思い出した。「そうだ。みんなは『お化け』をこわがっているんだ」とはっきり思った。

　それほどぴったりする物はなかった。気持が良いほどぴったりした。

　わたしは友達の恐れを大きくすることを望んだが「お化け」はこんなに人がたくさんいて、昼間だったりすれば、出て来ないのだ、と思ったので、いたずらは止した。わたしはそれまでに「お化け」を見たことがなかった。そしてまたわたしには「お化け」のおそろしさがわからなかった。が友達は「お化け」を自分よりとてもとてもたくさん知っているにちがいない。そしてみんなそれをこわがっているに違いない、と思った。

　それじゃ先生は「お化け」がこわくないのかしらと思った。だがそのわたしには「先生」を普通の大人と比較して考えることができなかった。

　わたし達は少しくらくなりかけた頃、寺の門を出た。女子達は大喜びでいっさんに、家へ帰って行った。男の子は今さらながら、「かしの木にはどんな種類があるんだい」なんてやっている。わたしは植物のことなど考えていなかった。わたしは今晩の計画を胸にたてていた。八時頃……。

わたしはまた、その墓地へ来たのだった。

昼間見た一番大きな木があるところに、その木の根元に、かくれるようにしていた。だが「お化け」のことを知らないわたしは、三十分もする内に、もうまつわりついてくる蚊のむれも追えないくらい恐怖におそわれた。

「お化け」では絶対にない。何だか、自分のことばかりつけねらっているものを、わたしは頭に浮かべて仕様がなかった。それでもまだ、わたし自身を人が言う「お化け」のように見せたかった。誰か人が来ないか、生きたものが来ないか、と待っていた。三十分。わたしは、今日の友達のようにビクビクした人が夜でも来るものと信じて、待っていた。三十分。五十分。一時間。時間は、たつのがおそいような早いような……。そのうちわたしの頭にはさっきよりももっと強く、あの〝たましい〟みたいなのがつきまとったように感じ、いたたまれなくなって後ろの大木をピシャピシャたたいた。叩いた。それでもその〝たましい〟らしきものは居る。いやな顔をして。

もっともっと大木をガリガリと引っかいたり叩いたり……。

次の朝、わたしは自分の家で「あんな木なんかだいてねたら風邪を引きますよ」と大きい姉にやさしくいわれた。ほんとうにやわらかく、暖かいふとんの上で、わたしは午前の光に照らされた。

日記

毎日毎日わたしは夜ごはんがすんでから十五分もした頃、日記をかく。

○月○日

今日は学校に行ってもつまらなかった。

またあいつがあんなことを言って……。

×月×日

今日の英語の試験は○○点だ。

△月△日

ああ今日みたいにしゃくにさわる日ってない。

それから日記をかき終って、フーッと大きな息をつき、エンピツを手にもち紙に何かかいたり、何かよんだりする——勉強——を始める。

ふとんに体を押し込む。次に目が開いたときは、朝。みそ汁にたくあんに、米を食べる。

家にいるのは、たったそれだけ。あと、何をやって何をやってとかいていっても良かろうが、一体、また「次に目が開いた時は朝。」をわたしは何回かけば良いのだ。

これがわたしの「生きている」ときの普通なのだ。この「次に目が開いたときは、朝。」をそうとうやって、わたしのたましいは次のところへ行く。今度はどうかいて良いか。次の時に、わたしは字をかけるかどうか知らない。目を開くとか、つむるなんて、あるかどうかも知らない。それを知って、このつづきに、わたしは何をつづるのだろう。

詩に

私は詩に同情する。
何故ならば彼女は非常に淋しがりやであるから。
美しい青い海を見ても、夕焼けの赤い雲を見ても。
彼女はすぐに涙をこぼす。
私は詩に赤い花を捧げよう。
けれども彼女は、
やっぱり淋しがりやで人好きがわるいのだろう。

白鳥

誰もまねてはいけません。
誰も語ってはいけません。
　あの美しいものを。
ただあの人には、
広い、美しい沼さえあれば幸福なのでしょう。

杉の木

大きな高い杉の木は、
何十年も前、二人の幼い子供が植えていったのだ。
大きい杉の木は四方に枝をひろげて、
沢山のかげを大地に落している。
幼い二人の子供、
空高く、そびえているこのヒマラヤ杉を知っているか。

風

一ぺんこの、外をワンワンいっている風を、その格子窓から入れて見ようか。

そうしたら机の上の書物は大喜びのてんてこまいをして部屋中暴れまわるだろうな。

いや、ひょっとしたら書箱のガラスドアをめくってまでも風は本をさそい出すかも知れない。そしたら、ベッドの羽ぶとんだって黙っちゃいないだろう。桃色の掛ぶとんは「書物が踊れるのに私が踊れないってことないわ」と言って、部屋中くねりまわるだろうな、
黒い敷ぶとんは、「あの太った令嬢のお相手は俺の他あるまい」と、あのおしゃれな掛ぶとんを追っかけまわすだろう。

レコードも一枚一枚とび出して、めったやたらに音楽をかなで出すだろう。

さあ、格子窓を開けるのはかんたんだぞ。

冬の客

重い扉をガラリと開けて入って来た、その客は、体中が真白に雪でおおわれていた。客はただ黙って、一夜の宿をかしてくれるようにたのんだ。客はひいやりとする宿のろうかをふんで向うへ行ってしまった。開け放した扉から、雪まじりの風が吹き込んで、客の足あとを消した。

ある夜に

ある夜に一人の男が、宴会でちょっぴりウイスキーを飲んで来た。

町の通りを渡るとき、しっかりとした足どりで、靴音をたてて通って行った。

それと一緒に自動車のヘッドライトに照らされて、雨上りのおうらいに写ったのは、二本の長い足だった。

漁夫のセポニ

世界中が絵になった。

空も海も舟も木もそいからおいらのボロ家もおいらのかみさんも。

セポニはどうしたら良いのだろう。

家の中ではかみさんが夕食の仕度をしているけど、家の扉は絵になっちまって入れない。

かみさんは皿を持ったまま動かない。

かわいそうなセポニは夕食が食べられない。

せっかく鴨のヒヨッ子がテーブルにのっかっているのに。

お日さんがしずんでしまえばこの世界中は、真黒《マックロ》のかげ絵になる。

セポニは一人腹がすいてもここにいるのかい？

湖で

空気は冷たかった、

けれど水はそれよりもつめたそうだ。
それからあの舟はどうしたんだろう。
古い舟は湖の真中でただよっている。
オーイ、お前さんの主はどうしたんだね?

鬼

貴方、鬼を見たことがありますか? ないでしょう。わたしはあるんです。よく世間の人は鬼の絵をかくときにつのをかくでしょう。ああ知りもしないのにあんなことするものじゃありません。そう。つのは、鬼は鬼でも昔の鬼にはあったのです。けれども今ではもうただ頭のかざりものにすぎない、小さいとげがあるだけなのです。わたしが逢ったのはある鬼の夫婦でした。もう鬼はすっかりまいっていますよ。何一つ抵抗などしません。彼等は、もう人間の文明がさかえて自分たちはすっかり弱くなってしまったといっていましたよ。しかし彼等はぜんぜんくやしそうな様子もしませんでしたし、神様をおうらみするなんてことは少しもしませんでした。彼等がいうにはこれは運命なのだということです。昔は彼等も人間をおそれさせるに充分な能力と意志をもっていたものです。今はほんとにめったに人間に想い出してなぞもらえないそうですよ。人間に忘れられれば忘れられるほど、彼等は力がなくなり身がやせて行くのだといっていました。又これもどうしようもないことだというのです。

けれど鬼は決して昔よりへったのではありませんよ。鬼はたくさんいます。昔の鬼は山にいたものですが、今の鬼は山にいたら人間に想い出してもらえないので、もう今ではどこにでもいるのです。

都会にもいますよ。かえって都会の方がたくさんいます。そらあなたのわきにいるかも知れませんよ。けれど人間はぜんぜん鬼のことなど忘れてしまって思い出さないのです。わたしはほんとに鬼共に同情したくなります。けれどこういうわたしだって鬼を思い出したことはないのです。わたしも少し文明の中に入りすぎてしまったのではないかと思いますよ。

神様はおわびをいう人間に向ってはこういいますよ。「鬼に逢うように努力しなさい」とね。

（推定『中学作文教室』第二巻第四号または第五号、一九五一年）

私はねに行きます

一九五一年二月

お休みよ、一階のもの、わたしはこれから二階へねに行きます。お前たちもねるのです。

わたしはすぐに電気を消します。

するとお前たちは真暗で何も見えないでしょう。部屋の火の種はみんな消してしまったのですから。

そしてお前たちは明日の朝、私がほんのり白くなった階だんをトントンと降りて来るまで、この真暗な中に居なければいけません。

夜の間はたいへんおそろしいのです。真黒な大きい猫が入って来てじゅうたんに爪をたてるかもしれません。気の弱い悪者が来て何かもらってゆくかも知れません。また小鬼がやって来て食卓の上で踊りをおどるかもしれません。けれどお前はどこがいたくても、おこったり泣き声を出したりしないで、知らぬ振りをしているのです。

私は二階で静かに眠りたいのです。

さあ電気を消すよ。

お休み、一階のものたち。

一九五一年三月

春の日に

たまらなく田舎へ行きたい。茶色の大きい山の間の、牛がもうとなく日当りのいい草原へ。誰も知っているもののいない、土と林のにおいのする一面の野原を歩きたい。

そして大きな声で歌をうたおう。

誰もきいていない。

わたしは枯草へ体をうつぷして、草のかおりと太陽に抱かれよう。

そしてまた一人大きく歌を歌うのだ。

十時すぎて

昔、ある所に一人のたいへんかしこい、そしてまた、心のやさしい王様がおりました。その王様はとても物好きな方で、夜、教会の鐘が十時を打った後、お城の門の前を通る、変った、面白い恰好をした者がいたら番兵に王様の前へつれて来させます。そして王様はその者たちと愉快に話をしました。ある番兵のつれて行った、ボロを着た少年は学校へ行きたいと父にいったら父は、家がまずしいのに学校へなど行けるものかとどなって少年を追い出したので少年は泣きながら門の前を歩いていたのでした。王様はゆっくり話してから少年を学校に入れ、その父親には充分な金をやりました。また、ある番兵のつれて行った一匹の年老いたろばは、年とって働けなくなったので主人に追い出されたのでしたが、王様はそのろばを自分のろば達とまぜて、またろばの主人には動物を可愛相な目に合わせてはいけないといってたくさんの金をやりました。

ある夜、一人の若い兵隊さんが門番の役につきました。ほかの兵隊さんは、たいてい、眠いので二時間か三時間は眠ってしまうのでしたが、その若い兵隊さんは一つも眠らないで、黒い、背の高い門のわきで鉄砲をかまえて、立っていました。高い、黒い森のむこうに、大きな月が出て来ました。兵隊さんは少し寒くなったので手をこすって鉄砲を持ちなおしてまた、きりっと立ちました。兵隊さんのかぶっている大きな帽子の房が風でゆれました。お寺の鐘がとてもおそろしい音で、十時を知らせました。すると町角から、それは良くうれたりんごが一つ、コロコロコロコロころがって来ました。そしてその時兵隊さんは、その、こっちへやって来る物が、十時すぎてお城の門の前を通る変な物だという事に気づきました。兵隊さんは、そのよくうれたりんごに話しかけました。「ちょっとちょっと。りんごさん、少しの間、わたしの所へ立ちよってくれませんか?」りんごはちょっと兵隊さんの顔を見ていいました。「だめだよ。わたしは大いそぎで逃げているのでね。ちょっとでもとまると、後ろから来るおばあさんにつかまって、またかごの中へ入れられちゃうからね。」そしてりんごはコロコロコロコロ行ってしまいました。すぐ後ろから一人のボロを着たおばあさんが、スタコラ走って来ました。兵隊さんはよびかけました。「おばあさんおばあさん。あなた、あのよくうれたりんごを追っかけているのですか?」するとおばあさんはうるさそうに、黒いずきんの下から目をキラッと光らせて「そうじゃよ。きのうからあれを追っかけているのじゃ。ぜひとも今晩中につかまえなくちゃあね。ヘッヘッ」そういってまた、スタコラ行ってしまいました。兵隊さんは「何んだ」とつぶやいて、また鉄砲をちゃんと持ちかえました。しばらくして兵隊さんは少し眠くなって来ました。それでうつらうつらすると頭をゴツンと門の石にぶつけたので目がさめました。

すると、今門の前を一人のそれは手の長い男が大きなつつみをしょって走って行きました。兵隊さんがびっくりして目を大きくしていますと、すぐ後ろから一人の、ふとって、走るとお腹の皮がでぶでぶする男が汗だくだくになって走って行きました。「オーイ、お前さんは何でそんなに一生懸命走っているんだね？」するとさっきのふとった男がいいました。「泥棒がね、わしの家の宝石から何から全部持ってにげて行くんだ。わしはそいつをつかまえて、全部返してもらわにゃならん！」そしてまたでぶでぶ走りました。前の男は大変奇妙な——前の足（手のこと）がたいへん長いのでそれが後ろの足とからまり合うので——格好をしてにげて行きました。兵隊さんは、また元の位置に立ってきちんと鉄砲をもちました。けれどももうくたびれてしまいました。寒いのでうんとえりを高くしました。眠いので首を門の石によせました。そしてほんとに眠たいと思いました。

そこへいきなり一人の小さい男の子がとび込んで来て兵隊さんのわきに来て、「兵隊さん、起きてよ。そして悪い猫をぶってくれない？」といいました。兵隊さんはびっくりして「猫はどこにいるの？」とうろうろさがしました。すると一匹の黒い猫が目をらんらんと光らせて走って来ました。兵隊さんはすぐその猫をなぐろうとしましたけれど、十時すぎにお城の門の前を通る変な物というのを思い出したので呼びかけました。「おい君々、どうしたんだい？」すると猫は「わたしの家のいたずら小僧をうんと引っかいてやるんだ。そしてあすの真昼間に町の真中につるさげて『これは世界で一番悪い子供である』とふだをつけておくんだ。」そういって猫はどんどんむこうへ行ってしまいました。兵隊さんは、男の子の所へ来て、「君は何を悪い事したの？」とききました。少年は大きい目をもっと大きくして、「兵隊さん、お母さまにいわないでくれるかい？　そしたら話すよ」といいました。兵隊さんは「いいやお母さまにはいわないよ」というと少年は話しました。「僕はね、あの白猫をそめ粉の中へつっ込んで真黒にしちゃったんだ。それであの猫は僕を追いかけ廻すんだよ。つかまったらそれこそ大変。服はビリビリに裂かれて、体中引っかかれて、多分殺されちゃうんだ。それで僕は逃げだしたんだ。お母さまに知れても大変なんだ。あの白猫はお母さまのとても可愛がっている猫だものね。僕はやっぱり『家に入ってはいけません。そんな悪い事をする子は今夜は外にいなさい！』ってつき出されるんだ」。

それをきいた兵隊さんは翌朝、王様の所へ少年をつれて行ってそのままいいました。王様は大変お笑いになり、すぐ少年に猫のつめの通らない近衛兵の服を着せて、近衛兵に仕立てました。そして少年の母親にはこれから少年をあまりしかってはいけないといい、猫には新しいおしろいを買ってやりました。猫は毎日おしろいの箱の中へ首をつっ込んで喜びました。

人間（1）

ある春の日Kは東京の郊外の田園を歩いた。なの花畑を横ぎる小道を歩きながら考えた。

「Nは人間だ。誰が意識して生れたのでもない、ただの人間だ。Nとは二十年前からも知り合ってくらして来た。しかしその間にNは相当有名な画家になっている。Nは無口でわたしとはなしても心の底はあまり話してくれない。二十年もの間ただそうやって二人とも何を考えているかはっきりしない態度でつき合っていた。

だが二十年後の今を見ろ。Nは立派な仕事をしている。彼は彼の思想でその理想を求めて歩んで来たのだ。彼は誰とも話さず（犬にも心の中を打ち開けはしなかっただろう）、誰の話にも耳をかたむけなかった。彼は生れた時から彼自身の考えを求めて行ったようだ。彼の友達の多くは彼を利己主義だと言った。彼は友情もやさしみもない人間だと言った。Nはほんとうに自分の心には〝生れて来た。人間として生れて来た。仕事をするために生れて来た。自分だけで生きるために生れて来た〟のこれだけしかないように今まで生きて来たのだった。」……

人間（2）

わたしはある人間というものに対して忠実なる男を知っている。その男はりんごの栽ばいをしていたがある年ひどく虫が出て、りんごは大半食われてだめになってしまった。彼はあきらめた。すぐにこの後あらしが来るように……。彼の友達は安すぎるほど安く彼からそれを買い取った。男は少しの金を持って外に出て行った。そこには考え深そうな人が美しくカバーしたある宗教に関する本を売っていた。またもう一人の男がいて「少しでも金のある人はこれを買うべきです。これには神の――」その忠実なる男は初めのことばをきいてすぐに何冊かありったけの金を出して買った。彼はそれをもって歩いていくと一人の若ものが通りかかって村の教会は金がなくてかえないからそれを寄ふしてくれないかと言った。彼は承知した。若ものはこれから毎日ひまだったら教会に来てみなと一しょにこれをおぼえるようにしたらどうかといった。彼はその通りにした。毎日行った。死ぬまで行った。しかし本を覚えるどころかいつもいねむりしていたという。

田島家の話

（一）

私が郊外の田島家を訪れたのは丁度去年の今頃、――夏休みの三日目か――だった。

都心から郊外電車に乗って四十分ばかり、夏の緑は楽しい。この武蔵野はから松林、栗林、楓林、その他、名の知れぬような沢山の木がらんの葉みたいに大きなのからニョッキリはえている。

電車の走るのは余り分らない。広い畠に二三人の農夫がいて、その向うに緑の森が見えるのか、下ばかり茶色くて表面はチラチラする葉ばかりの景色……何しろよくもこんな所を東京からの電車が通るものだと思うような所ばかり。やっと目的地の「田無町」に着いた。髪の短い、大きな風呂敷を持った自由学園の生徒の上りを待つのが向いのホームに見える。

改札口から出た。この辺一帯を学園町といい、赤松の林がつづいていて、時々人をびっくりさせるような声でカツコがなく。一度来た道だが二年も前の事なので近くの最もはいりやすい農家――一帯に農村町にしては皆文化的だ――に入って道を聞いた。

「田島さんなら二つ目の道を入って行きますっと白い垣の大きい家がありますでな。」

子供に乳をのませていた女の人の言ったとおりに行くと、思ったより子供っぽい、もっくりした木々に囲まれ、またその外側に、少し古ぼけた白い垣根が立っている灰色の木造の家を見つけた。庭を通って玄関へ行く。とガラスごしに子供が少しばかりうじゃうじゃしているのが見えたがそのまま玄関へ行ってベルを押した。一寸きれいな奥さんが「まあ」と落着いた声で迎えてくれた。

しかしスポーツ一家のこの家では、靴も脱がぬ内に、私より一つ下の長男、国彦君に引っ張り出されてバトミントンをやらされた。相手はなかなかうまい。

（二）

相当遅く行ったのだから夜ご飯まで子供達四人とトランプをしても大した大喧嘩はされずにすんだ。数学の一寸面倒な「銀行」の銀行やにわたしはさせられた。まずカードを三つに分けてその一束を五つに分ける。「はい、みんないくらでもいいからどこへでもかけて。」しかし油断もすきもならなかった。左側から泥だらけの小さい手がのびて私のそばにある十円札の束――とは二十枚ばかりの赤印のトランプ――を取ろうとしている。「ヤイッ」青っちょろい長男氏の手がのびてその黒い手の主、次男和彦君のお尻をひっぱたいた。「こいつ八百長の疑いあり！」と言って二人はころがった。だがすぐ赤いカーテンの向うの台所の奥さんの声で止まった。

「国彦！　八百長って何だか知ってますか、知りもしないのにそんな下品な言葉はおつつしみなさい。……」国彦君は立ち上ってバンドを直しながら「はい、はっぴゃくながです。」

また、トランプが始まった。三男の民彦君の所へはジョーカーが来た。しかし、民彦君は五円札一枚しかかけてなかったので三十円しかもらえなかった。「民ちゃん、そんなにちょびちょびするからもうからないのよ。」わたしが忠告すると、「だって僕そんなに欲ばらないもの。」すると末っ子の玲子嬢は「民ちゃん上げらあね」と言っておしげもなく百円札をほおった。――実は国彦君の所からせびったのだが――「さあみなさん、食卓の整頓をしなさい。和彦その汚い手を洗いなさい」と奥さんが言ったので、トランプはやめにした。結局民ちゃんがちょびりちょびりと一番大金持――二百四十円の――になって、次に玲子ちゃんは百三十円の中ブルになって、和ちゃんと国ちゃんはあまりポンポン景気よくやったので二十円とマイナス――銀行から借金――七十円となって敗けた。

（三）

食事になった。新しい木みたいな白いテーブルとイスにみんな腰かけた。

「和彦今日はお前だよ」と兄さんに言われて和彦君はそそくさと立って行って、まずわたしの分の油の浮んだスープとフォークとナイフとスプーンを運んでくれた。順々にみんなのをはこんだ。最後に、白いエプロンの背の高い奥さんがナフキンをもって現れた。そして、和彦君も今並んだ子供の列を見て一寸民彦君のはずれたボタンを注意して、席についた。わたしがスプーンを取り上げようとしたらみんな何かお祈りを始めたからあわてて目をつぶった。子供達のお祈りは短く、まだ目をつぶってうつむいているお母さんをそっちのけにして何やらガヤガヤとたべたりしゃべったりし出した。やっと頭を静かにもたげた奥さんはみんなを細いまなざしで見やりながら「さ、今日はみんな、なんでもよく食べないと美世子さんに笑われますよ」と言った。わたしは「やられた！」とへんな顔をした。だがみんな食べてしまった。みんなもよくたべた。三杯も食べた。

（四）

みんなで食事の後片づけをして一寸やすんで本など読んでいるうちに近所の自由学園の生徒が来て「自由の新聞」を一抱えおいて行った。それを見て和彦君が「あっ新聞、今日家だっけ」と言って中を見出した。台所で洗いものをしていた奥さんの声が「和彦さん美世子さんと散歩がてらもって行ってくれません？」と言う。わたしは「和ちゃん、行こうよ」と靴をはいて芝生の庭へ出た。二人はわたしの来た道なんかも一寸行ったりして、十軒位の家を廻るのだ。わたしが「和ちゃん新聞持って上げよう」と言ったら和ちゃんは「いいよ、君はお客さんだもの」と一寸生意気な事を言う。大分暗くなってから家に帰った。

新聞を届けに行くと自由学園の生徒が出て来てうけとる。でもわたしは前の同級生なんかに会うといやだから門の所にいたのだった。奥さんはお庭を掃いていた。そしてわたし達を見ると「御苦労様でした。さあ和彦はもうねる時間ですよ」と言った。わたしも二階へ行って民ちゃんと和彦君と一緒の蚊帳でねた。

国彦君は自分の蚊帳に「一寸貸して」とわたしの「一年生の文集」をもって行ってよんで、「やっぱり小さい頃を思い出して書くとへんだね、こんなの無理が行くよ」とわたしのを批評していた。しかしすぐに見廻りに来たおくさんに電気をパチリと消されてしまった。いつのまにか雨が降って来た。

（五）

翌日になったら雨はやんでいた。

夕べおそく帰った運動具屋の支配人のおじさんと朝食をすませる。国彦君はまだある学校に出かけた。玲子ちゃんはバイエルをピアノで弾く。和彦君と民彦君は生活表に従って勉強をしている。何をするのかと思ってのぞいたら、まずこんなだった。和彦君はノートの後ろに、「十五日の子供音楽会に出演する人」とかいてその下に、ピアノ――和彦、みえこ、れいこ。ヴァイオリン――はじめ、たかし、サチ子。独唱――トキオ、ノリコ。合唱――セツ子、キヌコ、ふじこ、オサム、ミツオ。

これは近くの音楽の先生の家での学園町の人のための子供音楽会の事らしい。民彦君は画用紙に線を引いてまず上に「牛乳のみ表」とある。そしてサチコ、ノリコ、カズコ、タミヒコ――と名が十ばかり書いてある。その横に今彼はまるをつけて行く。そこへピアノの終った玲子ちゃんが来て、丸の二つついている「民彦」の所を見て「うそだーァきのうタミちゃんビスケット食べなかったじゃない」「あっそうだ」民彦君はそう気づいて鉛筆でクシャクシャとそこの丸を消してしまった。この「牛乳のみ表」とはこうなのだ。

十時になると子供達は庭の芝生へテーブルとイスを持ち出す。そこへ牛乳屋が大きな鑵をもって入って来る。十合位をおいて行く。おくさんは大きな鍋でグラグラ煮て、学園町の子供の来るのを待つ。十人位女の子や男の子がコップをもってやって来る。おくさんは戸棚からビスケットの鑵を出して一人に三枚ずつ分配する。みんなのむ。来ない子の家には和彦君が持って行って飲ませる。

「玲子、栄養だから飲みなさい。みんなみたいに飲まないからそんなに細くて小さいんですよ」と牛乳の嫌いな玲子ちゃんに言う。

こういった具合なのだ。わたしも十時にみんなと牛乳をおとなしく飲んでまた松林をぬけて帰って行った。

(『中学作文教室』第二巻第六号、一九五一年九月)

ここに丈夫な太いさかいをこしらえなくちゃあ。森のブナの木ではだめなんだ。白樺の木でもだめなんだ。

もう何百年も生きた、老いた太い樫の木が、ああ、あれがこのさかいには一番良いんだ。

たとえれば野の花の如き少女たち
　若葉の中にあちらこちら。

のぞみ

ある裕福な家で一人の女の送別会をした。女は美しいピアノ弾きであったが今度その住んでいた町より、ずっと大きい都へ仕事のために移るのであった。送別会に招かれた男女は華《はな》やかに振る舞った。一人の男は飲物を高々と上げて、立ち上って叫んだ。「彼女の成功と健康のために！」それに応じて人々は皆かん喜の声を上げた。そしてその女に聞えるように大きい声を張り上げていうのだった。「彼女はきっと音楽学校の先生に成るぜ。」「いや先生みたいなんじゃない。きっと世界中を演奏して歩くすばらしい演奏家になるだろうよ。」すると一人の男が立って皆に一べつを与え、自分の声にほれぼれしたような顔つきで、いった。「彼女はそんなありきたりの者にはならないでしょう。彼女はおそらく前代未聞の新発明をするでしょう。私は彼女に大なる希望と信らいをよせて止まないのであります。諸君、諸君は今、未来の大音楽家と同席しておるのですぞ。」そういって彼はほこらしげな視線を、かの若い女にやった。「して我々は彼女の希望をきこうではありませんか。我々に空想だけさせておくのは良くありませんから。さあ一つ我々無智な者へお知らせ願えますまいか？」と彼はいってすわった。今までじっと黙ってきいていたかの若い女は静かに立っていった。「私は、私の希望は都会のこう外に四間ばかりの家を、こじんまりした美しい家をもち、そしてなおその上、子供を数人持ちたいとのぞみます。それから子供の部屋はぜひ南向きにして、暖かく日光がさし込まねばなりません。」そして彼女はすわった。

映画・歌舞伎・書物の評

〈歌舞伎〉

『源氏物語』

歌舞伎は初めて見たがまことに感嘆した。猿之助もうまいが海老蔵の光源氏が良い。女になるのも初めて少し声が気になったが良かった。

藤原の夢を見ているようだ。

しかしまだ中心を掴むことが出来ない。だからもっとたくさん見たいと思う。

〈読書〉

鈴木三重吉作『くわの実』

おくみという女のことが別にすじらしいすじもないままに描かれる。平凡で繊細で、柔弱のようだが、実に美しい紫のヴェールの中のことのような気がする。

ゴーゴリ作『検察官』

劇で見たよりずっと良くわかり、真実味を味わった。人間の小さな心をいやしんだ。

エミリ・ブロンテ作『嵐ヶ丘』

非常に好きな文学だ。しかしヒースクリフの性格とはどういうのか良くわからない。彼はヒューマニティを持つのであろうか？　彼にとってはえん遠いものなのだろうか？

〈映画〉

『黒水仙』

あの尼長さんの清らかさと美しさには心を打たれた。しかし他の、ヒマラヤの風景は美しいとは思ったが余り感嘆もしなかった。

見た後味は良いが深く深く心にしみ込むような所が無かった。

『佐々木小次郎』

あの小次郎の剣のワザには見ホレた。だけれど弱々しい、女の事ばかり書いた、つまらない映画。

『シェバリエの流行児』

〝俺の人生はスポットライトの前ではなくてスポットライトのかげなんだ〟というの……。

Ⅱ

一九五〇年十一月六日

石井さん、朗報！　こないだは今年中休むなんていったけど、今朝血沈とったら何と15だ。それにツベルクリンもちゃんとわたしが結核性の病気じゃないことを示した。それで、後、も一回レントゲンをして良かったら、十日ほど休んで学校へも行っていいし、スキーもよしだ。つまり、レントゲンの影というのは肺炎の後だけだ。だけど、ストレプトマイシンをして、足がいたくてしょうがないや。

石井さんのいない近頃の日は前のようにとっても大切な一日じゃないよ。わたしは、今の百日をかけてあの頃の一日をほしいと思う。

実は作曲ぜんぜんやってないんだ。小さいメロディーはいくらでもできる。しかし大きいものとなるとやっぱりピアノでやらなきゃだめだろ。それにゃ、わたしは小さい頃からやったでもなし、今だって熱心にやってるわけじゃない。だから、思うとおり弾けないんだ。だから作曲しようと思ったら、ピアノを思いのまま弾けなきゃいけないんだ。だからわたしは、あと5年ぐらいは楽典とピアノを一生懸命やる。何しろそれができなきゃ何にもなんねえときやがる。

体は丈夫？　ああ早く行きたいナ。行くのは七月かい？　八月かい？　まったく来年は遠いなあ。しかしすぐに〝ほたーるのひかァーり〟なんてやる日が来るんだ。その後にはまたまた希望がある。ほんとに希望をもつことのできる人が幸せだってことがわかる。それについて菖子ちゃんにお礼というか、感しゃしなきゃならないことが過去において、あるいは現在、しごくたくさんある。そして我々は今こんなに幸せである。何と祝すべきことよ。だ。

じゃサヨナラ。　体をよくかわいがって。美世子

菖子さんへ

今、鈴一〔スズワン〕先生が来てくれて、「作文教室」（石井さんのものってる）とくだものをおいて行った。良い先生だ。

菖子様、もうソウロウは止めた。おい、菖子のやつめ、元気にしてるのか？　君の小づつみびっくりしたぞよ。なんて。もちっとしゅく女らしく。ほんとに何重も紙やひもがあってまどろっこしかった。菖子ちゃんの心や顔や目や口や手がそこらへんでわたしをせかしたよ。わたしはほんとに嬉しかったんだよ。

うには留美ちゃんが「ナイス！」って開けて食ってみてたよ。あいつの大好物なんだ。だけどやっぱり〝き

りの中のバラ〟が一番たのしくよんだ。わたしのような平々凡々人でもあれをよむとあなたの変った不思議な心がわかる。それはあなたがあれを書くときに、ほん気に私のことを考えていてくれたのだからだと思う。（略）

あなたの絵は見ていてなつかしくなってしまった。何だか見たことのある風景のような気がした。お菓子は今これをかきながら食べている。おこしはおいしい。おばあちゃんにもあげた。ブローチはとてもいい色で好きになった。

いろいろ散らかして何度も見ている。

あなたはわたしの作曲や詩についてうんとほめてくれたけれど、あんなにいわれるとそんなしかくがないように思われ困ってしまった。そしてわたしをうんとほめてるあなた自身の文こそもうほんとにすばらしいと思った。わたしは良く批評できないけれども、夢のあるそしてどこまでもどこまでもおしつめて行く真の人間の姿がでている、じゃなくて、ほんとにそれを菖ちゃんがもっているのだと分った。

〝きりの中のバラ〟を見て、やっぱり普通の人と違った人は苦労するなと思った。あなたはいつも力強い。何事があっても負けない。また、負けないのは事物が頭の中でいろんな作用を起す。あなたの少し変った頭での作用はまた変ってはいるがしっかりした土台の上にたてられたのだ。だからわたしはあなたは人間本来の弱さを持つと同時に神からさずけられた自分どくとくの頭や心でそれを強くすることができる少ない、実に少ない人の一人だと思う。

それに比べてわたしはそういうことが出来ない。学校でいろんな人とくだらないことをおしゃべりして大衆化してしまって自分の個性は自分の部屋だけでほんの少しばかりはっき出来るのみだ。あなたのもつものを何一つできない。勉強でも出来りゃ、ぜいむ所の役人ぐらいにはなれるが、それも出来ないときやがる。才能もない。作文も鈴一〔スズワン〕先生はこの頃、高良はへったくそになったねというようなことを批評にかく。その他あなたのもつ美とか知とか才とか努力というものを何一つもっていない一個の人間！　これがわたしだ。私はクリスマスを楽しくすごせなかった。お父さんはいろいろ知的なことをいう。しかしそれは留美ちゃんに向ってだけだ。わたしには「病院から菓子をもって来たよ」とか「今美世ちゃんが何を考えているかわかる。今、その絵をみていてそんなにきれいなきものをきたいと思っているんだろう」なんていうだけだ。留美ちゃんは絵がうまい、そして変っている。わたしはあなたや留美ちゃんのような変った人でなくて幸せだ。わたしは自分一人の力で生きて行きたいから。また生きていけなければ死んでしまうから。この頃はみんなといろいろ下らない話をしてもそれがあたりまえだと思うようになった。

ただ、早く行きたい。夏にね、面白そうだ。

では良い新年をお迎え下さい。さよなら、

美世子

菖子さんへ

一九五一年一月三日

自己防えいもするまい。自己表現もするまい。

すべて人の心は神によってしはいされない。理性を保って行こう。わたしの頭は心の門になってそして、あらゆるゆうわくを追い返そう。努力しよう。

一九五一年一月二十二日

大好きな菖姫様へ

明けましておめでとう。今年は、まだ私の肺がよくないので、スキーには行きません。そのかわり、小づかいを溜めて、夏にはうんとあそぶ。さァ、計画を始めよう。行くのは七月がいいか、八月がいいか、どのくらい行っていようか、何をしようか、何を持って行こうか。

ああ、たのしみで一ぱいだ。

私は、頭（理性）を心（感情、その他）の門番として、いろいろなゆうわくを全部はねのけ、追い返す努力を今晩からすることに決めた。

家で、美世子は、すぐその時の気分次第でやる、といわれる。しかし、おこりたい時、しゃくにさわる時、おこれないのはとてもとてもざんねんな、いやなことだ。留美子とけんかする。あいつは口がうまくて、すぐやられてしまう。その時、「バカヤロ！　さっさと消えうせろ！　ルミ子のバカヤロのスタンピン」って憎悪の言葉をはきだせないのは、つらい。しかしがまんするつもりだ。まゆをよせてはをくいしばって頭の皮を厚くする気持だとわりとおさえられる。

　クリスマスにくれた〝きりの中のばら〟は毎晩ねる前によみます。あれは子守唄にもなるし明日への希望にもなる。また、今日のことを、自分で反省して、あれをよむと、今度はあなたから批はんされ、注意されたような気になる。あなたの、一字一字が、わたしの心を何百度Cとあたためてくれる。

　わたしにはあなた以外の友達はない。これからも出来ない。他の家族や、先生や友達はりこうで、いろいろ頭もよいが、ただ、わたしにとっては冷たい批はん者であり、わたしの心などかえり見てもくれない人々だ。あなたは、わたしの心の太陽だ。すぐ目の前にいて、手をひろげて、いつでもわたしをやさしい目で見つめていてくれるようだ。けれど私が悪い人になりそうな時、あるいはなってしまった時は、あなたの目はわたしをふるえ上らせる。そしてもうけっしてそんなことはしませんと、あなたの前にちかいたくなる。

　わたしにはただ、あなたの真の心と、目がほしいのだ。あなたは現にそれ以上のいろいろなものをわたしにあたえている。あなたは少女でない。人間ではない。わたしの心の内では常に超人間的存在だ。現実にはそうではない。しかし、あなたの真心がわたしに充分通じているので、わたしは、そうおもう。

　そしてわたしは愛することを知っている。あなたは愛されることを知っている。愛に手段はない。わたしは常にあなたに無線電信のように愛を送っている。

あなたからの真心は愛＋Xだ。しかしそのリコールしたものは、愛の形も、Xの形もない。それがわたしには超人間的なものに受けられる。

愛する菖子さま、今、わたしはハドソンという南米の人がかいた「緑の館《やかた》」というのを読み終りました。あれは実に神秘です。いろいろ心にきました。けれど口にはいえない、悲しい感情のようです。

なぜか、今、わたしはあなたのいることで、悲しいのです。しかしその元はあわいよろこびなのに。なぜか、あなたの美しい顔を想い出すと、悲しくなります。なぜ、あなたという人は不思議なのでしょう。わたしは、あなたに夜、手紙をかく時だけが、自分の感情のままになる時なのです。

一九五一年一月二十四日

女なんて台所に引っ込んでいろ、か。それは＊＊なんてボンクラやろうの考えることだ。

一九五一年三月三十日

今日〝魔王〟をきいたら実に実に悲しくなってしまった。また、ショパンのハ長調練習曲をきいたら、自分の一年や二年はどんどんどんどんすぎ、レコードをきき終った時にはすでに人生は終っていた——という感じになった。すなわち自分はいくらいばっていた所で日はどんどんすぎてまだまだ春だと思っている内にいつのまにか死期になっていた、というのだ。

私のまわりの人々（似顔絵入り、抜粋）
ルミちゃん、見事美術学校にパス、胃下すいも治った。

一九五一年三月二十二日

終業式だけど頭が痛いから行かない。

私は今一体何をするか、今日もらうはずだった通知表には悪い点がいっぱいついていることだろう。またこの間は学校でそのことのために涙を流したお前だ。

これでもまだ変らずのらくら一年間をすごすつもりなら、お前の自尊心だって傷つけられよう。

高校は附属には行かないつもりだ。猛烈勉強をやらせ

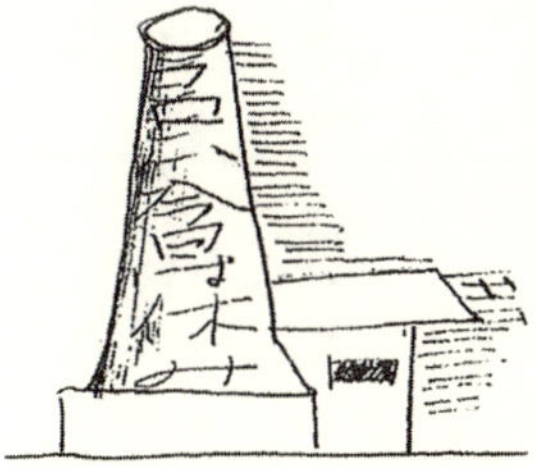

てまた、規則のやかましくない、音楽方面のすぐれたあまり雑用の多くない学校が良い。

石井さんから何も便りがないと自分は一体何ものにも、どんなものにも愛されてはいないんじゃないかと疑う。

一九五一年三月二十四日

石井菖子様
今日は、相変らず元気でピンピンしすぎています。菅平へ、＊＊、＊＊二君と共に二日間行って来ました。終業式は何故か、行く元気がなくて風邪も引いていたので行かなかった。

今日はとても風の吹く春の日だ。庭の木がたまらなそうだ。

私は今失意のどんぞこにいるけれど、春ともなれば心ウキウキワクワクして来てくれることをまちのぞんでいる。また自分もせっかく春をたのしむ人の邪まもしたくない。

（略）

色々話したいことはあるんだけど何故かあんまり話したくない気がする。またそれを良く言い表わせないんだ。だから、菅平で書いた文章の断片を見せた方が良いだろうと思う。

何とはなしにゆううつな日々だ。外には雪が積って日が照って、山々は黒く、そして白くそびえている。その雪も今はかたく氷っている。家の中は女共が居ってスチームが通っている。あたたかいがうす寒いのだ。

いったい何故こんなにまずいゆううつ極まる気もちなんだ。いっそのこと吹雪になって私や女共やこの家を雪にうめてしまえばいいに。

自分で谷間へスキーで行って静かに

静かにでなくも

降りて、水の早瀬に少しずつ誰の顔も想いうかばないで入って行けばいいに。

こわいんじゃない、

誰もしろとはいわないに何故そんなにスキーをはく？

雪の上に煙のたなびくのが悲しいのか、

いいや、煙は空にのぼって行く、

水晶の空の下の氷の樹のうす赤く見えるのがかなしいのか？

いいや水晶の空の下にはうすい空気の層がある。

やはりお前自身の身の上が悲しいのか？

いいや

わたしは、何といっても、ただただ広い白い高原の雪とうす赤い氷の樹が、それに私の冷たい冷たいそしてまた燃えている心が、
それが私は悲しいのだろうよ。

一九五一年三月二十六日

どうしても楽典やる気がしない。

石井さんからはがきが来た。首席だって。

考えて見ると今私は、石井さんがいなかったりただの友達だったらあんまり希望がなくて今ごろは、どっかの川底にしずんでいるだろう。ああナサケない。

夏のことでも想像して楽しんでいよう。

一九五一年四月一日（日）

熱海から帰って来た。どうにかこのいやな心境から抜け出られそうだ。文もどうにかこうにか書けた。今日は作詞作曲を井上先生に見せたら「きれいな旋律だね」ってほめられた。和兄ちゃんが来た。石井さんのことといってた。「『美世ちゃんは甘ったれ子です』っていっといたよ」なんていってた。

春休みはやっぱり遊んでしまう。石井さん、今頃暖い寝床の中だろうか。

一九五一年四月六日

石井さんから手紙が来ていた。どうして石井さんは高良という人間をこう大きいえらい人間のようにいうんだ？　私は石井さんに来てもらいたくてしょうがないんだ。雨の中をす足でかけ出したいんだ。詩も文も何もかけはしないんだ。ただ子供みたいに石井さんに会いたいんだのに。

きっと石井さんは「そんな弱い、いくじのない人間はいやだ！」っていうだろう。石井さんは向うの方で元気にやっているんだもの、あいつは私なんかよりよっぽど偉くてしっかりした奴なんだもの。

一九五一年四月十三日

やっぱり文化係になってしまった。いやだというのに。

人と口をきかなければならなくなる、いやだ。

一九五一年四月十五日　ハレ

やっぱり才のうなんかないんだ。一体何をして生きてゆけってんだい。

一九五一年四月十六日

秀才って言葉は大っきらいだ。

自分の生活を価値あるものにしたい。
正しい道を迷わずに進んで行くにはぜひともそれが必要なのだ。

一九五一年四月十九日　雨

やっぱり勉強ばかりやっていたって人生は楽しくない、豊富なものに成らないことがつくづく感じられた。本をよまないから頭も心も鈍感に成ってしまった。

一九五一年四月二十五日　ハレ

お母さんが東北から帰って来た。水あめとかつぶしをもって。三、四、五、六は休みだ。
上田さんや太田さんと二日間熱海へ行く。四、五、六と、るみちゃんとたてしなへ行く。

一九五一年四月二十六日　ハレ

ずい分とあつくなって来た。裏の山で昼休み本をよんで帰って来ると、服がプーンと草の香がする。
全財産を出はらって『未完成』を買うことにした。千二百円也。

一九五一年四月三十日

東京都新宿区下落合二‐八一〇　高良美世子　消印不明

門司市清見町鉄道官舎内　石井菖子様

〈葉書、ペン書〉

石井さん、はがき有がとう。一生懸命やっておられるようですね。しかしあんまりすぎると体を悪くしますよ。（略）

今日鈴一〔スズワン〕先生へ贈る四組の文集が製本された。あさって頃贈呈するはず。私は近頃一月あまり鈴一先生とは口をきいたことがないので良くわからないが、忙しいらしい。

高校の時、石井さんの家が東京に移らないのなら貴女だけ来れば何とか成る。私の家のおろかな平凡さに甘んじてくれたらどうにか成らないことはない。（略）

小包送りました。忙しいので充分なことが出来ないでごめんなさい。夏のプランはまたこの次に回します。夏休みは遊びと勉強とを心をこめてするつもり。身体けんさ、身長一五四・六、体重43ｋ。身長は氏家さん、太田さんに二ミリまけた。少し□□が不足したかもしれない。

サヨナラ　　高良

私の大好きな菖子さま

五月十五日　私が貴女を知ってから三回目のこの日もとうとう来ました。三年間なんてすぐに、見ている内に過ぎ去ってしまうものね。この五月十五日を私はどのように菖子姫を祝福すれば良いのだか、さっぱり解りません。この緯度5度異なる所にいながら私はこの一年前貴女を祝福した時と同じに貴女の顔を思い浮かべ、そしてあの時以上の貴女に対しては燃える心を持っています。

早く十一月頃に成ったら東京へ来ないの？

私は貴女が来るのが待ちどうしくって

首がのびてしまうわ。

何より体に気をつけて下さいね。

私が夏行くまでは生きている事　エへへへ

一九五一年五月十五日

私は今ほんとうに貴女がいなければ死んでしまいたいと思う。誰もがそのために幸福になるように思われてならない。

菅平に行った時、谷があった。深く清く、冷たい水がさそうように流れていた。山の奥深く、誰の顔も想い出さないでこの世から去る事が出来たら……。しかしいつでも貴女の顔だけは浮んで来てしまう。いつもいつも誰も私をこの世からほうむり去りたがる夢を見る。朝起きると冷汗を一っぱいかいている。生暖かい春の風が吹いて来て私を気狂いにさせようとする。

学校へ行くと＊＊先生の眼へは自分の眼を向けることがどうしても出来ない。＊＊先生の眼は何かゾッとする。鈴一〔スズワン〕の目……無いのだ。

私は夢想病のようにそんなに心をごちゃごちゃにしなくても良さそうなのに……と貴女は想うでしょうね。私の一番、この世で一番親切なやさしい菖子姫、私は今猛烈に頭で音がして、いつも耳が変でいつもいやな香を感ずる……

だけども私は日課を決めて、数学と作曲と楽典をすることにした。今は作曲をするのさえ苦痛でならない。

私は今、貴女に逢って話しをすればたちまち心の雲がおおわ《ママ》れると思います。

祝福すべきこの日にこういうつまらない事をならべたてるなんて、私はなんという馬鹿なんだろう。けれど弱い私は貴女にでも聞いてもらわなければあんまり重くって倒れてしまいそうだ。

菖ちゃんはまるっきり違う土地へ、それも一番大切な時に行かねばならなかった。そして行った。まるっきり環境が違うのだ。石井さんは今までにもずい分環境の差にはけい験してなれている事と思うが、こんなに苦しみなやんだ時は無かったろうと思う。

しかしその苦しみの中にも後一年いれば今度は違う意味の苦しみと新しい生活への自覚を経験することでしょう。それは私も同じだ。

そしてきっと人生が何と短いものかという事が解りあらゆる困難がある事を発見することだろう。そういう事は今まで暖い温室で育てられた二人の生活態度や信念に一大変革を起すのだ。嵐に負けない強い心を持ちたい。それは今の生活なのだ。その何物にも負けようとしない心は今さかんに育て作られつつある。また時としては分解され、こわされる。(今、私は積極的にではなくてもこわそうとしているのかもしれない)

だから今の生活を楽しくゆかいにまた有意義にくらしたいものだ。

一九五一年六月

石井さん、葉がき有がとう。私も二十八・九・十と三日間の期末考査を眼前にひかえております。試験もいそがしそうですが、放送げきも大変ですね。どうぞしっかりやって下さい。それに数学や理科を好きに成ったとは非常に良い傾向じゃありませんか。斎藤先生が聞いたら喜びましょうに。

ジョンの健康をいのります。


今私は一人で、「謎や敵」の中にいる。どうしてもこの「謎」を「謎」でなく、「敵」を「敵」でなくすることはできない。

とかくに一人になりがちな学生生活も味気なく、雪の降った翌朝の、ストーヴの傍らの感じだ。

「現在を生活とする」……現在以外に生活はあることはない。この言葉を鴎外の小説をよんで見たとき、私は怖れをなした。まさに私は現在を生活とせず、生活というものは学校を卒業したその未来にあるのだと確信していたから。

あまりにも自分をいつわってしまったので本当の自分というものを自分でさえ見ることができなくしてしまったのだ。故に生活することはむずかしい。真の生活をすることは。

芸術の反対は科学であろうか。では芸術とは何だろう。どう違うのだろう。どちらも人間の、真理に近づこうとする意欲の現れではないのか？　それとも、芸術は人間の真理の探求でなく、神意への理想の表れだろうか。どうも分らない。

人間の生とは何を意味するのだろう。

また、

我のこの世につかわされしは、
わが意をはるためならで、
神のめぐみをうけんため、
そのみむねをばとげんためなり

のように「神のめぐみ」というものが実さいにありうるのだろうか。私はそれを深く深く疑うのである。

我が手をとれよわが神よ
我が行くみちを導びけよ、
我の目当はみ意《むね》をば、
なすかしのぶにあるなれば、

等、最もこの疑いの深き所なり。

夏休みはやっぱり八月中旬に行きます。

本当に貴女と一緒に山をかけまわったり、勉強するのは楽しいことだ。決して外面だけでなしに。だが、もし今の私の真の心の命令に従えば、私の愛する、やさしい人の所へ行くのはちゅうちょするかもしれない。何故ならば、貴女と会うことは、また一面から見ると、謎に会うことでもあるし、また、敵を作るきっかけとなるかもしれないから。

しかし貴方の所へいる数日間が真の生活と成りうるであろうことは疑わない。

サヨナラ

一九五一年七月三日

〈葉書、ペン書〉

門司市清見町鉄道官舎内　石井菖子様

東京都新宿区下落合二-八一〇　高良美世子　消印　落合長崎　26・7・3　□□□

石井さん、はがきを有がとう。私も試験が終り、後は休みを待つばかり。ただ、自分の中から〝実体〟をつかもうとしているだけで毎日重苦しい。自分自身が空虚であることによって周囲のものがすべて空虚に見えた。虚。

貴方のいう、現在・過去・未来の生活、果してそんなものがあるかどうか疑いました。人間の生活は現在にもない……と思うのもまた自分がからっぽな人間ゆえ。

私は貴方の、真を求める心に対して何らむくいることが出来ず、またむくいようとすることも出来ない人間です。

また私はむじゅんにも私自身でまた内容のあるもの、真のものを求めているからです。

あらゆる芸術、自然からまずさがし始めること、また人の愛によって。しかし自分の中に「真」を象徴する何ものかを見出さねばそれは不可能なことではないだろうか。そしてその「自分」は実体のない社会に生れて社会に育つ。そのまわりはあくまで空虚である。

その中に実体のある自分を、最もはっきりした自分を知るということが如何に困難であるかわかった。

人・他人・私はこれ等の内に貴方を見出したのが偶ぜんなことのようには思えない。はっきりした〝生きがい〟または〝生れた意義〟を感じさせるのは距離的には遠い石井さんのみだ。私はやはり貴方に真を求める。もし人間にして真を有するのが可能であるならば、貴方以外の誰にも、私は真を見出す価値のある人を知らない。

一九五一年七月六日

〈葉書、ペン書〉

門司市清見町鉄道官舎内　石井菖子様

新宿区下落合二－八一〇　高良美世子　消印　落合長崎　26・7・6　後6－12

石井さんはがき有がとう。この世に於て虚偽でないものを見せられるのは少し悲しいことではあるが、また喜こびでもある。他人・社会・周囲といったものはそのよしあしにかかわらず、冷たい味けない、空をつかむようなものだ。

その中で全く真実なのは自分の心なのであって、それ故にそのまわりの空すらも真実を見つけ出すことは可能であり得るのだ。

しかしあくまでも貴方の心の真実だけが永久に貴方のものなのだ。しかし私もまた自分の心の中に真実を求めつつある。そして私はそれを貴方の中に見出したような気がする。友ではない、また愛でもない、不かしぎな宇宙の一致のようなものだ。よく分りませんが……。

どうか毎日の生活を、淋しくてもなんでもよいから自分という一つしかないものを重んじて下さい。自分では社会から自由に、とりこになってはいないと信じていても、ほんとうはこれらの力に負けているのかもしれない。

私はよくあるつまらない教訓じみたことをただまるうつしているかもしれません。

それもまた私のつまらなさだとあきらめて下さい。

また何故に貴方は自分の環境をわるい、ひどいものだといい、私のそれをすばらしいというのです?

あまりに恵まれた、スバラシイのは私にきらわれましょう。私はどこまでも不てっていな、欠けた人間です。

サヨナラ

一九五一年七月三十一日

石井さん、手紙ありがとう。私も三十日で帰ります。私は早く一人になりたくて仕方がない。あまりにも俗っぽい、アメリカ人がいる。赤い色やはでないろばかりだ。貴方がうらやましがるには及ばない。ただ、一人になりたくて仕方がない。水からはなれた魚のような気がする。

八月十日から二十三日までひまですから、その時そちらへ行くつもりです。しかし九州にはあまりにもしんるいが多すぎて困る。そっと目につかないように行きます。行く前まで、はっきりした日日はわかりませんから、電報を打ちます。

京都なんかの旅行は面白かったですか。貴方の写真を見て、私は、白い真実を発見しかけた気がした。山に真があるという。自然は神の召使いだという。しかし私は神を信じない。何でも不思議で偉大なことがあると神にかたずけるのに不賛成だ。自然というものは尊敬するといえるかどうかも疑わしい。少なくとも今、この志賀高原とやらいうアメリカ人専用の高原にいる私には自然を尊敬出来ない。愛することもできない。

自然はあくまでも自然だ。美しくあっても神秘であっても自然には変りない。私がここに存在するのも宇宙が存在するのも自然の内だ。芸術も自然だ。天才も自然だ。そしてこの自然は何の法則をも持たない。故に人間は何ものにも服従することはないんだ。それなのに神などというものをまつり上げて服従しているんだ。だから人間個人の生活なんて自然には属するが、人間の所有で、あくまでも自由なんだ。真というものは、この分裂した、まとまりのない勝手な自然の中にないいんだ。それを人間が、せまいはんいで幸福になろうとして真だと思うものを見つけ出す。

それで人間は充分人間として幸福になれる。人間というのは、そんなに小さい哀れなものなのだ。だから人間は決して自然より上には出られない。自然はおろかな、ものだが大きな大きな力をもっている。

人間は勉強する。それは、えらくなるためではない。真を自分の心の中に生み出しまわりから見つけ出すためなんだ。その真に芸術も科学も含まれる。しかしそれ以上のことはできない。つまらないあわれな人間なんだ。

時々私は音楽の美しさによわされて、それを最上のものだと思ってしまう。私もその、つまらない人間の一人だ。

だからやっぱり人生は、一番人間的に、美しく、楽しむことが一番適当らしい。それ以上のことは私にはできないだろう。

しかしここは空気がよく、毎日歩きまわっているので真黒に太って丈夫になりました。丈夫になるのも人生を楽しむ方法の一つでしょう？　一人になるのも私の最上の楽しみなんです。

丈夫で、一人山を歩きまわり、家に家族が待っていれば、人間は満足しなきゃいけないんです。

ただ私が他の人間とちがうことは、他の人間にはかって与えられなかった、貴方という親友以上の親友を与えられたことです。私はこのすばらしい特権を誰に感謝したらよいのでしょう。

これだけは自然以上の行為です、と思う。

必ず八月中旬に行きます。

海の自動車

海の草原に
いくつもの川筋と
長い湖がある。
黄金色と緑色の自動車が
誰もいない客をのせて
一杯にのせて
水平線に向って走る。
キラキラと川筋が
光る。
こんもりと青い
海の森
走って、走って、引っくり返っては
またはしる
だるまのような

はでな自動車。

ちょう笑する、ギラギラの水面
その果ての
空と海との、まぜこぜになった所に
スマートな灰色の自動車が
走る。灰色の、
光る、
ガラスのカーテンの中に
死んだ人の
見えない宝物を一杯つんで。
黄金と緑の自動車は
その沈黙の死者を追っている。
ころがりながら、海の牙に傷つけられながら
どこまでも追う。
無限に大きいコロッセウムの
水面に　エンジンの

音をひびかせて　ああ大理石の床にひび入りそうな、
大ぜいの冷たい観客の目に耐えながら。
その先に奴等の仕かけた
真蒼な穴や（地ごくの底までとどく……）
巨大なたつまきやそれから、
六つ頭の海の怪物を
知っているかしらないか……。
ハディスの
よみの国まで
ある物たちを追う。
小さい子供が浜辺で泣いた。
海の向うに自動車のエンジンが
聞えたといって。

キラキラと、海は油を流した。
細い川と湖水を、流した。

（富士山の絵の裏に）


もう見えなくなった船を私は波の上に探した。

波はキラキラ光って魚の背のようだった。

「富士山なんてきらいだ」と私はいった。

波がうるさくて心の中は淋しかった。ああ、わたしが詩人だったらなあ。

この広い広い、そして勇ましく寄せる海を、白いしぶきやそれから頭の上の旅をするような雲と一緒に、「悲しい昼間」とでもノートに題して書いてやるのだが、わたしはたのしく波のくずれるのを見ているだけだ。そして絵のかわくのを待っている。

うっとりとして時のたつのをわすれる。いつか絵の上にありが三匹はっていた。

学校というもの

一九五一年九月頃

自分の生活する環境を知る事は大切でありまた困難なことである。私は三年間散々悩まされた学校の実体をいくらかでも知り得た。それはひとえに三年間の悩みが教えて来たところのものだ。今私は新しくまた高校という社会に入り込む時に自分と学校という関係を知って来た過程を尊重せざるを得ない。

二年の終り頃から私は学校がひどく嫌いになった。それも一年の時のように勉強がいやなのではなく。学校という集団が全く自分とは敵対関係にあってその中にある自分は決して本来の自分の姿には成れず、何か偽りのもの、勉強だけに来るロボットというように感じていた。その頃の日記を開いて見る。

＝真の自分を知り、その中に生きている人間がどのくらいあるだろう。原始人は自分の中に生きた。しかしあれは〝生きた〟のでなく、〝実在した〟のだ。自己に生きるには自分を知らねばならない。どうして私は自分というものに偽りの皮を被せ、自分にさえ見分けのつかない、親しみのないものにしてしまったのだろう。自分の手は冷たい、気味の悪い生物だ。

学校にいると私はますます自分が分らなくなり、〝自分に生きる〟ことを不可能にして行くと思った。自分を得るのは夜、一人日記を書く時だけだった。学校にいる私は、周りに混合し、同調し、押し流されて行く一分子にすぎなかった。

それから、私の理想めいたものはこういう学校への反発から生れて来た。それは唯の逃ひだったかも知れない。しかし求める心を持ったということはどんなにそれが夢の様なものであっても生きる一つの要素であると思う。

＝六月二十日ハレ、〝生活する〟とはどういうことなのか。私は〝生活〟に対して強いあこがれを持っていながらそれを実現することは到底不可能なことに思われる。実際に私は現実に生きている。その現実の社会の、私の知っているのは汚いみにくい、神聖みの少しもないものである。では「雲の如く、あこがれながら、ひかえめに、強情にかかっている」のが理想的なのだろうか。現実に生きている以上はここに存在する義務があろうし、また何物かが私をここに生れさせたのにはある目的と意義とがある。しかしどうも分らないのは〝あこがれ〟である。一体人間は何にあこがれるのだろう。〝生活〟単にこれだけに止まるのだろうか。果して〝理想郷〟とか〝幸福〟などというものがこの世にあるのだろうか。

それから私はすべての虚無を感じた。そしてまたしばらくしてこう書いている。

＝だが自分はただ虚無なるもの、人生を知るために現世へ生れたとは思えない。何か生れたからには努力すべき、またしがいのある何ものかがあるはずだ。＝七月一日、すべてが無だと、もし私が考えていれば何処の高校へ行っても同じだ。学校等というのは何処だって同じものだ。元来社会というのは実体のないものだそうだからそれも致し方ない。＝その実態の無いものの中からも私は新しい欲望を持った。それはまたもや〝自分に生きる〟のであったが、それはあこがれから、欲求に変って行った。＝私は凡人で、凡子ではある。しかし私は人生を自分の物にしてみせる。＝真の生活を、真の人間というものを追求して行く生活、それが真の生活といえるのではないだろうか。＝しかし依然としてつまらない学校は消え去らない。＝八月二十三日、学校・面白くもおかしくもない所。＝九月十八日、社会に貢献するとは？　つまり自分も社会の部分になることだ。社会の恩恵に浴しながら、私がいることは社会をぶち壊すことであり馬鹿で完全な利己だ。＝このように自分と社会の矛盾の内にさまよってから五ヶ月、その間私はいろいろなことをした。そして人間の生きえる世界の無限に広いことと、一人では生きえない、社会に生れた自分、また一人でしか生き得ない自分をおぼろげながらにも知った。そして今に到る。学校というものは私にとっては〝社会から出たごみのようなものが妙な風に縦横に交錯して私をぐるぐる引き廻したもの〟だ。終りほんとうにお役に立ちたいと思う者ですから貴女のよいようにして下さい。

一九五一年十月三日

サヨナラ

二人がたがいに見失わなければ、
何もいうことはない、
時も距離もそれをへだてることはできない。

一九五一年十月三十一日

奈良、京都で約一週間をすごしました。毎日寺を歩きまわっている内にたいへん建築や仏像に興味をひかれました。奈良に住んでいて、毎日寺へ散歩に行けたらずい分よいだろうと思いました。ことに唐招提寺や薬師寺なんかの仏像は印象が深いでした。

今朝六時に東京へ帰りましたが、ロダンのいった「大都会は墓場である」という意味がしみじみと身にしみました。私は決して、こんな丸や四角なうつろな目をもった石の間では生きていられないように感じました。それなのにもう私は、明日学校で先生や、友達やその他いろいろな人に逢わなければならないのです。黒板の字を書き取らねばならないのです。

私には、学校や、木や空や、汚いもの美しいものもみんなつつぬけに見えます。今日の青い、元気一杯の空だって、私の体中の勢力《ママ》をどこか遠くのやみにほおむるために通路をいっぱいあけて待っています。ここでは呼吸が非常に困難なんです。でも田舎だって同じことです。私の歓喜を受けてくれはしません。ただ、修善寺の、宿屋から真すぐな暗い、木のおいしげった道を逃げて行った時が一番歓喜にあふれていました。それから、薬師寺の東院聖観音に見入ったときとが。

一九五一年十一月二十四日

追伸

東京に来る意志がないのですか。貴方は東京へ来る必要があります。（略）今年中には意志をはっきりさせて下さい。出来るだけのことはしたい。

こんな晩にもう一度、貴方は〝居る〟かどうかたしかめたくなり、私自身貴方の友であるかききただしたくなる。

一九五二年一月二十日

他人にとっては、見ようによっては、私という人間を種々な感覚面の形容をすることもできますが、私にとっては、こんな哀れなみっともない自分でも、たった一つの生命であるのです。それも誕生を待つ生命なのです。

私はもう少年らしい自己の主張や反抗をしません。自分自身に深く入り込もうとするのです。私が「生きる、生きる」とわめくのも、それから後――誕生を迎えて――はじめて本当の価値を表わすのです。なぜなら、私はもう生きていないから。私の少年期は菖子さんに逢ってから、伊豆から帰って後、四、五日迄の約二年半の間でした。私の「生きる」と叫ぶ矛盾はここにあるのです。私は人生ともいえぬ十五年間を不規則に過した。そして今、それから去って、次の本当の生との間の無の段階にいるのです。そして早くその誕生日をしなければ永久にこの無の地位から抜け出ることが出来ず、生を受けることがなくなってしまうような気がします。だがそれは、あせってもどうにもならないことだ。私はただ生――まだ見ぬもの――に従ってそこに到達するのみです。ただ誠実と熱意とをもって。

つい自分のことばかり書き並べました。私は貴方に対して怒るなどということは絶対にありません。私がこの頃時に強く感じることは、自と他ははっきり分れて何も共通な所や融合する所はない。自でなければ他、他であればどこまでも自との境界を越えることのない他であるほか何でもない。それで私は友情も恋愛も否定しますし、自分と融合するものをみんな憎みます。でも私を含む「全体」というものは何と崇高なものでしょう。

一九五二年二月一日

音楽は私をすっかりうばってだめにしてしまう。

完全な美と幽玄との交叉のリズムだ。

それは私の心ぞうを強くつちで叩く。心の中を嵐のように吹きまくる。心の中は秩序なく乱れ、熱く、肉体とは関係を別にしている。どんなにやさしい音律にも私はおそれおののく。音楽に表現されるものはこの世のすべてであり、皮肉さも、まじめさもなく、冷たさも暖かさもなく、私の心をうばう。

音楽とはおそろしいものだ。

しかし一方では、芸術は感じられるもののみによって支えられていてはならないと思う。それは芸術と人間の衰亡を意味する、と考えている。しかし音楽に矛盾や、不完全や、継続など少しも感じられない。もし誰かが「それは敗北だ。抵抗するのだ。矛盾と悪魔を見つけ出すのだ」といったら、私は「そんなものは絶対にない。そんなことを想像するだけでも悪魔だ」と彼を罵り、死んでしまいかねないだろう。ここに終結をみとめて、決して悪くないと信ずるからだ。

けれども雪はかそけく降りつもっている。終結がどこにあろう。あるものは時の継続だけだ。私は心にののしりわめきつつもそれを次第にみとめ、冷却されて、ついには雪の静けさの中にとけ込んでゆくのだ。

この春雪に

この平面にあるもの　この道に行くもの
どの姿もまだ霜枯れのゆううつだ
銀杏並木の街道の　灰色に沈み
その梢に　春雪はたわむれる

人一人この春雪にぬれつつ　その面に死の表情を浮べ
地に落ちてはかなく消える雪片をみつめつつ
反逆と孤独の眼をむいて　しかもその手足は何も為さない

この春雪　舞い舞いて
いつまでもやまぬ
いつかその黒衣の人をおおいかくす

一九五二年二月十五日

この平面　この道に行くもの　白い指が
微妙に葉脈の走る冷たい葉に　ものうげにからんで行く
地上は真白　夜は濃いコバルトだ
かの春を思わせるこの夜に　この春雪のひびき
かすかなはじらいの様子をみせる庭の木々

一九五二年二月二十三日

武蔵野の、おばあさんの離れでおはじきをしている男の子は今でもいます。いつまでもいます。今までにもいました。それは自然に。

科学の不完全さを補うものは宗教でも芸術でもない。一人の人間の成長も存在も人類の歴史も自然なのだ、それ以外には考えられない。この不完全さの中にあり得るものもまた科学だ、私という人間を一時構成した分子も過去において、未来において、ただあの不可思議な世界をさまよっている。

そこにはあらゆる科学の未知が住まっている。あるものを生じさせる力、状態を生じさせる力、などがある。幻影も空想も。

夕方の散歩

一九五二年二月二十日

どこからか苦労の荷をしょって来て、夕方外へ出るときに、またその荷をしょって出た。

裏の小路は雪どけで、めったやたらに泥沼だ。

重い足をかまわず引きずり、人にも自分にもはねかけた。


人々がたくさん、一軒の写真屋の前に集って、石を投げたり、つばをはきかけたりしている。私はガラス戸を押して中に入って行く。


なま暖かい空気の中に眼鏡が二つ光っていた。色素のない、うす黄色い顔。

私は叫ぶ。「写真はどこだ。写真はどこだ。写真はどこだ。」その声はどこかへ大きくひびいて消えて行った。

見たらそれは大きな天井の高い白い部屋だ。

電気が三つ四つ天井からぶらさがって、かべを黄色くてらしている。撮影室のようだ。

ずっと向うの正面のかべから小さい高い声がひびいて来た。

「まだです。まだです。あと二日。あと二日。」

目の前で上を向いている写真屋の小さい口が動いているのだ。ばかばかしい。あと二日、あと二日というのは何べんきかされたか分りゃしない。

力一ぱいガラス戸を閉める。ガラス戸は私の手からはなれ、どこかへ吸い込まれて行った。――何の音もしない。

涙のたまった目で空を見上げれば、屋上に〝撮影所白猫〟とある。そしてその字も遠くへかすんでしまった。

ここはさっきよりもまだひどい泥んこの道だ。左手は焼跡がまだかたずいていない。石燈籠や庭石に白く雪がのこっている。

右手は新しく建った住宅だ。それほど文化的というのでもないんだろうが、小っちゃくて、中にはたたみの室があって、暖かいこたつとみかんの山づみがありそうな家だ。縁側のガラス戸がまだきっちり閉められていないような。

坂道にかかる。すべらぬように気をつけて。目の下をゴーッと音をたてて西武電車が通りすぎる。そして高田馬場では省線だ。鉄橋を渡る音。

おや、きれいな緑の池だ。こんもり周りに木が茂って、どこかでみたことのあるような。ははあ、これもやっぱり泥沼だ。

札がかかっている。赤く太く「警察犬に注意」とかいてある。そっちにも。どうりでこの池のあるきれいな庭も鉄条網でかこまれている。犬は嫌いではないんだが、警察犬といえばそりゃもう、すごい奴なんだろうな。

落ちるようにして坂道をすべっておりた。男の子が三人、ずいぶんものめずらしげな顔で、私を見上げる。森永製菓のコンクリートの屋根や煙突の間から夕日が見えた。うすべったい、ボヤボヤした夕日が。その上にかかった金色の雲二、三片といっしょに、学校劇の背景のようだ。何の感銘もよび起さない憎い、作りものの夕日。あれが一体本当だというんだろうか。あの赤いものがかくれれば、電信柱もお宮も真黒になるっていうのは、本当かな。今はそんなことを信じるより自分のことで胸は一杯だ。今夜は暗くならなくて、一晩中日が照っていたって、それはどうでもいいことだ。昨日あんなに雪の降ったことを思えば、そんなことだってありそうなことだ。

学校帰りの女の子三、四人、その可愛い目でもって私をけげんそうに見つめる。まただ。その目はこんなことをいっているようだ。

「どうしてそんなに眉を寄せて顔をしかめているの？　まるで貴女の心は寒さに死んで、再び春の来るのを知らないででもいるように。」

そうだ、私はよっぽど奇異な表情をして道を歩いていたにちがいない。第一このだらしない上衣からしておかしなものだもの。今夜はまあ、どうなるともいいがたい。しかしそれでも夕日はずっと低くなっている。うすぐらくもなって来ている。

写真屋は意地の悪い虫の好かない男なんだ。さあ、もうそんなに顔をしかめるのは止したまえ。

結局これは、よい運動になったのだ。

今日数学の時間、勝手な遊びをして楽しんだ。

「10㎠の箱は無限大の広がりをもち得る。それと同時に、あらゆるものの存在は真向から否定される。何故なら人間はただ感覚というでたらめな物によってのみ周囲を感じ得るのだから。」

「数学ほど幻想的で美しいおとぎ話はない。すべてが架空の世界に属する。点。線。面積。角度。ABがBPに等しいことも、大変きれいなお話にすぎない。ABの垂直二等分線というかれんなお姫様と、P'というすこぶる奸智にたけた王子さまと結婚した、中々おめでたい話なのに、Pという貧しい青年が邪恋をしたまでに、PMという鉛の兵隊を引っぱり出してPはふくろだたきにされたのだ。でもPは死んでしまったのではない。いつか垂直二等分線姫を手に入れようとしている。」

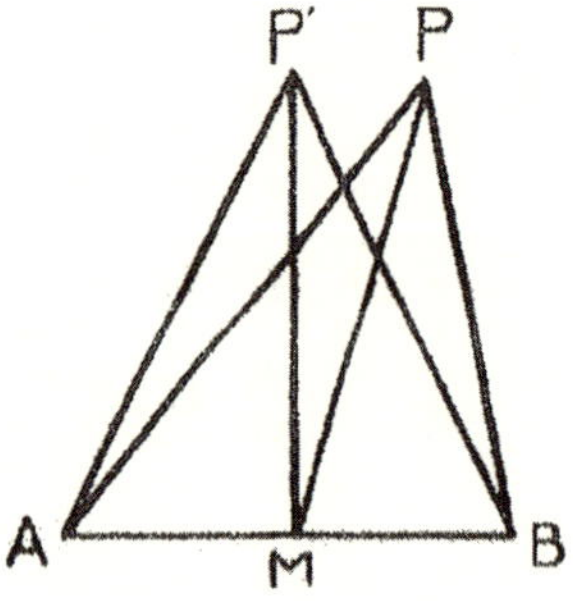

「すべてが0で解決されるのだが、例えば無限大×0＝0だから。0の種子さえ手に入ればよいのだ。
また、無限大×（−1）＝−無限大ということになる。世はすべてこんなようなことの、くりかえしなのだ。天地がひっくり返ることだって簡単に起るのだ。」
だが音楽の時間には、こんなつまらない人間のたわごとなどベートーヴェンに吹きとばされてしまった。

一九五二年三月四日

この頃私は生涯の内、私が体験したうち、最も強烈で純粋で現実的なものに出くわしたような気がする。あるいはそれは自分自身の影にすぎないかも知れないが。そのものはまず恐怖なのだ。恐怖は至る所に現れた。雪の斜面にも。自分が入って行こうとする杉森の入口にも。家屋をゆさぶる風にも。またその風に葉をゆり動かす木々にも。それから最も巨大に真暗な十畳の部屋に、ひどく複雑な色彩と模様をもって現れた。

ああ何とその恐怖は偉大で、無現に広大で奥底が知れなかったろう。もうその世界に人間がふれると、人間の思案の余地もなく、どんな手段も使われず、少しのなぐさめや、心やすめもない。その世界は無気味なほど静かだ。「音」というものの存在すら疑われてくる。音のしないことが人間をキチガイのようにさせることもあり得る。

けれど耳にきこえないあらゆる感覚のひびきのみなぎるのは感じる。その沈黙の世界が私の前に現われた。どこへ手をのべてみても、ただ無限の広がりを感じるのみで何の反応もない。どんなに大事のように思われていることも、その世界の空気やありさまを、ちょっとでも変化させることが出来ない。依然として厳しく荘厳に存在するのだ。

今でも容易にその世界を感じることが出来る。何ともいえぬフィラメントの音がそこへさそってくれる。

何の存在もそこでは拒まれた。この部屋にあるわずかなものさえも。それでいてその世界の闇は、おそろしくいろいろなものの存在の可能性を秘めていた。しかし今私はその「いろいろなもの」の何であるかをここに書くには、あまりにもその世界の描き方がたりないようだ。ただ概念的に私の求めているようなものがすべてそこにあるというように思っただけだ。

「時」というものが全く感じられなく、それでいてその世界に「時」の存在をみとめることが、求めることの中で大きな一つのことのようだ。

神、神というが神とは何だろう。これと同じように、この世界もおぼろげに、けれどごまかしはなくはるかにある。

一九五二年三月十六日

今朝うすく目を開けてみると、クリーム色の光が机の上の積まれた本や、目ざまし時計や、金色のオルゴールにさしていた。誰かが、インド更紗のカーテンをすっかり開けてしまって、空の青色が快かった。もう六時半、この光をみて、幼い頃、姉達と花壇の手入れをしたことや、父と温室のサボテンを見て目を輝かせていた頃のことが想い出されて来た。その頃、家にはすっかり青々としたつたが匍っていて、夏になると室の中まで侵入して来て、美しい装飾だった。毛虫も入っては来たが。二階のバルコニーにはばらがからませてあった。今でも咲くが、その頃の方がずっと沢山咲いた。うすもも色で香りが非常に強いばらだった。考えてみると、どうしてそんなに花があったのだろう。いや花ばかりでなく木もヒマラヤ杉とか、つばき、くちなしの木もあったし、ぐみやきんかんもあった。母は花だんに入って、ジョロで水をやることもあったが、かえってコスモスやなでしこの細い茎をいためつけていたようだ。やはり父がやっていたのだ。家に温室をとりつけたものも父だし、私達をつれて目白通りに種や苗を買いに行ったのも父だった。温室には名も知らない西洋の花や、花の咲かないつるのようなものも多くあったが、サボテンがずい分あった。まるでウニのようにぼちぼちとげを生やしたのや、赤みがかって、やまあらしみたいのもあった。長い厚ぼったい葉をして、とげを生やしたのも、キャベツみたいなのもあった。

私達は朝早く起きて、まだ露にぬれている庭を歩いて、きんかんや、ぐみや、いちごなどを摘んで、朝食のとき真白な皿にひろげるのがたのしみだった。

野口さん。私達はいろいろなことをしました。朝が一番たのしい時でした。ことに日曜の朝は。そして春の！　朝寝坊するなんて、とても考えられなかったのです。朝食前に父と双眼鏡を持って近くの原っぱや森や墓地の方へ行きました。父の病院には小鳥が一杯飼ってありました。家にもうぐいすと目白はいました。病院には目白が五、六羽と、しじゅうがらと頬白と百舌とるりなどがいました。一羽、とてもよく馴らした尾長がいました。朝早く二階のバルコニーに出て、かごからはなしてやると、どこかへ行ってしまって、二時間ばかりのち、必ず帰って来ました。父の舌の上から餌も食べました。でも夏、長いこと離さずにいて、たまたま離したところ、帰っては来ませんでした。父は二、三日ジー公（その尾長の名でした）

のことばかりいって、一週間ほど前大きなシェパードが死んだ時よりも、もっと残念がっていました。六月頃はチシャにイチゴをつんで、朝、食卓に並べると、とてもきれいで、おいしそうでした。でもイチゴはおばあさまの方が名人でした。和田のおばあさまのお庭には、イチゴの大きくて長っぽそいのが葉のかげにいくつもなっていて、朝なんて行くと、もう食べ放題でした。

昼間楽しかったことはほとんどおぼえていません。夜は八時にはもうねていました。二階の六畳の床にすわって、「天のお父さま」というお祈りをしてねました。月の光があまり青白くて、淋しかったことも覚えています。窓からは、まだ切らなかった高いヒマラヤ杉の天ぺんにかがやく月なんか、みんな見えました。そっとバルコニーへ出て行ったこともありました。泳ぐように青白い光の中に冷たいタイルの上をふんでいると、神様にお祈りしたくなるような気持になりました。

夏は夜も面白いことがありました。それは縁日のときです。父はとなりの男の子には、ハッカのパイプや花火や、後にナフタリンだか何かをつけると走り出す小さいセルロイドの舟を買って上げましたが、私がほしがっても、私には金魚や鈴虫などばかりでした。金魚もふつうのはよいけれど、出目金や、黒いのや、尾の三つに切れたのはあまり好きではありませんでした。その他にはよく朝顔の異った種類のを買ってくれました。

ああ、あの頃は一杯家中にありました。講談社の絵本や、キンダー・ブックや、美しいししゅうを一面にしたエプロンが何枚か、それにどの部屋にもヒヤシンスとか水仙とかが。

何にしてもこの光はバラの香がするようだ。机の上にこの光を受ける何か黄色の花があれば——そうだ水仙がよい。水色の一輪ざしにさして。それならこの水色の更紗の布にもよく合う。ああ、何て空は青いんだろう。すっかり春のようだ。こういう気分になるのは実に久しぶりだ。ちょっとでもこんな中にいてやろう。

洋ダンスがあるとする。その中から一年ぶりのクリーム色のセーターを出して着るとする。白いペンキの洗面所で顔を洗い、食堂ではバタつきのトーストと紅茶。それにレモンの二、三片が待っている。食卓には赤と白の格子縞のテーブル・クロス、それにヒヤシンスか水仙が生けられているのだ。

だがそんな女の子は私のようなんでは不似合だ。クリーム色のセーターなんて。その人はもっと髪を首の所でぶっつり切って、明るい目の、軽やかな口元の人がいい。ああ、バラの香のする春の光も水仙もみんなこの人のものだ。

それで私は真黒いオーバーを着て、スケッチ・ブックとえの具箱を下げて外に出てしまう。部屋の中にはヒヤシンスやトーストは勿論ない。外に出ると黒いオーバーがおかしい。きたない靴やスケッチ・ブックでも人の目を集めるのに充分だ。でも私は知らん顔している。西武線にのって今日は絵をかきに行くのだ。さあどこ行きの切符を買おうかしらん。

月

月から手紙が一本来た。真黒なふく面をした三人の男がもって来た。あけてみたら、屋根にのぼれとかいてあった。

電気を消して屋根に登りに行った。けれども高くて登れなかった。それでいすを二つ重ねて登った。かわらの上を、はだしの足でふんで行った。ひいやりとした白いかわらを。

上に行くほど月が大きくなった。下界では虫がしきりと鳴いて居た。

屋根の、一番出っぱった所にすわった。

月は斜め左下に大きな明るい星を一つ従え、右のずっと下にはうすっぺらな雲をぼやかし、そのちょうど下には電信柱が立っていた。電信柱の下は不思議な黒い曲線を描いてあたりの木々がかたまっていた。なかなか良い構図の場所に月はがんばって居った。おまけにとなりの家の大きな日本風の屋根の棟をキラキラ光らせているのだから。

じっと月を見つめていたが、月はだんだん、ぼやぼやした光で顔をごまかしてしまった。その内に青黄、紫、緑の光までまわりに出て来た。うらめしい顔をしたら月が笑っていた。「馬鹿野郎、石をぶつけるぞ」といって手を振り廻したら、月はどんどん奥に引っ込んで行った。

赤がわらの屋根を降りて行った。ギシギシいわせておりていった。屋根の上に、涼しい風がすーっと吹いて来た。いすに足を掛けたらいすが倒れて鼻ずらをいすの角で打った。そしていすごとひっくり返ってどすんとトタン張りのバルコンに投げとばされた。二階中ビシビシいった。下の部屋で父のどなる声が聞こえた。

バルコンにひっくり返ったまま空を見た。さっきの風が戻って来て顔を吹いたら鼻がしみた。池のふちのヒマラヤ杉が高くそびえていた。その上に月はいた。ぼやけた光は無かったが、ばかにしたように、はしっこがかけていた。

群集

小さく輪を作った、人の群は
　　ざわざわと盛り立っていた、
祭でもするんだろうか、
ひっきりなしに物音がする。
彼等の体内からは、放射線状にきはくなガスが噴出して、顔が、茶色に焼けたたくさんの顔が動き、
そろそろ頭の上に、もうとおおいかぶさって来る髪の毛が風にゆらいだ。

皮ふには鳥はだが立っていた。
笑い声とも泣き声ともつかぬ声が、
人の塊から放射され、
ビーンと広い天井にひびく。
人の手は、頭は、肩は、足は、
ばい菌のようにくにゃくにゃ動き、
そして何も為さなかった。
　そこにいる、すべての人間が、
金属の色を含まず、ただ、クレパスのかたまりと、洪水のうぐいす色の河だった。
物音はあてどもなくさまよった。
行くべき所を知らなかった。
しかも物音はすでに、さまよいもならぬ
ほどに広がり、室内がもーんとした
物音の飽和状態になった。
　時々するどく、高い笑いが聞え、
他の物音をとびこえて、
室内を一周する。

人々はいつも動いてはいたが、
少しも違った事をしようとはしない、
誰か一人が顔を上げ首をのばし、高く背のびをすると、
人々は皆一斉に同じことをして、
天井に顔をかたむける。
皆が不調和なダンスをしている。
それぞれ、その目も鼻もない、ただ一つの核が黒く光っている顔を手足でかざり、
部屋中を、水の中を魚が泳ぐように
さまよった。
この異様な物達は自分で、自分の神経で
動いている者ではなかった。
牢ごくにつながれた囚人だった。

いきなり誰かが本箱を床に叩きつけて
こわした。
「先生が来た!」
皆は急に化石したかのように

動かしかけていた手足をその場に止めた。

ある者は手を開き口を曲げていた。

ある者はうつむいて足を出していたしある者たちはすり寄って笑いかけていた。

またある者はノートで黒いサージを着た男をなぐりかけていたし、ある者は走り出そうとしていた。

しばらくして、
部屋の窓が全部開け放たれ、
閉じ込められていた物音達が
全部空中に出でて、
雨空にわーんとかんかい喜の声を上げて
ひびいて行った。
冷たい空気が入れ代りに入って来た。
人々のはだにはまた鳥はだが立った。そしてようやく口を動かし、ブツブツ口の中で
「先生」「先生」といった。
眼鏡をかけた一人のお化けが教だんに立って人々の間が静かになった。
雨が青桐をぬらしている午後の教室……。

曇天

お化けお化けお化け。
あのYシャツと灰色のセーターの下には、
白骨が動いている。
背中を曲げて黒い髪の毛をたらし、それをゆらしながら通信簿を集めている。
そのお化けの骨が一本一本、関節が一個一個見えすいている。
おおいかぶさった真黒の髪の毛の下には
白い丸い頭がい骨が、
未開人の骨、半分ゴリラの……。
教室を、その骨を引きずって歩き廻る。
通ったあとにはきたならしい床に蒼い筋が残る。
未開人の影があわく黒板にうつる。
可哀想な、真蒼な顔をした、
背中の丸い眼鏡をキラキラ光らす、
未開の人……。

その太い腕に安物の時計が時を刻む。
チクチクチクチク
それは未開人の厚い黒い胸を突き刺し、
痛める。
黒板の、あわい影がゆらぐ
曇天の蒼黒い空気は
うす寒い教室をしめつける。

雪の夜に

私は幼い頃父と雪だるまを作った。そしてその夜作った雪だるまが歩いて自分の所へ来た夢を見たことがあった。

雪が二日つづけて降りつもった。

村の男の子が三人で大きな雪だるまを作った。汗を流して一生懸命上へ上へ横へ横へとシャベルでつみ上げて行った。夕方暗くなって、それを眺める子供達も家へ帰ってしまった頃やっとその雪だるまはたどんのいかつい目と高い鼻と、それからひの木の枝の眉と木っ片の口をつけられて出来上った。雪はかたく積み上げられ、けずられ、子供の、手袋をはめた手でなでられて、どっしりと雪野を背にして立った。家では大いろりにまきが存分に投げ込まれ天井へ黒いすすをあつくしていった。やがて子供が無言のままわらぐつをぬいでいろりにやって来た。そして祖父のひざ元へよって大にぎりめしをぱくついた。頭の上の白ひげの祖父と同じように台所でゴトゴトやっていた母親がいろりのすみにあぐらをかいていろりの上で泡をふいていたみそしるのなべのふたをとった。ポーッと湯気が立ちのぼって向う側の老父と子供を見えなくした。大きい茶わんにつがれた太いこんぶと菜の汁はあつい湯気をたてて老人と少年の前におかれた。「ささくいねェさめねェうちにな」といって母親はまた一たばの太いまきを火の上にかさねた。

子供の手はわらぶとんの中で冷えてつめたかった。そして子供の体はだんだんとなりの祖父のねどこに移って行った。おととし母が町へ行った時買って来た祖父の真わたのチャンチャンに顔をうずめてね入ってしまった。夜中に老人はそっと立って便所に行った。子供は急に冷えを感じて目をうっすら開けた。そしてねどこが空になっているのを知ってとびおきて先に行った人の後を追って、たもとをつかんで一緒に下駄をはいた。いつのまにか雪が降っていた。二人は外に出た。老人は「さむかねェか」といって真綿のチャンチャンをぬいで子供のうでに通してやった。そして「早ううちに入っとれ」といって便所の戸口へ消えた。子供は手を真綿の下につっ込んでじっと雪の降るのを見つめた。道に面した所に雪だるまが横顔を見せて立っている。子供は下駄で雪の降っている道を大いそぎでかけ出して雪だるままでその速度をゆるめなかった。子供の赤いむっちりした両手は雪だるまの体や頭をなで固めた。目が一つ落ちて雪にうもれかかったのをひろってぐいぐい目の穴へ押し込んだ。子供は雪だるまの鼻の頭につもっていた粉雪をそっとはらいのけて雪だるまをピロピロ叩いてじっとそのたどんの目を見つめた。雪は音もなく降って子供の頭にも白くかかって来た。子供はまた来た時と同じようにかけて帰った。戸をしめてしまう前に子供はカッカッと下駄の雪をしきいでおとしながら雪のかたまりを雪だるまの方へポンとなげた。雪の玉は途中で落ちてくだけた。村のはずれあたりで犬がなく。

一九五二年三月二十四日十九時（野口勇さんらしい少年の顔のデッサンの左右に）
永遠の謎と神秘とを彼自身を表現することによって私に教えた男
問題と疑惑との広がりを歓喜している　その美しさ自身が既に彼にとって疑惑の種である
（裏面）郷愁・離別・船旅

卒業式及びクラス会が退《ひ》けて

「さよなら」というラフな気持でうす暗《くら》がりの中の石の校門にあいさつして私は先刻から降り出した小雨の中を坂を下って行った。町の谷間に並んだ民家の灯が黄色にぬれ、銀杏の街路樹が光の中で異様にこぶこぶだらけだった。無意識に水たまりを除け、石のくぼみを足で探りながら春の、甘く香しい夜気の中で私の頭の中もちょうどそんなように電気の光と油をぬりたくったようなものに満されていた。一切のものが三年間の最后を色どるかがり火を燃やし、油をたぎらせ、そして一瞬の内にボッと燃えつくしてしまった感じだった。坂道にも陰気な笑い声を含んだどよめきと酒気とがただよっていた。その一かたまりずつが銀杏並木をすり抜けてそして向うから来る自転車のヘッドライトの克明な働きかけですーっと扇状にすそをひいて消えて行った。バスは街路の暗闇から現れ、自然と私の体を運び去ってくれた。すべてのものがこの夜には新しい所に去るように。十字路では西や北に走る自動車や電車が無数の光の筋を雨にぬれたアスファルトの上にうつし出し、そして走り去った。私と同じように二度と今出て来た建物を見たくないと思っている人達だろう、とそんな気がした。目をつぶって見ると闇の中に四棟の木造校舎がきちんと広い運動場の向うにそびえていた。窓はかたくとざされ、どこにも明りはついていなかった。そうだ、夜だからみないないのだろう。そのくせあらゆる夢が教室毎に乗っていて、枯れていた。いつかまたあの夢をそっと取り出して青い芽を出させるようなことがあるのかも知れない。だが今は、そっと眠らせておこう。誰も、どの教師もあばれ者の生徒もあれをぶちこわすようなことはしないだろう。私はまなざしをたれた。嬉しくバスは速く走って私をポツンと道にほうって行った。そうだ明日はどこかへ行こう、どこでもかまわない。畠があって小川の流れている、そして干草の積んである所ならどこへでも！　多分あちらの方はまだ畠は荒れて水は黒ずんで冷たく森は赤茶けているだろう。だが四、五日たてば麦の色もあざやかになり黒土が生々ともり上って森も緑色に戻って来るだろう。そして松林の根っ子辺りにはうす紫にすみれも探せよう。その時にはもうボケもかわゆく咲いているし、桜草もしとやかにから松林に姿を現すだろう。

小路に入って左手に住いの白壁が見え出しても私は気にもとめず沈丁花の一枝を折って通りすぎようとした。私はふと露路の両側からかすかに沈丁花のにおうのに気ずいて足を止めた。黒いかたまりの中に目立たぬほどほの白く花が見えた。石段はぬれていた。その一番終いの一段に立って見回してみたらこんもりと緑の木々が足の下の庭を埋めていた。私は五分位そこでじっとしていた。歩いて何処かへ行こうと考えたがもう足がぐったりしていた。家へ入ろうかと考えていると突然後ろで、「誰? そこに立ってるのは」という声がした。「名もない流浪の徒でございます。いや今晩はお慈悲深い奥様、今夜一夜お宿を拝借させていただけませんでしょうか。明朝は早く立退くでございましょう。何しろここは沈丁花のにおいにむせて息もつけない位でございますから。」母はあきれて台所の奥に引込んでしまった。私はしのび足で二階にスケッチブックとえの具箱をとりに行った。本当に、家になど一晩ねるのも惜しい思いで。

翌日目を覚してみると外は風が吹きまくっていた。雨も少し交って、部屋の中はなまぬるくこもって息苦しい位であった。この日もまだ自分は放浪の誘惑からとき放されてはいなかった。まだ! 風は午後になって増々音をたててひどくなり雨は止んだ。外に出て走って行く灰色の雲の下で深く息をした。風は真後ろから吹きつけいやでも前へ前へと進んだ。理性と呼ばれるようなものは私の体から追放されこの春の嵐と一緒に走り去った。

ああ今思うとあまりに赤裸々な本能の姿に愛撫されながらさまよったあの半日を描くのは残酷のように思う。夕やみもせまって来たころ、自分は足をひきずりながら上井草の駅までたどりついた。悲しい雨の中を、体内には熱い血が流れ、横なぐりの雨にほほを打たせるのは快かった。

一九五二年三月（海の絵の裏に）

今年が一九五二年だということが私にはどうしてものみ込めない。誰も——少くとも目に見える範囲のものは——そんなことを言わないからだ。もっとも彼等は何もいわずに黙っている。しかも彼等は私に、この一時を愛するといわさずにはおかない。うぐいすの名にかけて、すみれ草の名にかけて。

しかし私はいやでも一九五二年に生きてやがて一九五三年をも迎えねばならない。それを運命であると肯定する気にはどうしてもなれないのだ。

満足であるということは永久にない。ただ、一時一時の感情の暴露によってあきらめをつける他は。だから自然の中の人間には秩序も関連もない。ただ淋しい心がますます広がって自分でも淋しいことが分らなくなる。

今日はまた何とも仕様のない青空が、私をしめ上げる。

［高校一年］　一九五二年四月～一九五三年三月

春の愛

一九五二年四月五日

春の愛を私は身に受けた
黒く悲しい　そして物凄い春の夜の　石膏のベートウベンがじっと天井をにらめている
私の今いるまわりは愛　愛　愛でいっぱいだ
そして私がじっと辞書の背金文字を見つめると　たちまちうすら寒い風が　冷たい無常さが　たちこめるのだ　まるで冬のつづきがまだ終らぬように

今夜の青黒い空は　星もなく　月もなく
死魂を枯木のこずえから
こぶしの白みの厚みから

そっとどこかへ持ち運んでくれそうだ
それに風が——春風が吹いている
私が髪を乱し　酩酊して地にたおれている所を
こぶしの花片につつんで　夜の空を飛ばしてくれないかしら

決していじわるではないのだが
「愛」が皆無であることもないのだが

それより強大に私の身に襲う
春の愛——淋しい一人ぼっちの
暖い夜気の　こぶしの貴婦人の衣裳の
船旅の哀愁の
そうゆうもののかすかなためいきの中に
そっと身を沈めて
胸のやすらかな息吹をきいて
話かける人もなく
なぐさめる人もなく

かといって冷たくする人からは自分から離れて
部屋の壁でないかべが
私の囲りをとりまいてくれることを
私は何かに感謝したくなる

支配の夜

支配の屋根が頭に当る
絶望する者のたぐいなく欲求的なまなざし
金粉銀粉をまきちらした華やかな夜の青天井
淋しく森の上にひろがり
ポプラ並木の木の下闇が最後の殺風景な舞台であって
悲しさやるせなさもめっきり濃くなって
たち切れたどんすのとばりを打仰ぎ

一九五二年四月十日

女らしい豊満な月を見上げると
冷たい柔かい光が肌をすべる
ああ　お月さま
あなたは恋を知っておいで？

美と苦悩の母なるものだ
わたしはまるで「無い」みたいな顔をしているが
しかし今日はいいかおりがする
涙のにおいのようだ
お前は悲しげな顔をしているようだ
もっともだ

しかし考えてごらん
人間であるお前は祝福されている
地上の幸なるものよ
それは火と光でおりなされた一瞬のうちに燃えつきるものだが

見るがいい　この豪華な夜空の
くりひろげられた様を
地上の線はこの大合奏の中で恋の音楽を静かに歌っている
バラの花はまだつぼみのままだが

時計の音がしている
静まりかえったお前の部屋で
その窓にはもう緑がもえ、バラが今にもその愛らしい唇を開きかけている

生活はそりゃ悲しいものさ　悲しい舞台だ　幕はないんだ
だがやんわりとお前をつつんでいる恋の香りと
サンサーンスのたてごとの調べと
ヴェルレーヌの詩集とは
やっぱりお前を屋根の下におさえつけておくのに充分なものはあるのだ

（月の光　いよいよさえて青いほど部屋の奥までしみわたる）

それでなくてもお前は　あの光を知っているだろうか
火も少しはね
お前が悲しんでいるのではなくて夜が（昼間もいつもそうだが）木々が　花が　土くれが悲しみの色を浮かべているのだ

火があったらお前の体をやきつくしたらよかろう　もし出来ることなら
だがそれが出来ないというのが　お前の国のあほうな話さ
有機物質が　何の夢もない奴等が　あらゆるものに含まれているから

さっきから時計の音が聞えている
ビーンとにぶい音をたてて　ねぢが切れた

だが　ああ　夜よ　お前の黒ずくめの衣裳の中に
これほど奇しい光を放つ青い宝石が
「時の世」にも支配されぬ恋を満させるものが　あるとでも思ったら大間違いだ

一九五二年四月三十日

生活の、終らぬ舞台、生れた時から持っている哀愁が、どんな人にもその人に応じて、その人の範囲内で風をよび起し夏の日を照らせ、そして平凡に沈んで夕闇がおとずれてくる。かといって日没を見ぬ内に生活を断つほどのこともしない、意味がないから。

私はどこかに消える。しかし私という自然物は、続いて自然界の一因を成し、時の美しさを体に現わしてくる。他のものもみんなして残っているということ、人の目にも美しく輝いてくるということ、それがこの、生きている間中感じなければならない悲しさだ。

私はまた朝を迎えようとしている。

そのたびごとに、そこに私には描けないものがやってくるのです。私は、人生という細い帯だけにいたくないんですから。

一九五二年七月二日

夏が来ています。その事をよく考えねばなりません。うだりきったやぶの蚊の泣声《ママ》の中で私はよく耳を傾けていなければならない。ともすればみにくい、きたない、退屈な夏の腐敗物が目に見えてくる。夏の日中に見る夢を会得するのが一匹のハイのもつ課題であると同様に、私も現在の夢みをしなければなりません。決して未来を招いてはいけないのです。

一九五二年七月七日

Peter Piper picked a peck of pickled pepper. A peck of pickled pepper Peter Piper picked……なんていっている内に夜が明けて来た。始発の電車の走っている音が雨の木の葉に落ちるのにまじってきこえる。また今夜もてつ夜をしてしまったわけだ。

花壇の草花が夜中からの雨風に湿った土に倒れ伏している。もう花なんか枯れてしまった矢車草の茂みがどっとばかりにくたばって、なでしこや除虫菊などもみなその細い首を垂れてゆさぶる。

何というい い朝なのだろう。何もかも、ことに色のない、しじゅう面白い音をたてている風を吹き送る空の面！　じっと見ると、うすい煙のようなものがかなり急速に頭の上を通りすぎる。そして人々がまだねむっていよう屋根の上に細く雨の糸をたれている。

木の陰の貧弱なあじさいの花が六つ七つ、やっぱりこれはつゆ時のヴィーナスだ。そしてつかっていないにわとり小屋の向うのすみっこからも一つぼんやり木の葉をすいて咲いているのが見える。

風が吹きワーワーいうと私の心は、いつも何か面白くて熱っぽいものに満されているようだ。少し風がやまって遠くの方の竹藪を通っているのが聞え、やつでの大手に雨水の落ちかかる音が一段耳に入ってくる時でも。

私は窓べにひじをついて、ねぶそくの目をやけに見開きながら、心の中でも顔も肩までもで笑わずにはいられない。私の心の中のうれしいものが、私にこの得体の知れぬ暗い空や見えない風に、真正面に頭を上げて、目を細めて口を開けておろかな人間の表情をしろというのだ。そして私もその通りにして心の中で風が鳴っている限り、私はどこにいっても、夜になってもこの空に期待し、風になつかしい親しみを感じないことはないのだ。

一九五二年七月二十日

待っているんです。もうしきりに心から待っているんだのに。

貴方が来たら、私は私の心の中の一番広くて華やかな大広間に貴方を入れたい思いで一杯です。部屋の大天井は美しい色でいろどられている。つまらないことなんか一つもありゃしない。第一、壁紙は私達をちっとも退屈させせない。

貴方もきっとこれを信じているでしょう? 私は大広間の中で二人の人間が人間創始以来の真の心の融

合を信じています。「生」に頭を垂れて待ちます。

陳腐なせんさいさは「生」の王国においてはデカダンです。

乾杯‼です。こういう大広間は夏の光と雲によってこそますます美しく、我々に喜ばれるんです。

一九五二年七月二十九日

夏の日に、雲は私の上をゆうゆうと通り過ぎていった。
私に生活の疲れを知らさぬ内に、またも私の片耳に、こだまする
森林地帯の雪空の、霜のさける音をささやくのは、
私の知らない所からくるすべての悲しみ、(天上は広く淋しい)
母も父も死に絶えた孤独の自然の一かけらに、何をいえよう。
ただ悲しむな、いや心を、自分の心をあたためろ。
海へ、海へ、のり出していって十年も帰って来ない青年のように
自分の肌を真黒にやいて、一人で船をあやつって来たことをほこりにせよ。
夏の日の大きくまるく地球をつつむとき銀盤をもって反射せよ。
もう私の喜んでもいい金色や銀色の輪が西の空に大きくうつし出されるように。

一九五二年八月十七日

日本人は（もちろん私もいる）すべて現状ということについてあまり重きを置かぬ人達は、未来においても決してより良くはなれない、ということ、貴方が政治一般をひそかに軽蔑しているのももっともだと思うが、決して、アメリカはどうのソ連はどうのと泡をとばす必要があるのではないが、政治、というものを観念的にこの世の一つの芝居みたいに心に入れている人には現状から理想へ、という一つの構想もなく、そして努力も何もない。そして政治とか政治やがこっけいに（事実はこっけいである）思われる、それだけしか見えない、ということになる。ここのことはよく分らないから説明できない、だが、貴方も、この文を書くことの中に「何か死にきれないもの、そして死んでは決してならないもの」を感じていられるのだと思う。失恋、神経衰弱、などはそれに相応の死ぬことの説明が可能である。もう少し具体的にいうと、今生きている人間ないしその人達（我々）に最も近しい、次に生れてくる者達は、戦争を超越しなければ生きていけないのだ。その扉の前で起立して待っているのが戦後派だ。大人には扉はない。ここでいう「生きる」ということは理想的な完全なものとか、生の徹底などという意味は少しもない。なぜ私が生きる、というか、なぜって、それは扉をこさねば必らず死ぬから、原爆で、生活苦で、懊悩で、パチンコで、そしてもっと欲ばりたいところの欲を制しなければならなくなるから、ただそれだけだ。これから私の生きている間、五十年がところ戦争が無けりゃそれらが除かれるとはいわない、私はその間にも生活を欲するからだ。

なぜ木もれ陽というのは丸く点々になるのだろう。あお向いて首を窓からのけぞらせて見ると銀杏の梢に空が青々とひっかかっている。

もうじき夕方だ、と思うと急に夏の日が淋しくなった。今はただいやな九月を通り越して秋や冬を待つばかりだ。冬の恐ろしいばかりのこもごものもの達！　だがすべて仕事を持つ者にとっては一刻一刻が勤勉であるための静寂であるように私もまた勤勉でありたいと思う。精神の理智に、夢想にも。そこでまたあらゆる力の発生が人間達に見られるのだ。

人間同志が互いに真実を見出すということはかんたんでないことだと思う。幾度か、何だ、人の真実なんてこんな安っぽいものかと思わせられるが、むしろ結果としては平凡な真実であってもそこから超脱できたら、限りない、それこそ「価値」が実在し得る、平凡な幸福といわれるものこそが喜ばれ、いとしまれる。友情とはいかに得難いものであるか。

一九五二年八月二十一日

広くてがらんとした部屋に住まいたい、というのが私の気分上の、または精神上の安らかさを象徴するところの希望、いや夢だ。この部屋についての構想はいろいろあってかなり具体的に描かれているのである。だがこれは現実世界における具象の物ではなくてやはり夢の一つだ。画面はどんな感じかというと、それは必らずしも霧の中のようでなくってよい。スーラの単色版でみたような線だけでおりなされたようなものだ。その一つとして床はひろく灰色に「平面」を成す。四すみがはっきりしないほど広い——いや実際にはこんなに広くはない——かべが立つ。窓は大きく、太いわくつき。大きい窓は昼も夜も夢の美しさを運ぶ。すみの鉄のベッドもその上のふとんも、みな嵐や雲のように雄大だ。

スーラの絵の貴夫人はおそらく物をいったことの無い人だろう。そのまわりの空気は人間の存在によって少しも変形されていない。この部屋を歩く人も、その足音も古くさいような小さな味わいがする。だがこれは映画や小説のような「物語」ではないから、何もふんべつくさい息をはかなくてもいいのだ。だが少し映画的手法を使うと、その大きな窓の下には海がある、とする。これでこの部屋の雄大な感じは一瞬にして精巧な機械の部分品としての存在になってくるのだ。夜も大分ふけた。しかし虫の声は前とかわらぬ。

一九五二年九月二十四日

夏はいつのまにかいってしまった。

本当に知らぬまに。

庭の片すみに何か恐ろしい悲しいことのように、夏の気配の近づくのを感じたのも一夏前の昔だったのか。

季節のうつりかわるのは目にみえて速く、またそれほどなお惜まれてならないものが行ってしまうような思いだ。

一夏、今、後に過ぎ去ってみて、ああやっぱり瞬間のみではなかったのだ、と思う。

ふとふりむけた顔に冷たい風が窓から吹きこんで、寝汗をかわかしてくれる。しかし目をさまして、ガラス戸のやぶれから入ってくる風の、紫色をおびた冷たさに驚く。

ああもうこんな冬の気配が、と。

冬もまだまだ遠いと思っている頃は、やたらに冬の気分がなつかしがられるが、こうも身近に冬の顔がぬっとのぞかれたりすると、現実の生活の淋しさがひしひしと感ぜられる。

人間は——私は——永久に冬の間、黒いオーバーでさまようのかと、怖ろしい感じだ。春の川どてに空色の野花がさくのは、まだまだ遠い遠いずっと向うのはるかな国のことだ。

冬山の凍りついた山肌をいくつもいくつもこえなければ行きつけぬ喜びだ。そこまではまだはるかな時間と空間が残されていると思っている間は幸福だ。人間なんて冬も春も夏もただ知らぬ間に行き過ごしてしまうのだ。それの喜びも何も感じないで。

一九五二年九月二十八日

ここまで来つめてしまったら、私はもう未来というものを考えない。いや、未来というものを考えるのに耐えられなくなるだろう。

私の求めていた愛、それは失われてしまった。今まで私の心の中でもえつづけ、あれほどまでに苦しんだ原因である貴方も失われた。そして、調和を求めようとすればするほど、自分自身を、そしてあなたをも傷つけ、分裂させねばならなかった。一人一人が自分は「愛」をもっていると公言すればするほど、その愛は思わぬ破たんを来した。その愛とは、愛したい心と愛されたい心と、ただそれだけが熱をもち、力をもち、人間の身をこなごなにしてまでも行いたいと思わせるものであった。その愛は愛のようにみえても本当の愛ではなく、瞬時の愛、動物の愛、所有の愛だったのだ。そして私はその愛の中でしばしばあなたを急に訪れては、私は神であるとうぬぼれ、明言していた。

西武電車にゆられながらも、これは正しいのだろうかと思った。しかし正しいとより考えられぬほどものごとは適切化して考えられるのだった。そしてそこから観念でない実の未来を考えようと、また得ようとするには、二人のうちどちらか死ぬ他はなくなってしまった。そんなものの中に調和などありはしないのだ。

私はあなたを失った。単なる愛は不当な値下げの中でもがいていたが、甘い夢や、瞬時的な喜びは消えた。今までの求められるすべてのものは消えた。そして不調和の中にいるもだえや苦しみも、もうこの中での生命はつきてしまったのだ。少年少女の愛。子供の愛。それは愛のようにはみえても愛じゃないのだ。その中では未来を求めることは不可能だった。好きだと思う人も好きなのは昔のその人でしかない。より強い心をこめてそういうのだ。信じたものはすべて実在した。しかし実在はしなかったのだ。憂いがさらに憂いを生み、喜びはさらに高い喜びを求めた。しかし何が喜びか。何が乾杯か。何が希望か。

未来を与えうるものは何か。成長し得るものは何か。

このままでいて、どうして真の愛をえられよう。死ぬ他はない。大きなこうふんと没知性の感情だけによって、さよならという時があるとすれば、死にぎわよりも今だ。より強いはげしい心をもって真にあなたを愛するためには。再び高らかに愛の歌を歌うときは、誰よりも強く、大きく、深く愛することのできるものとなろう。私はその希望をもっている。その日を信じている。完全な調和はあると信ずる他はできない。その日の対象はあなたであるより他はない。

一九五二年十月下旬

富士五湖旅行（抜粋）

私の感じたこと。
山中湖――ほがらかな、そして、日本的なそう明さをもつ。
河口湖――少しゆううつな、しかし現実的な湖。あまり美しいとは思わない。
西湖　――現実的で、いかにも日本の寒村の湖といった感じ。

本栖湖——負けん気な、雄大で男性的。
精進湖——少し、こわいような力をもつ、もの淋しい、外国的な、意味の深い湖。

一九五二年晩秋

ロマンチックな山歩き

白いポインターを先に走らせて、銃をもったアメリカ人が向うからやってきて「ハロー」といった。私も同じように挨拶した。

まっさおな空と紅葉した樹の梢が、歩いて行く私の目をおおった。絵にかきたいとちらと思ったが、そのまま一つの丘を上り切るまでノートを開かなかった。林の中に入ると、落葉ばかりの地面に、紫色の花や、赤い丸い実がついていた。われもこう——もうくされて、枝についていた。ゲーテの詩が口に出て、それをいいながら、再び青空の見えるところへ首を出す。

みつけた花　　　　ゲーテ

かそけくも、われ一人森を行きけり

求むる心あらざれば――
つとやぶかげに見出し花の
星のごと、眼のごと清く
うるわしきかなや。

折らんとすれば、しおらしく
花のいいたり
「折られて枯るるさだめなりや」と。

その根もろともほりおこし
美しき家の庭にはこびぬ
ひそかなる土に植えしが
いやさわに枝おいしげり
あわれ今も花の咲きつぐ。

〝つとやぶかげに見出し花の
星のごと、眼のごと清く　うるわしきかなや〟

わたしが一番深く考え、反省するのはこういう〝落ちぶれた〟ときだ。多少やけになって感情に身をまかして青い空や樹を愛するときだ。

そして自分が一人のとき、どんな絶望を感じても、やはり愛するがためにウロつきたく、どんなに、この世を情けなく思っても、生を愛したいということを感じるのだ。

そして哀しみながら歩きつづける私の胸には、むかしの大らかな童話（人魚のような！）が宿り始める。


現実とは、空想していたものより、期待はずれだったんだ。わたしにとっては空想（今日以上のものを明日に期待する）は大切な生命だが、それは現実的な期待の仕方だ。

実現し得る（と確信している）空想をリアリティという。リアリティとは、もはや眼前の一秒間のできごとではない。我等はあすにも、林の中に赤い木の実を見つけるだろう。

一九五二年十一月二十七日

こんなに早くお返事を頂けるとは思いませんでした。ありがとう。そしてこの手紙は素直に心にひびいて、何らのへだたりも感じさせないものです。私はときどき、自分にもよくわからない見えない暗い心を感じて、何ものかに向って自分というものを証明して、真正直になってみたくなることがあります。しかしそれは自分以外の人には理解できません。愛というようなもので完全に一致してでもいない限りは。何もかも貴方の前に投げ出して、すべての重みを貴方に加えようと思ったこともありましたが、それは決していいやり方ではないのですね。けれどそのことで、すべての対象をしりぞけたなら私には何も残らないでしょう。私は不幸なもの、暗いものでも大歓迎しましょう。不運な宿命的な状態をつづけることも喜んで、でもそれは、そのことが決して〝うそ〟でないと私が信じている間だけです。私は貴方に言葉を吐いています。が、外面ウソのようにみえるからといって本当にしりぞけるにはあまりにも〝本当〟でありすぎることがよくあります。そのように私を信じていただけるのでしたら幸です。いくらそれが馬鹿らしく、変であっても……ネ。

自己嫌悪、自尊心、ひくつ、ごうまん、こういった者たちは、すべて私を守る〝もとで〟です。自分の力以外に何かに依るとすれば、私はこんなものをあげなくてはなりません。そこから生れ出る悩ましい悪臭のするものをも、私は嫌わないつもりです。私は自分を無力だと思えなくなりました。自分に対して、命令する自分が生れてきたからです。これ以上に意志の強いものはまだ見たことがありません。

樹――いいえ、いちょうとはっきりいいましょう。きれいですね。青い空にこの樹の、黄金のまだらを見ると、私は興ふんします。正しい、これを信じなかったら何もないのだ――と。

一九五二年十一月三十日

この手紙、また出すのが遅れてしまいました。今はもう三十日の夜なのです。あすから十二月、私は大変うれしいのです。勉強したいと思っています。貴方のように沢山本を読むことは出来ません、が暇な時を持たないように読書はしたいと思っています。リルケ、パスカル、カロッサ、ロマン・ローランなど、どうでしょう。私はきっと部屋でしかもベッドの中で読むでしょう。何か食べながら、が外は嵐か吹雪です。目が疲れた時には大まかな徒歩旅行のことについて考えます。冒険はさけえない……いのちがけですることは特に大事業でもないんだ。

明日は予習のしていない学科が待っています。きっと今学期も落第点がつくでしょう。でも逃げはしませんよ。静かな場所ですもの、学校というところは、恐ろしい情熱が胸に燃えていない時は。私にとって、この静けさがどのくらい貴重に思えるか、また何を意味するのかわかりますか？　私はこの時初めて〝未来〟を考えます。時間の継続することを思います。ある情熱によって人生の価値を倍にしようなどとは思っておりません。というのは、静かな、動かないように見えるものが、半分の価値しか持ち得ないような人生とは思いませんから。

今ごろの季節は夜歩くのが愉快です。そしてリルケに「あなたは問をお生きなさい」という発見をした夜は鼻歌をうたったのです。

私たちは愛を生きたことがない。私たちは——私たちといえるとき何という深いリルケのあの孤独がはっきりすることだろう——自らの問を生きなければならない。忍耐がすべてです、というのだ。私はこのことばのうちにはじめて時間を関《ママ》係しないリルケの詩にはいりこむことができると思った。

また手紙を書きます。書かずにはおれないような気がするのです。私のいうことが分ってもらえなくても、ちょっとの感じだけでも伝えることが出来ればよいのです。

私は女であってはなりません。私は今学校が休みです。男にも女にも接していないから私も女でも男でもなくあることが出来ているでしょう。

いろいろなものを読んだりふれたりしました。が、詩も、音楽も、本当のものではありません。私の存在を存在させてくれませんでした。

いろいろのことが面倒くさい。でもこうしてかいている私自身もひどくバカくさい。だがこれ以外のどんなものでもない。若いということは大して「生」そのものも意味しない。「生きる」ための要素を持ちたい。熱烈にこのものを恋いしたっている、十六の子供にちがいない。現実には生きていないのかも知れない。

実にくだらない、やすっぽいことをかいた、自分で自分の体液をうすくしているようなものだ。貴方のことについてのいろいろなことはもう考えるのはやめにしました。それを考えたりする頭のよゆうがない、ただ一人の人でいい。

私はただ一つの権限のみを主張するのであります。それは、私があると同じ程度に他人のあるのを知ることです。

実にくだらない死に方をしている女の子や男の子！「生きているに耐えられぬ」、しかし死ななかったとしてもそれより下らなくないこともあるまい。要するに死にたい奴は死ね！今すぐ死ね！ということ。

さてこれで馬力はまさにみじんも自分に残っていないことを感じとった。

だがよい気持がする。この気持は特に、これという淋しみも哀しみもないのにあるうれいをもち、特にこれという出発もないけれど何とも知らぬ香りの如き欲望がそなわっている。

イズムはなくなる。何かゆめのようなものを抱いていると思えもするし、全々ないとも思える。私の特徴は、まだ大人のように冷え切っていないことかもしれない。

私もまたこの冬休みを心から待っていた（私は人に主張を伝えるのがへただ――人というのは他人の感情なんかに自分のそれに対する1/100も鋭くない）。

休みになれば、全く無意味と思われる学校の虚の生活もしなくてすむようになって、他に何もすることはないけれど何となく中間にういていることが出来るだろうと。

そして私は今その中間の位置をやっとかくとくした。

私はわたしの皮ふのまわりに空気があるのかないのか、それすらも知らない。

非常にバカらしいことを私はしている。もう私の頭脳の範囲を超えた地帯に没入しているのかな。何も存在しない。今この部屋にあった机をどこかの部屋へおきかえたように、何もない。

木がある。が風景はない。

もうやすみます。Good night.

一九五二年十二月二十二日

私は私を生きるために生れて来たのでしょう。私は私の存在を完うすることを生きます。野も山も私です。

神については、私はまだ闇の夜の中でしか知っていません。

「生の可能性」が私によって生きられようとしています。未来もそれのあってのち実在するようです。自分一流の生を持ちたいと希みます。けれどそれは私に暗いやみを見せておどします。すると私には一時間の生命もなくなってしまうのです。

現実の問題としてもそう広い道ではありません。安易で軽はくな道のえらび方は出来ません。といっていつまでも〝無為〟でいるのが、私をひどく苦しめます。時間が壁のように押しつけます。私を押しつけ苦しめるものは高邁なものではありません。部屋の中にひろがった大きなおできのように汚い苦しめです。それが一つの求道をすすめているのでしょうか。夢中です。何度も殺してしまったいやなものがまだ私を苦しめて窓の外に解放してくれません。私はそれを何ということは出来ません。感情とはいえないようです。ものごとの可能性というすべての智と力です。

私は春の早く来ることを心から希んでいます。だが春の次には夏が、次に秋がめぐってくるという可能性を無視しないわけにはゆきません。

一つの光のように、土くれのように、生きるように春への道を歩んでゆこう。

私達をつないでいるものは何です。それは否定の概念であってはいけない。私はそれを必ずしもよいとは思えない。私はあなたに全く〝いやになるほど〟苦痛をうったえる。けれど私はいつも出来ることならそれ以外のものをあなたにおくりたいと思っている。あなたをも私をもたのしく、美しくするようなものを。

私は、あなたは人一倍自然の移りかわりに敏感なことを知ります。人間に対するより以上に敏感であると。そして、それらの変化に身をおいて、自然のすることを眺めているあなた自身も、大きな力をもたらされて、変えられているでしょう。ところが、あなたはそういう力を全く外部的なものとして、自分を孤独にしていはしないでしょうか。孤独を感ずることによって、生れ変りをおこすのです。自然の巷に飄々としているうちに、自分を変えさせたある力に敬意を表するのです。あなたは、「哀しい、わずらわしい心の状態を抜け出したつもりでこの頃をすごしていた。でもそれは、ウソな虚空な、とてもさびしいことだ」とかいてますね。「……時、僕は一人だとつくづく思う」これはいつわりのない告白でしょう。この前の手紙であなたは、「窓」を除けたようにかいてありましたが、今あれはうそだったというのですか？
いいえ、「窓」は除けられた、という感じはあなたにとって大切なものでした。……

私は何と人が嫌いであることか！　人の文字をみると嫌悪を感じ、人のふれたものを自分がまたさわるということもつらいのである。自然さえも人にふれられたくないのである。それでいながら、私はまた、人のものは何と大切にあつかうだろう。ただの遠りょでなしに自分の存在以上に他のものの確在《ママ》性をみとめているのだ。

一九五三年一月

手紙をもらってからずい分たちます。手紙をかくのがおっくうになってしまっています。正直にいうと、ひとから出される問題は何一つ分らないんです。私はまだ自分のことを言うときのことばだけしかもっていません。

これはどうしたって非論理的な、詩的な排泄物しかもたらさないいんでしょう。それで、私は今、とてもとてもそうなんです。外側からやって来ることばに対しては極度に神経衰弱に、自分でも何だかわからないで、なってしまう。

この手紙、本当は出さない方がよいと思うのだけれど、いつになったら貴方に、まじめに対話ができるのか不確かだもので、出しちゃいます。

私たちはときどき着飾りすぎた鳥のように思われます。

やれやれ、私、あなたにはまじめに、どうしてもなれない。

それから、私をもう一回あなたのところへ連れていって下さい。

何という虚無的なうそっぱちを、私は人のところへ書き送ろうとするんだか、大体がみなうそとしかおもえない。お友達え。

一九五三年一月二十日

午後四時。学校から帰るとき、自分でも驚くほど疲れ切ってしまっている。電車のいすにね入ってしまうこと度々だ。そのくせ夜はなかなかねむろうとしない。能率がわるいためだ。

人間は予言者でなくてはならない、ということは、人間が暗示と期待のうちに生きていることなのだ。

すべて預言者は死の前に、自らの、あるいは他人の運命を中庸に確定しえる。しかし、具体として、生活そのものとしての自分の生命は知らないのだ。悲しいかな、私も一個の生活予言者である。

一九五三年一月二十五日

午前十時。夕べは実にグッスリねむれた。一週に一度の、このねむりの飽満は身体的にも精神的にも生活に新しい理性をもたらしてくれる。

冬はまだ当分この世離れた庭に荒れている。うすもやのよどんだ白霜の草葉は微動だにしない。どこにこの大地の上に動きがあるのか。この静止、すなわち富貴に絶対の信をおいている私もまた、草の葉のように露をのせたまま朝を過ごす。

私は自然以外のあらゆるものに対してこの富貴をほこらないわけにはゆかない。そしてまたすべての人がこの静寂を乱さないことを望むように、私もまたいかなる人においても、これを乱すようなことはしないだろう。

今日は日曜日。

カレンダーは雪の積んだ針葉樹林。私はペンを置く。

近代生活の神経的疲労から脱け出ることはなかなかむずかしい。電車にのったり街を歩いていると、いつか無意識的にはなっているがやはりかなり疲れさせられている。

またそうでなくとも感情のデリカシーが重んぜられる近代生活においては、社会生活を落着いてくらすことも楽ではないようだ。学校においてすらもただ勉強さえしていればよいというわけにもいかない。それぞれの場所に、人間社会がある意味で個々人を束ばくし、ある意味では個々人を支えている。

人間というのは案外けちなもので、ある束縛や圧迫を感じないと全く漠々としてしまうことが多い。例をとっていえば「あなたは何故生きているのですか」と質問したら、「勉強するために」と答えるかと思われる。では「何のために勉強しますか」ときかれて、今だったらさしづめ「大学に行きたいから」と答えるのは何の不思議もないのかもしれない。そして世間の常識でも、現実的であり、即物的であるということが条件になっているようである。しかし現実的であるということは皆何も一世を風靡してやろうというような野心ではあるまい。ただ一応の職業について成城あたりにスイートホームを構えよう……くらいのものであろう。それは、習慣と社会的圧迫に従順であれば当然と考えられるコースである。人間はこのような組立てられた鉄筋アパートの三畳におさまっていくのである。

そしてそれはいけない、とはいえないのである。何故ならば、成城のスイートホームないしそういういわゆる〝安寧幸福〟は、人が社会に場所を占めることによって得られるのであるから、社会というものが一面束縛であっても、誰もこれを全部拒否し得ないだろう。

夢とは小さい希望である。
夢では生きていかれない。
夢がゆるされる範囲。

夢が必ず失望にむくいられるということ、それでもわれわれは夢をもつことを余ぎなくされる。

（成城学園の原稿用紙に）

何でもいい、はなしをしてください
私は何とくたびれて草のうえに
居心地の悪い土地に横たわっているのだろう
声はきっと、風のようなのだろう
私はもう
胸に声を突きささない

美世子の好きな音楽（数字の詳細不明）

ヴェートーベン
　弦楽四重奏曲　ヘ長調

モツァルト
　Symphony No.40 ト短調　NBC トスカニーニ　6

メンデルスゾーン
　ヴァイオリン協奏曲　ホ短調 Phi. ビーチャム卿　ハイフェッツ　6

シューベルト
　未完成　No.8　ロ短調　Phi.　ストコウスキー　6

ドビュッシイ
　ノクチューン　6

ヨハン・ストラウス
　ジプシー男爵序曲　London　ブルーノ・ワルター　2

オッフェンバッハ
　天国と地獄序曲

ロシニ
　ウィリアム・テル序曲

シューベルト
　冬の旅より　1．お休み　2．3．5．ぼだい樹．6．ヒッシュ

リムスキー・コルサコフ
　印度のうた　ニノン・ヴァレン

シューベルト
　魔王、影法師　ヒッシュ

モンロー　ブルームーン、バンブー

グザビエ・クガート　アディオス・ムチャーチョス

［高校二年］　一九五三年四月～一九五四年三月

あを、あをのクレイヨン
われ手にもちて
何か描きたし
緑の海など

時々駅の中などで、私が叫び出しそうに思える。あまりの世間のばからしさに。冷やかなくせに何という極《きわ》どい目つきをもって私をあのように視たりするのだろう。あれが人々の一番いやなことだ。私を採点しようとするのでしょう。それも自分より上の人間か、下の人間かどうか。私はそんなことには何も関心がない。ただ私が荷物をもってあげるときに、その、人の良さだけを人々が受け取ってくれさえすればよい。

私が浮動する肉塊でなく、立派な一つの〝生活体〟としてあることを、私は嬉しく思わないこともない。まだ〝習慣〟で生きていない。ただし生きていることが区別されにくいだけだ。人にとって理解し易いのは善であって、人はそれによってしか表現の方法を持たないのではないだろうか。私もそうしている。そして、それによって悲しいという思いを正当化できると思える。ただし、今私の心の中に拡がった空洞——これがますます暗く、私をむしばんでいくとして、この悲しみを表現できるかどうか知らない。

人のあの静かな悲しみにおいては、他人が理解することはむずかしい。そのとき同情や、れんびんでは、どうにもならない。

けれど今日はあなたの手紙をみて幸福に感じました。誰かは「幸福だ」ということを聞くときだけは、平気ではいられないものです。ありがとう。

幸福については、人が才能や、美貌や、愛や、結婚や、社会的成功をその条件にするのを私は理解できない。人に愛されねばならない、人に尊ばれなければならない、人に気に入られねばならない、そんな義務の下には、どんな宝石も私には美しくないかもしれない。そのような条件をもつ幸福なら、私は永久に知らなくてもいい。

ブランク

終戦の年の四月に、まだ屋根の高さに雪のある新潟に学童疎開にやられたことがあった。まだ小学校二年の時で、戦争が終ってお母さんが東京から迎えに来るまで、約四ヶ月いたのだけれど、ずい分長い間、毎日毎日東京に行く汽車が山の端に消えるのを見ては、泣いていたように思える。初め六人ぐらいの先生と、三十人ぐらいの生徒は、塩沢という駅から、四十分ほど雪道を歩いたところの、大きい農家にとまっていた。ほんとに、雪があまりに多く、街などは通りが雪で埋って、家に入るのに、地下室に降りて行くようだった。また、雪の上をくつで歩くのが大変で、ころびながら、這うようにして行った。土地の子供なんかがあの大きいわらぐつや、スキーなどはいて、雪の上をツーッカやりながら疎開児童を見ていた。

わたし達は農家を寮にした。寮の生活がそれから始まったが、私たちは遊ぶことがないので、持って来たお菓子を交換したり、着せかえ人形などしていた。でも、そうしているうちにも食べるものも無くなって来て、悲しくなったので私と岩崎さんという女の子とその弟の人と、それからもう二人、姉さんと弟とがここから逃げようといい出した。二日ほど五人で相談したが、岩崎さん兄弟とわたしは逃げようというのに、もう二人の子は止めるというので、今度は三人で決めて、昼間のうちからこっそり荷物をまとめていた。

私たちはその晩、服を着たまま、床に入ってねむったふりをしていた。それから皆がねてしまった頃、荷物を抱えて外に出た。お金は少しもなかったのだけれど、子供だからどうにかして汽車に乗っちゃおうといって、三人は一週間ほど前来た時の道を駅の方にどんどん歩き出した。道は畑の中をつっきった真直な一本道だし、雪で真白な上、月がこうこうと冴えているので夢中でころびながらいった。岩崎さんも一生懸命で、時には三人で走りさえした。

ところが、街に入ると、道が何本にも分れていて、駅は容易に見つからなかった。一生懸命歩いてみたがわからないので眠っている一軒の家を起して駅はどっちですかと尋ねた。家の人は固く閉した戸口に現れもしないで中から向うだ、と怒鳴ったので私達は、子供であることを見られないでほっとした。しかし駅はわからなかった。また小さな街はずれの家を叩いてきいてみた。すると男の人が出て来て、あんたちは何処へ行くんだ、というので、東京からお母さんが病気だ、すぐ帰れという電報が来たので、今三人で東京まで帰るんだ、といった。その人は、そんなことを先生達が子供にさせるはずはない、嘘だろう、さあ、すぐ寮に帰んなさい、そこまで送ってあげるから、といった。私たちは困った。が、どうしようもなく、元来た道をその人に送られて来た。途中の道を曲ったところにちゃんと駅があって、はだか電球が下って、静まりかえっていた。仕方がなかった。男の人は雪明りで所番地を書いてくれ、困ったことがあったら、すぐいらっしゃい、といった。そしてさよならをした。

わたし達は口もきかずにとぼとぼと雪の田んぼ道をころげながら歩いた。寮のある方角へのろのろ歩いた。まだ明方にはかなり時間があった。岩崎さんの弟の包みがほどけて、いつのまにかいろいろなものを道に落して来た。それを岩崎さんがおこったので泣き出してしまった。そのうちわたしの包みもほどけて、いろいろなものを道に落した。大事にしていた赤いトランプが後から後からボロボロ落ちるのをどうしようもなかった。それから、とても小さくてよく出来た長柄のナイフを落した。でも岩崎さんがどんどん行ってしまうので探せなかった。それでとぼとぼ、ボロボロ何か道に落しながら歩いた。

わたし達は寮に帰った、誰にも気付かれずに。その夜はいていたズボンはどろどろによごれたので、寮母さんには、「昨日たんぼに落っこった」といって洗ってもらった。

わたしはそれからまた一週間ほどしてもっと大きい、もっと生徒が三倍以上いる寮へ移った。毎日毎日たくわんと白米しか食べないので、わたしは病気になった。それから、蚤がすごくいて、体中真赤になった。一度市長さんか誰かが寮に来て、みんなにきうりを一本ずつくれたのを、おいしいおいしいといって食べた。そのほかの時は、一里もある所へ行ってぜんまいとわらびをとった。岩崎さんはしばらくして、お母さんが連れに来て東京へ帰った。それからちっとも会わない。


（「成城學園時報」第147号、一九五三年六月八日、筆名 森洋子）

一九五三年六月十五日

窓をあけている。七面鳥のクルックルッという声が練習曲をひくピアノのあいまに聞えてくる。部屋の中は明るい。

ああ何というおち目に私は入ってしまったことか。世のものはみな私を中へ下へとひきずり込む。生きてること自体、あのイチヂクのミルク色の汁のような、甘ずっぱさをおもわせる。

木の葉がうっそうと繁った庭に冷たい雨がぱらぱら落ちて来る。私は、火のかたまりでいたい。

一九五三年六月十六日

人間にとって、その批評的生涯にとって必要なのは、あまりに観念的に発達した思想でも、また周辺的なあまりものでもない。個々に追うべきはおのれの必然性に他ならない。あるいは偶然性であるかもしれぬ。

一九五三年六月十七日

生きているということは要するに〝関係〟なのだ。
つまり知覚し得ぬ、かけはなれた、親交のない面でかれらと会わねばならなかった。
生命力は神にのみ向う。

一九五三年七月十八日

わたしが生れてこなければ決して存りえない詩を、
わたしの目を誰かが読みとらねば声にならない詞を、
わたしは秘かに想う。カッフェーのすみっこで。
しかし、現実である具体を一つの詞に作れたら、昨日の虹も明日の夢も、消えてくれ。
ああ、すべてはなくなるだろう。
シャンソンも甘い快楽主義も。
わたしはそこでいう。
わたしは生れて
人生にもてた……

何も言葉にならない。言葉にしてはならない。

しかし沈黙の存在もあってはならない。


男と女が最初に感じ合うのは心においてでしょうか。

私にはわかりません。私には、私の心のすなおさが語る、そのことばだけ信じることが出来るのです。貴方にこれを書こうという気持も、考えた結果というよりも、何が一番自然なのだろうと、妙にすなおに従える現実を選んだだけなのです。

夢を見ているようです。そのゆめは理想ではないのです。最も現実的な具体性への欲望のようです。たしかに知性のものとはちがっている。それはまだ社会的にも、人間的にも肯定できないような個人のセンチメントを含んでいます。

貴方には、こんなはかないみたいな、もうろうとした欲求のあることが理解できるだろうか。ワカラネエ、と来たら私にもそういうほか仕方がないんです。

ゆめ――好きです。学校に行っている間もゆめを生きたいというのが私の激しい欲求なのです。それは男と女の、傷つけ合うやつでない、恋愛詩になるようなんではないのです。

私は具体的な生活がほしいのです。それがゆめなんです。


昨日はたのしい日でした。今日がこんなにかなしい、つらい日であるにもかかわらず！　私たちの中の、一番近いものが出会う瞬間を私は感じ知ることが出来ます。貴方の作っているきれいな絵は、そのまま私が何を欲しているか知らせることが出来ます。今でも「ことば」を創る美しい技《たく》みをもって現にあなたがあるものとしてのあなた自身を私に出会わすのです。


すばらしくよい天気です。戸外を歩いたらさぞ嬉しいでしょう。

けれど私の心は少しゆううつです。家の前の空地に家を建てはじめたから、それも土地一ぱいに長たらしい二十五坪、二階やだそうで……

それでこのごろはゆううつなのです。つまらないことですが。

私はまだ何も話してはいないような気がするのです。しかも、話すべきことは、あまりに私自身のからだ全部であり目的と手段とが完全に一致しているのです。

ああ、私は、私のからだの一うごきずつを何故このように空虚に眺めるのだろう。私はあまりにも存在しすぎる。一致が多すぎる。私はすべての芸術から、人から、ものから、世界から、同調を、単一を、合体をしか求めない。私はトウメイな・光、流れる色、すばやい風・光・すばやさ、であることを希むのだった。イサムは黒い流れる運河、都会の夜、しきりにざわめく樹の繁み、まみどり、くろ。

わたしのからだはうごく。決して触手のようでも、目のようでもなく。私の胸の板から、心臓が出たりひっこんだりする。私は今、その音が骨を伝わり土の中に入ってゆくのをきく。こけや青みどりの空のよこたわる土のまうえに、わたしは立って、キミを呼んだ。あまり美しいからだを知って、私は胸を圧《オ》され、苦しかった。土に生えたみどりの腹に、ねっころがってしまう。

私たちのあいだに、何か重要だと思われることがあっただろうか。

はじめから、向いあったことのない私たちに。

当然生れるべき人間の、人間にとって価値の感動も、そこにはなく、あまりにも死んだ景色であったために、あなたは私を〝灰色の力〟だと見、私はあなたを高められた意識のうちなる何か、だと見たかもしれなかった。

話し合いもしないで別れられるその間柄が何か象徴的だ。リアルでないものなのだ。私はあなたの立場になることをしない。なまじあなたから離れた、あなたに執着してしまわないために。しかし私は孤独という呼び物をついたてにしたくはない。真理の前には自我も捨てられる。

一九五三年九月六日

しかし私はいつも目が開いていない。私はものをいわない。私の今度入りこんだ闇は「自己」という無ぼうに漠然とした存在である。どうしてもこれを認めなくてはなるまい。心臓の辺が不気味なほどのめまぐるしい激しさでもって「自己」の生命を放射し、創ってゆく。これを認めねばすまないのだ。「いのちとは燃えてゆく火なのです」と誰かはいう。もし神様がいるとしたら、それは私と私の火を愛する者、そしてまたそれを私の火が愛する者でなければなりません。それから、何が私にこうしてここに、私自身を認めさせるようなことをさせるのか、それを知らねばならない。何か一つのものを認めるということは、その奥に何にしろ、力の働かないはずはないと思うからだ。

一九五三年九月十二日

現在の生活を夢みることが出来るならば、未来はただそれに附随する何かであるはずである。いもりが今、蛾を追った。食った。何か、そんな、自身の必然に支配されることがまず始めの生への絆であるような気がする。

またもやあのさまよい……魂を失った肉塊のみじめさ。新しい光であるような芸術、あるいは芸術的な人の創造。今朝は陽の光が明るい。つかれた生。

もし神聖なものがあるとすればそれは人間だけである。——ゴーリキー
私は人間の自然——と現在考えられている——の様相を嫌い憎む。男と女、それは一方的にだけ性を誇張する。男の学生は彼の性を抑圧し、現実生活に巧みにその衝動を具体化しようとねらっている。ねらっている性——それがいやだ。女の学生は、これもねらっている。彼女の性は永遠に正当化されない。彼女は、男の中に、自分以外の力をみつけて満足する。「求められる」という女の誇りは、彼女自身の性の弱みに基因する。女の親は娘に下ばきを五枚も重ねていろといいつける。「求める」その最も強引な手段＝

結婚＝にヨリ従順であるために。
男と女の間にはすべて対等な関係はない。一方が必ず神秘的になる。あとのものは従うものである。
男にも「求められる」まで待機するものがある。それもまた「ねらっている」。激しくねらっている。

これは、求めるところの、自己のリアリティとは何と遠いことだろうか。私は、自己の陰うつな姿を見ることによっても、または自分の現実における〝場〟の獲得によっても決して自己のリアリティと私の呼ぶ精神と肉体の一致した実在性、官能の是認は得られない。私はよくいう、「不幸」なのだと思いそうになる。私は不幸なのです、とは何という、虚無的な非実在的な思想だろう。
私は、しかし、不幸になることによって、自由をちょろまかされるのはいやだ。

私にもわかっていない、これからの問題であることばかりなのだ。不幸などとは思いもしないことだ。私はまだ、歌一つうたえない、歌声はじき私のところへもどってくる、そんな世界にいるのだ。歌をうたえる世界が最后のものではない。人間はただ自由になっただけで満足するんではないから。

鈴木〔一雄〕先生　久しく御無沙汰してしまいました。いつか無作法な感想を先生のところへ書き送ったことがありましたが、どうぞお許しになって下さい。まだまだ、とても人間が出来上がらないので、いろいろ御迷惑なことをします。

正直なところを打明けると、自分が頼りにならない、しかも永久に自我に没頭しつづけるので、悩みは尽きないといった所です。中々、自分もすっかり大人になったようなつもりで、ほん放自在なまねをしたがるのですが、父などとよく話してみますと、やはり大人のいうことには経験の教える真実があります。私の神経的な学校嫌い、人ぎらい、対人恐怖などというものは要するに、ごうまんさを表わすものに他ならないと私も思わないわけにはゆかないのです。何か非常に深い絶望か憂うつなどを背おった気持で、〝だめだ〟〝絶望だ〟といいながら学校をつまらそうにおくって来たところが、突然、ほんとに哀れなのは、絶望やなにか深刻なものが心にあるわけではなくて、純粋に対外的な、あまり高尚でない、私という人間のいいかげんさ、甘さであると気づきます。

というのは、もし学校とか社会に対しての関係をたったら、私はナシ、ゼロになるということが明白なのです。私は遊びたい、人より劣っていないという優越かんをもちたい、そんなエデンの園を私は子供らしくも現世に、まだ夢みつづけているようです。

私はその自我没頭のみにくさや、欲望のほん流を自ギャク的生活によって抑制しようとしているのです。例えば、自己の感情への不信のために、純客観の世界である、数学、物理などに心身を捧げます。それが何か非常に夢中の、何ものかとの戦いというような感じです。私は極端に主観にいながらその中で、ある法則、2+3=5というようなものを発見するのに喜びを感じています。しかしそれもあるごまかしにすぎません。勤勉であることとか、タイハイに溺れるとかは、一時は生活の夢ともなりうるのですが、信じられないがために無理をしているのです。

さまざまな仕事を好意をもって考えられます。しかし、そのどれもに対して、私は自分の心が傷つくのを無とんちゃくにいれるほどの信を置くことができません。

一九五三年十月七日

私の愛する人達を、そのまま幸福にすることは、ただ自分が幸福を好きだからなのです。私は人の幸福を見ることによって自分も幸福を味わおうとするのです。人間にこんな大きな悲しい性質がなかったら、と私はどんなに思うことでしょう。ただ、晴れわたった空の碧を、と人間に関して思うことでしょう。しかしそれを願うことは、最も無常なものの中に終りを求めるのです。

人との交りの中から最も明るい瞬間が生れるということは、人が単なる孤独な者であるという概念からは不可能です。

午後からルオーを見た。私の心のどこか片すみをとても悲しい激情と化する色。絵の中の道化たちや女たちは何一つよそからの力を受けつけない。一つ一つが何か霊の魂をもった顔。霊はそれぞれの人のかたちをして踊りながら、しゃべったり歌ったり雑音をたてたりしながら、あの大きな黒いまなざしは、私を永遠に深い静けさの支配する夕闇に引きこむ。

あれは単なるモチーフとしてではない。芸術が人間の至高な激情の場であるときのものなのだ。

あんなに楽しかった夜が今夜は何一つとしてことばのない暗い夜です。夜の運河は何一つのこさず、いえ懐疑だけを残して流れて行ってしまいました。私の心の中には再び切ない混とんが始まりかけています。

私の耳に聞えるいろいろな声、それはニヒルな、信仰深い、人工的な毒舌で、心の中の像を一つ一つぶっこわしてゆきます。まあ何という明るい夜の空なのでしょう。私の叫びはただ私だけの冷たく死んだ秘められた時へ還ってゆきます。この明るさは、人達は、まあ何とたのしげに踊っているのでしょうか。私も誘われます。

今はただ中に入って踊ることが、それ以外はみな邪魔ですね？

焼けただれたことばは浅く流れて、命は限りなく闇へと向います。それは睡さもなく輪の中にくるくるまわる人の踊りです。

——肉は悲しい出会い。

ルオーの絵はマリア・リルケの空間をおもわせる。

今日の午後は何とよい時だったろう。ルオー、聖女たち。

一九五三年十月

まき子君、手紙をありがとう。本当に何もかもわからない中で何にもわからない理屈やことばなんかの中でいるとき、人の真の声は何て心に暖かみをもたらしてくるのかということを感じます。自分をどんなに大切にしなければならないか知ったらどんなに嬉しいでしょう。まだ私は、愛する人達の幸福なそのままな姿を見て少し幸福を味わって〝ああ　幸福はいい〟といっていることしか出来ないので、本当に自分のことを真けんになれないのです。

午後の授業がねむいのぼせたものだったりなんかして、いらないことのしゃべりすぎだったりなんかしますと、自分をはじめ、きれいな雲までもつまらない無常の哀しさに変って行きます。そういうときには、「自分は何もまちがっていやしないんだのに、何故こんな変なことがたくさんあるのか」という疑いすら元気なく消えていって、ただぬくぬくと混とんの中にあたたまってしまうのです。

けれど、そんなうちにいても、ときどき、〝自分なし〟で楽しむことがありますよ。〝自分なし〟は一番安らかな落着きをもって、救われる（‼）のでしょう。ただ、だんだんと、お父さんみたいに、あまりまわりに興味をひかれることもない、けれどいつでも自分のつとめだけは果す……みたいな恰好になってきそうで、〝自分なし〟もちょっとこわい。

まきちゃんの言うように、本当に自分を生かすということはとてもとても苦しい、力のいることなのですね。私は何となく、人間同志の愛憎の苦しめに耐えられないような気がするし、人間のそういうものほどいこじでひねくれていて、しかもはかないものはないようにも思われるのです。

それは、私のうちにまだ、あるものを、真けんに祈るだけの強い何か、自分自身を他人と同じ程度にでも認め、これを歌おうとする何か、がないためでしょう。

また、こういう弱さは私だけでなく、人の中にもあるのも分っていながら、決して人と全く一番近いものを出会わせることのできないのは悲しいことです。

まきちゃんの手紙を心から待っています。あなたを、こんなに信じてしまうのはよいでしょうか。こわいようでもあります。

上野でいま「ルオー展」が開かれています。心のどこかかたすみをとても悲しい激情と化する色です。最近よいお能が多くあるので見に行きます。少しは退くつもするけれどとても大らかな叙事詩をみているようなかんじです。日本人の心にもこんな晴れやかなところや、明るいユーモアのたくみもあるのだと思われます。

またかきます。

一九五三年秋

追いつめられてくるとまた発見するリアルな愛は信じたいのです。それが生活の中では空白なものに帰るのは、私達の現実の上での遠さと関連して考えられなければならないのです。

私たちにはまだまだ肯定しなければならない弱さがたくさんあるのだ。私は具体的な日常性での愛には全面的な無防備で、ばかでもあるのです。貴女の生の美しさに、私は「もう何も話すことはない、それほど私は貴女に近いのです」としなだれかかる甘さがあるのです。私は貴女に全部親しく、近いのだと思えるのです。けれどそれが私の愛というものの受け入れ方の誤りだったのです。なぜならそう思っている間は今の自分の苦しいことに対しても真実な態度をとることができなくなってくるからです。

私たちがそういう甘さにおいてだけ結ばれているのでないことが分る時が来ます。そこでは人間的な、どうしても絶望し切れないおたがいのものが一番重要になってくるのです。

私には自分に対してまじめなものが二人の関連にあっても矛盾し得ないことが必要なのです。それまでは私は現存する多くの弱さや、愛のない日々のことを肯定しながら知ってゆくことがいるのです。

一九五三年十月十三日

空しい明るさです。私は一体、何のためにこの生命を保っているのかわかりませんでした。私はもう生きては「いない」ようでした。

上高地は美しい谷間です。からまつの林は霧をおびて冷たく山の足もとに沈んでいます。

野口さん、私は貴方に何と呼びかけたらよいのかわからないのです。貴方は私の休息です。

もう冬が近い。外は風が吹く音がする。

大正池の焼けただれた岩と木の廃墟を見ただろうか。今じっとあの湖面と荒れはてた山肌を見ることができるのだ。私の目のとどく限りにはここには生は全く感じられない。

この、十月の都会に、窓ガラスをさわがせる風の物悲しい声は私の心を死んだ湖の底の闇へ引きこむ。

人間は生物である限り死においてすら満足させられることがない。人間は死をさえかくあれかしと望む。

しかも欲求ほど死に直面して死に反するものはないのだ。

死の面をあらわした湖はかぎりない力をもつ。しかもそれは人間の生に関連したものであるのはたしかである。

ただ人間はこの力の前に悲しむことができないのである。人の悲しみなどは水の面に一抹の波紋も残さずに冷えた氷のような空間に消える。この場合悲しさは力ではない。人は何も力がないだろうか。芸術は人の有限を無限に同化させることができるだろうか。無限の中の有限としての人間の存在は一体何なのだ。

一九五三年十月十五日

私においては人間の有限は、あの自然の恐ろしき感動によって明らかになるのだ。そこにはやはり東洋的な、人間と自然とのある、微妙な、受動的な触れ合いによる納得、というか、そこでの解脱がこころみられたのである。自然にも人間にあるような一種の魂が宿っていて、それが人間の心の一番深くまでよびかけるもののような感じをもっている。

私は一人であの湖の前にひれ伏して彼に話をいどむだろう。あの、じっと黙ったままの山と水に。あの白くいてついた樹と硝子のような空気に。

私は「悲しむことさえできない」という、「死をのぞむこともできない」と感じる。それは私の死の観念が甘すぎるからだろうか。いやそうではなくて、「生」という不可思議な生きものを発見し、死と同じくその脅威の前に頭をたれているのだ！　それでなくてただ死というものだけへの恐れが存在するはずがないから。

生・有限そのものが無限だということより以上に無限の価値を保ち得る。

一九五三年十一月十五日

今、十一月、風の音は窓のそと、心のうちに、抱き切れぬ涙、涙、あふれよ、
自らのうちよりそとへ、涙、汝、冷たき憂いの涙よ、暗い庭に吠えよ。
おお、うたいつくせぬ歌を持つ者、この冷たき気候に、静かな、海の声で
心静かに、静かに、その胸のうちの悲しみを

大らかな豊饒の星に向って、汝が生命に向ってうたい死ね。
汝がうた声が波間に消えて、その後に来る者の絶えたときこそ
汝が生命は、おお、この地上での最後のもの。

幸よ来い！　我が凍てついた冬枯れの園に。

一九五三年十一月十六日

冷たい雨が降る。手は赤くここごえる。こんなに淋しい冬の訪れははじめてだろう。寒さのために顔は斑になり、心の貧しさのため青い目になってしまう。

血もこごえる厳しい寒さ！

私の心は飢えた狼のように新しい思いにとびついた。おちつきと快楽をしじゅう気にかけながらも。ささやかな、家庭的なよろこびは、実在するようなしないような、必然でありながら願望でもあるような、不思議な感がする。人間が一処に定住しつつ、ある人間を愛し、その限りにおける限られた範囲での人間の営み——そういうものがこの世において最高のものとは思われないが、そういうものがある、ということだけ知っているのは、非常によいことだ。

しかし、それは人間に、ある特定の愛や固有の執着を要求する。蓄積された想い出の世界より、〝有〟

の世界へ飛躍することを要求する。

一つの想い出は、かくも美しくはかないまぼろしのようだ。この世界は決して人の住むようには出来てはいない。人々にとって、想い出は過ぎ去った時の美しいガラスの城になっていくのだろうか。人々は二度とその中へ足を踏み入れない。同時に人は自分の想い出を支配しようとは決してしないし、希まない。想い出は常に、死ぬまでその人と同じ高さに止って、その人の郷愁の還っていく場所としての役目をはたすのである。

一九五三年十二月十六日

詩人は、決して意味のないことばを吐いてはいけないとはいってはいません。それは必要なことです。ずいぶんと、苦しみもしましたし、いろいろ昔以来の猿の真似をやって樹から樹へ、たくみにつたってもみました。が、今日はもう何かこう、心の湖をたえまなくざわめきたたせ、海辺の樹や岸辺にこう囁かずにはおれないのです。

「やがてわたしたちは、遠い旅をするのです。意味ありげなことばは、それは本とうのものではありません。

深い、無意識なものを、ふたたび隠された秘密なものを。」

明日は曇った暗い日でありますことを、ただ切に祈るのです。

それから、私は書かねばなりません。書かないと何も創造されません。苦しみ闘ったことは史実にのこすべきです。私という人間がいかに未来において変形するとはいえ、やはり一個の叙事詩の中に生きたのですから。

「詩」これだけでよいです。たくみであるよりも、何よりも詩的であり、事実であることがのぞましいのです。

一九五三年十二月十七日

私は今、あまりに自己自身でありすぎて空虚である。自己はその共感あるいは反発を全く即自的な自己にのみ見出し、外界に自己の鏡をみない。外界はどんなに暗黒であっても自己にとっては透明である。

悲しみは絶望以前の感情だ。それは深い洞察とはいえない。

しかし、絶望は洞察する。すべて自己にとっては存在するものに関係を断ち、巨大なる存在そのものに還したのである。

悲しいという感情があるときは絶望の端緒である詩的事実への感受性が鋭く働く。しかし絶望を高揚するにはあまりに絶望がひどいときは、もう己れが耐えがたい極地では、詩のない沈黙の即自存在になる。

一九五三年十二月二十一日

――もうこれは詩ではなく、酸素を息することのようだ。

一九五三年冬

こんな紙きれで失礼、

何故そう、あわただしく手紙をかこうとするかというと、別に私たちのあの絶望的な関係を解決できることになったからではないのです。

昨日『終着駅』というシネマを見た。（手紙だとわりあいすらすらものがいえますから便利。）人妻とイタリアの青年がふとした行きずりがきっかけで恋をする。男の出て来たとき、私には、人が、愛するとはどうしてこんなに不思議なのかと思われた。あの愛が私に、あの『未成年』の中でヴェルシーロフのいうことばの「……『人類に対する愛』も自分が心の中で創造した人類に対する愛、というように解釈しなければならい。（つまり自分自身を創造したので自分自身に対する愛ということになるのだ）……」をおもいおこさせた。そうだ、「あの男は愛してる――自分を」ということばが一番よくあの男の表情を説明しているように思われる。私には、シネマの中の男の動きの一つ一つが私の欲求（情感？）に完全に一致して来るのを感じた。（デ・シーカはすごい。ヴィットリオ・デ・シーカ！　観念ではない。人間のあるがまま、それ自体をとらえる。）

リアリズムが一般的に、人間の感情や行為を、自分の感情や主観をまじわらせないでかく、という意味をもつ場合、私の今まで感じて来たことは、それによって描写された人間や、人間同志や、社会、というものが、あまり抽象的で、ちっとも「リアル」という感じをもたさなかった。なぜかというとそこには、なるほど淡々と事実（らしくみえること）がそのままのべられ、べつに解釈されもしないし、主張もされないが、そこでは、人間が何のためにその事実（らしいこと）をかいているのか、否、もっと何よりも、書く人間が、一体なんのわけで生き存《なが》らえているのかもはっきりしない場合であったり、実は書く人間のニヒリズムがある出来事に対して、自分自身がニヒルな感情に身を投げきってしまうことによって、出来ごとの事実性《リアリティ》を感じさせる場合であったりする。

しかし私はこの場合、（前の場合と比べてはるかに生々したものではあるが）かもし出されたリアリティをけいかいする。なぜなら、このリアリティは一つの情感をもつ。いってよければ「陶酔性」の物質であるから。そこで、これはしばしば頽唐《デカダン》的なものと一致する。しかも、この頽唐的なニヒリズムは、排他的な個人主義からのみでてくるのではないだろうか。私はこのリアリティを警戒し、また、ひどく憎みもする。それは「赤の他人」のガリガリ個人主義の〝おこぼれ〟をちょうだいしているようなものであるから。

しかし、もっと大切なのは、人間の愛の存在が、人間自身を一番よく物語る、ということではないだろうか。これは、愛というような名称が世間にもてはやされる、という意味ではない。人が愛する時、彼は、自分以外の何ものかに一切合切、金もちが貧乏人に与えるように自分を与えてしまうのだろうか？

そうではなくて、彼は、自分の内にあるものを創造しているのである。彼は自分の内に一つのかくされていたものである力を見つける。彼は自己にとっての必然となる。彼は必然的に存在するようになる。そして、必然的であるゆえに、彼の欲望、彼の官能は機能あるものとして、ああ、驚くほどの正確と、執ようさをもって自己主張しはじめるのだ。私の感じ知ったものはこれであった。

ジョヴァンニという名の、憶病そうな様子の一庶民が外部に表わした唯一つの積極性というものは、マリアと呼ぶアメリカ女に、彼女の夫以外の、いや彼女が今まで関心をもって来たすべての人間以外に、全く別コに「彼」という肉のかたまりを無作法に投げつけたことだ。

すでに星たちのひそかな円座
地上は樹の蒼き蔭のしじまに眠る
このひとときを、

どこか知らない遠い国で
日の照っているほこりの中で乞食をしたことがある
無限に明るい昼の光に
わたしの、さしのべた両腕は
やせて病気のようだったが
木のまにもれるキララの不思議

一九五三年十二月（新宿のＬＰ喫茶「琥珀」のレコード・コンサート案内の余白に）

感じるということは生のいちばん美しいことだと思う。黄色い壁・光はその黄色さに調和する立体を構成する。赤の要因であるチューリップ、花べんの神ぴ、芸術至上的な考え、音楽的な耳からの、立体的な聴覚からの、明暗を美しさに感じる視覚からの、すべての五官が和して統一することの可能な（中断）

一九五三年十二月末

速達を今受けとりました。約束をお忘れになったのでもあろうといいかげんに切り上げて年末の街の喧噪の中を散歩して来ました。年末というのは何故ともなしにいたずらに人が憂愁にふけるものですね。何となく年が終る、ということを自然現象の一つとして考えて悲しんでいるみたい。そこに一つの「年」という断片をみているのかもしれない。何にしてもあまり気持のよいものではない。

松川事件の判決をきいて今更ながら悲憤慷慨している。私達の自由への脅圧をひしひしと感じています。インテリゲンチャの弱さを自分に認めたら、同時にこの弱さを悪としてもっと明るいものを、もっと美しいものを求める強さであらねばならないと感じるところまでつきつめられる、単純にいってしまえばそうなのです。そしてそれへの闘いは無意味な狂躁であってはならないのです。絶望による逃避的な行為のあらわれであってはならないのです。どこまでも自己を、自己であることの故に大切にすることが出来る人であらねばなりません。そしてそれと同時に人間であることの絶望的な苦悩をゆがめずに自己の尊厳にまで高めることなのです。それゆえ、私達は現代に生きて、この絶望を発狂させ、無意味な狂躁に堕してしまってはならないのです。

今必要なのはこの絶望に対する反抗ではなく、これをどう受け入れるかという問題への発展性を肯定することだと思います。この必然的なるものを問題としえるほどに肯定するには、そこにやはり強さがなければならないのです。偶然的な外貌にだまされないで下さい。自分をむちゃにやっつけることは病気です。もっと自分を大切にして下さい。私はこれ以上ですぎた口をきくのをひかえましょう。実に、私にとって貴方が知られざる人であるということが、ここでいちばんですぎる口をひかえるべき根拠ですから。

今少しの間いそがしいのでお会いすることができません。残念ですが来年折があったらお知らせします。二、三日のうちに旅行するはずなので、それまでに新聞の原稿がい《マ》そが《マ》せます。

よい新年をお迎え下さい。

日本には残念ながら新しく若い二人が互にきびしくしかもやさしく結び合って高め合いながら、多くの人々の解放のために生きて行くすがたを、はっきりえがいた小説がないので愛情と結婚生活を意識的に整理しつづけて行くという努力が、まだ一般に行きわたらない。

『セールスマンの死』のいおうとしたこと

現代の悲劇

「人間の運命に対する深い絶望が人間の可能性へのより深い信仰によって克服される」勝利に終らせる悲劇

力に対する人間像はその力の偉大さまで

オプティミズム

この物語りにおいての悲劇の現実的性格・アメリカ資本主義社会というものにおいて、

その結果、作者の意図の失敗　手法の失敗

一九五四年一月十五日

たしかにエゴというものは公共の広場ではゴミクズ同然です。私はゴミクズを大切にします。私はカヴァーで被護《ママ》してやります。世界は下らんものですね。エゴは無価値です。しかし何故この無価値を執念深くおいまわすんだろう。これはもうほんとに「私」とは別のもののようです。私の肉体は病におち、最高の苦しみをとおっているときにも私は自分を動かす力を「別」に知っているのです。

肉の厚みは私を悲しませる。私は無理をいわせてもらうと、ハアトと棒切れになりたい。血のすけてみえるうす桃色というものは、嘔吐物のように、いやだ。ヒカラビルこと。
食っているときは別世界にいるみたいにみせないことだ。それはしばしば笑いを挑発する。

弁証法的唯物論――弁証法的矛盾

形式論理は《AはAである》と断定する。弁証法論理は《Aは非Aである》とはいわない。それは、矛盾を実体化したり、不条理をもって形式主義に代えたりはしない。それはこういう。Aはなるほど Aである。だが、《AはAである》という命題が同語反復ではなくて一つの現実的な内容をもつ、まさにその程度に応じて、Aは非Aでもある。一本の木が一本の木であるのは、それが、葉と花と実をささえ、分析はできてもしかしこれを孤立させてはならないところのあの生成の諸契機（現実的内容）を貫き、そして、これ（生成の諸契機）をみずからのうちに保持している、そのような木としてである。

現実における具体的なものの強みを私は滞りなく身にもっているのでしょう。決して人に対して「否」といえない性質もてつだって私は終始静かに人の話しを聞くことができます。

ところが私は悲しいのです。

感情の強さが支えられるようなものではないようです。私の肉体の重みは自然のなりゆきで、一つの征服をしたのです。

そして前とは違った意味でその重みに苦しんでいます。

それは妙な苦しみ方です。私にはまだこれがぴったりはしないのです。なぜなら、それは時々自分そのものをどこかへ置き忘れてしまったような、自分のことを思いだすのが面倒なようなものですから。このように現実の意識はニヒリズムになり得ます。しかしそれではない、もっと大切なものが現実にあるのです。

その実感をもっとはっきりしなければならない。

このごろ人が、親でも友だちでもやたらに憎たらしいと思うので自分が心配になったのですが、人間の中のセンチな観念が実にいやなのだということでした。私は病気になるとそうなるのです。

愛ということが、むずかしい観念ではない、という錯覚をもっていたらしいのです。私においては、それは日常性の中にあまりにもはっきりした形をもち、私は「自分」を想い出すことがめんどうな具体のう

ちに生きたので。今たしかな、リアルなものを生きようとするなら、私はあの、絶対的な自我の信頼ではない、（中断）

感性の激しさ――それが陽気であろうと陰気であろうと――には何か私には素直になれない非合理的な感じがする。

現実的なるものへのいちじるしい恐れがある。私はそれをみつめる。その恐れが――否、心配といった方がいいようなもので、自分を本質的に生かさなくなることへの予感をみつめているのだ。予感は明らかに私を合理的な反省へつれ帰る。

現実は体系として存在するのではなかった。しない、体系に演繹され、生きられる現実は誤ったものであるのだ。

彼を抽象すること、それが一番し易い方法でしかも今は何の魅力もないやりかた。□□□□□ことは□□□□□□的な段落に私自身をつれ戻す。私は□□のうちに、世の中では立ち《マ》もでき《マ》ない正当化なしの非合理主義を増長させていたのだ。非合理なことは最も現実を遠のく方法である。

私は今、自分をみつめる。すべて、ある状況のもとで。私は、一人の獣的な行為から自らを自由へと解放しようとしている女をみる。もう、現実を演繹しようとしてはいない。「動き」が思索を捉える。情念の激しさはもう何の魅力もない。情念とは人間のいろいろな不自然さによってあの「動き」のリズムが破れることである。しかし人は情念的である方がよい。彼は自分のうちの不自然な衝動が非合理の最も悪い形で表現されてくるのを知るであろうから。

このように情念は知られないとき、人は演繹し切ってしまわなければならない現実を仮想し、悟性は独断的に思索のうちに現実を形式化してしまうのである。理性はこの時正しく扱われない。

私が今どんなにくだらないことを考えているのか貴方に知らせよう。それは貴方に小気味良い思いをさせるだろうと……。しかし私、このにくらしい口調と頭のてっぺんから足の先までこびりついているある不気味な、小しゃくな意識とを、少しもかくさないで——ということは、貴方に一歩も譲らないでという——書くこと以外出来ない。ああ、このゆれうごめく個体のながれゆきは私にも貴方にも執着しているのだ。観念のあそび、しかもまじめなあそび、だと貴方を名づけてしまうことが私に必要だった。

私はその必要を感じた。その時、私は貴方以上に観念らしいものをかついでいた。私はずいぶん分苦しいと感ずることも出来たし、それを抜け出そうとすることもできた。その苦しさの原因を、はっきりと知ることはできずに。

むずかしいことだ。私の今までの生活をすべてである目的にかけ得たとしても現在の confusion の原因をつきとめることはむずかしい。いま、それを具体的なものとして、それよりもっと、感覚においてつかもうとしはじめている。必要……とは、一体どこからどこから出て来たことばなのか。それは必要であった。それは分っている。もう貴方との間のものは何と名づけようにもしっかりとつかむことができないほどに、あいまいなものであったのだ。そのあいまいな、もやもやとしたものが苦しかった。それが雑なものであるとは思わなかった。そうではなく、私のサビシサに何かの力をもって働きかける力のようでもあった。都会の混らんしたデカダンスの波に私はもまれていた。私の自我の感覚は半分衰えていた。例えばこんなことがいえたのです。「私の死が来ている。ところでそれがどうしたというのだ。私は死を経験するだけだ……」これが何だか分りますか。オトロエは目にみえています。こういう表現は一体何なんです。そこには「幻滅」なんていうものはありません。ところが私の中には一層はっきりした心の飢えがあったはずです。一度しっかりと「幻滅」の手をにぎりたいという……切なる甘えと

私は何にも、本当に貴方を理由にしてわたしのメッ亡をおしばいしようとは思いません。それどころか、今やっと、オシバイとちがった何かを、ありありと現実に見出しはじめているようです。私のメッ亡への興味が私を戯画化したのです。

しかし私は、――「私」という代名詞はごく平凡で弱いと思う。――私を真実に感じはじめている――といえるのだろう。苦しみが具体的になって来た。何の命題よりもはっきりして来た。今の時を失いたくない。

貴方は苦しみを表情にしなかっただろうか。貴方は私へのただ多数のうちの一つの魂にオトシメていたのではないだろうか。貴方のことをいうことは難しい。しかも、私がいわゆる「完全」になってからはじ

めて貴方が意味をもってくるのではない、それはたしかだ。私の「完全癖」や、素朴な絶対シュミは、ずい分いろいろ悪いことをする。

戦後派とその郷愁――〝灰色のノオト〟をめぐって

これまでの封建的な道徳というのは、一切の批判を許さない、天下り道徳であり、戦後一応そういうものの権威が落ちた。人間性の善悪というものがもっと人間らしさを基準にして判断されなければ困ると誰もが感じた。しかしそれと同時に人間の肉欲的物欲的な面が明るみに出された。そして、心のうちで怪しからぬ事を考えているのなら、むしろそれを露出して行動に表わしてしまった方がいい、うわべで何げない風を装っているのは偽善者だ、という考えが出て来た。自分に対して誠実であろうとするには、自分の中の欲望や、醜いものに対しても忠実であるべきである、という新しい道徳のようなものが打ちたてられたかのようだった。

自分の心を偽らない事、自分に対して誠実であること、というと結局、すきなようにやれ、それが一番よいことなんだ、ということになる。戦後派には道徳観念が無い、といわれたが、実は誰も少しずつは、こういった道徳みたいなものをもち、現在までそれを守り通して来たに違いない。われわれ戦後派のあゆんで来た道にも現在にもこういうものをかなり一般的にいえると思う。世の中では売笑、デカダン、泥棒、サギ師、女タラシ……などが英雄にされる小説や映画が出はじめたのもこの無規定な〝道徳〟のホン放さを表わしている。

しかし戦後派はこの頽廃的な社会に受身になって養育される年ごろである。文部省は教育勅語や国民実践要綱という再び上からの道徳で押えたがったり、学校側の風紀取締り的な規則が表面をとりつくろったりしてはいるが、それにも拘らず、めいめいの中に芽生え、それが集団的に育てられた共通の頽廃に通ずる感情が意外に大きな部分を占めているし、また日常生活の学校、家での行動を強く支配していることがわかる。

男女共学での性の意識というものが何故このように荒んだ猥雑なもののようにされているのか。われわれの間で恋愛が死んで、猥雑なものが生き盛えるということがあり得るであろうとは、現にわれわれ自身を考えたときに認めなければならない。

一般の高等学校では常識のように、怪しげな場所に足を運ぶ者とか、酒、煙草の常習者が仲間の間だけでなく、クラスでも何となく英雄的な崇拝を受けることとの意味、これらはただ単に、青春の反抗的精神のあらわれとか、新鮮なものの魅惑のためだとかいうことで説明されない、もっと社会的な問題を含んでいるのである。そのことは後で検討することにして、最近出た〝灰色のノオト〟(文芸部発行)第二号を見て思ったことがあった。ここで取り上げられていることは、セックス、恋愛、であるが、この小説の作者は決して主人公の汚い欲望をごまかそうとしない。しかしそれは、特異な、決して本来的なものでない、甘やかされ作者の観念ではぐくまれて来た欲望である。観念にはぐくまれた人間の肉欲は猥らだ。この小説は裏に、淫売婦、エロチシズム、不潔、などへの郷愁と英雄視を含んでいる。

人間らしさを基盤とした、「道徳」はここまで来るともう人間らしさは失われている。戦後派は〝好きな様にやれ、それが一番いい〟という〝自己に対する誠実さ〟をもったまま、自分の欲望に殺されてしまう感じだ。灰色のノオトは〝自己に対する誠実さ〟をひたすら追って、何処へ行こうとするのだろうか。自己以下のものへ没落して行くのではないだろうか。

灰色ノオトが、新しくクラスの親密を増すために創られたにも拘らず、その不毛性は、人間に対する信頼があきらめの一歩寸前という危さから来るものである。学園の文芸誌がこういう行き方を主張しているということは、ノオトばかりでなく、一般的に現代に生きるわれわれの内部の暗さを感じさせる。その暗さ、頽廃への郷愁は、われわれの生きている現実をどう動かしているだろう。――何も動かしてはいない。現実の悪に対しては力をもっていないのである。すきなようにやろう、という生き方は、封建的な天下り道徳を批判するように見えて、実は、その本当の克服の途に水をかけるものにすぎない。そこには人間の善悪を信じて生れた希望や理想がない、ただ現状維持の無批判な、なげやりな生き方があるのみである。実際に、試験とか、就職とかの現実の圧力に対しては、もろく、妥協する他ないと、あきらめてしまって政治的な活動というと極度にそっぽを向いて受験勉強にいそしむのが優秀な青年である、という、現実に夢を失ったあきらめの念が何と深くわれわれの行動の一つ一つの奥に横たわっている事だろう。

しかし今、戦後派と呼ばれる世代が絶望の世代であることから救われるためには、現実の生活に生きることを目的にしなければならない。偽りを、心にではなく、行いにおいて指摘し、直面する現実に善と悪をはっきり見、個人が社会に向って自己を本当にリアルに生かせ《ママ》ねばならない。

（「成城學園時報」第150号、特集「少年と未来」(1)一九五四年二月八日、筆名 青山薫）

一九五四年二月十五日

ああ！　ああ！　ああ！　私には有機質がある。それなのに私の捉える思想は、透明で、無機質なのだ。かすみを食って生きろっていうのか。

あの娘は私を嘲る。彼女は私が「逃げ出し」たのを、淋《い》しい《い》からだと見た！　私はそういわなかったのだ。ただ、妄想が起る、といったのだ。「神経衰弱の一種」とはいった。しかし、何てイジが悪い娘だろう。他人をセンチな侮べつに置いてセセラわらってる。

何が「神経衰弱」なものか。ただあの部屋には何にも、そうだ、何一つなかったからなのだ。私があそこに住んでいる間、一体一つでも私に、「現実」を感じさせるものがあったろうか。私は鉛の壁に閉じこめられたのだ。私は死んだも同じことになっていた。だから意識はめまぐるしく、私の中を回ってももう生命の通っているものではなかったのだ。

黙っている、ということが何か虚無的な無限性と誤解してみられてしまうとか、勝手な解釈がいつも豊富にされるとか、実に不安で、仕方なく、おぼろげな手紙をかこうとおもいたちました。

そして書こうとしてみると、〝黙る〟ことに、それだけの理由が貴方にもわかってもらえなければ〝黙った〟ことにもならないのだと、気づきました。貴方は何を考えているかわからない。だからことさら、推ソクしないでおく。しかし。私は、貴方もまた黙っていられることに、危ケンを感じます。あなたは放っておくと何でも考えそうだから。そうしてそれを黙っているとなると火よりもあぶなかしげです。

何となく無意識のうちに生きてしまいました。しかし本とうに無意識ではありません。人間とか、生とかいうものを否定してしまうことがあまりかんたんで、それの方が無意識にできてしまうのでおかしな状態に陥りました。一種の神経病とよぶやつでしょう。少し前の私でしたらニヒってることに満足してしまったと思います。貴方が何ともいって来ないのをいいことにしてダマってることも、ニヒってることのちょっとした味つけぐらいに思えたでしょう。

けれどそれもあまりばかな娘と思われます。人生は下らない生き方だってできるんだ、と知れば生はみにくくもあるけれどゆたかでもあるらしい……ぐらい頭じゃないハアトの赤い血で覚えこんじゃったのでしょう。私がどんなにトンマでスベタでいやなやつかということも、おそろしくいいやつかっていうことも一ばんとがったところの肉と血にきざまれておぼえてる。

そればかり気にしていたら自分の鼻の頭が目について仕様がなくなり、ついにゴハサンになりそうでした。

やっと美しい季節を憧れられるようになりました。それといっしょに、生きてきちゃって得したと思うのです。何ぜなら、今やっと現に存在するいちばん美しいものを生かせる余地を自分の中に感じたからだ。既に存在したものはもう私を否定している。私が、じゃない。

イサムというひともギリシャの美少年のナルシスのように目の玉の涙になってしまった。彼には「歴史」がなかったのだ。だから一時的なのではないでしょうか。歴史であるためにはそれ自体生れたり変ったり朽ちたりする「もの」でなければならないのです。彼は唯一人です。愛するものも、恐れるものもないのかもしれません。彼はまた、対象とはなれません。「もの」でありませんから。しかも彼は、美であろうとし、混とんであろうと欲するのです。

現存するもの、それは何一つ無価値ではない。人間に、それ以上のものを考えられようはずがないから。無意味なもの――憧れや夢が死ぬこと。死なねばならない夢。

私の、あなたにもった夢は死んではいない。この夢は、最初の夢。お化けでいるときももつ夢。

遠く、かすみのように偲んだりしないんです。

春がもう、相当明るく照っている、と思うんだ。いじけた少年と少女の胸は、明るさにもまだ耐えられない。いつか闘うことをやめていた私は淋しさの内側に住みついた。私は私の体躯を忘れ実在感に見すてられた。

生活がどうであろうと！　どうであっても過去の実在の悪臭は今新しい熱と力とをもって再び腐敗を始めている。生活はその腐敗の中から出発しなければならない。

私はそこにおいて自由を失う。私は過去の観念を私の中に生かそうと……

その苦しさ、私は自由でない。

私は今はじめて歩きだそうとする。今までのように、あらゆる輝きがまばゆかったのとは全く違う。そして言葉が犬の尻尾のように、はずかしがりの生物、自尊心の輝きのようにはね、躍り、狂おしがって死に場所を求めたのとも違う。

そのことばと一対の女と男を鉄網の型に圧迫していた原因は、だんだんわかってくる。父が老いて、果てしない、空虚を表わすときやその今は茶色になえた顔に少年の喜びの、炎ともえたのを思うときに

季節が変るのだということに何故こんなに関心があるのか分らない。

一九五四年四月八日　〈AEROGRAMME　ペン書、寄せ書〉
Melle. Makiko Kora
Fondation des Etats Unis
Boulevard Jourdan　15, Paris 14e, France
Kora Family　Tokyo, Japan.
消印　OCHIAINAGASAKI TOKYO　8 Ⅳ．54・10–12

東京も春です。あと一年すると大学受験をしなければならず、そろそろ受験虫になりかけている。どこへ行こうかと迷うけれど一橋の経済へ決めておくことにした。

そのうちオモシロイ目にもあいたいと思うけれどまあ一年は苦しいところです。サヨナラ

一九五四年四月

情熱とは何だろうか、そんな名のつくものを知らない。

実に満たされた一日、今日の身体検査を休んだ火曜日、何が、こんな短い一日に満足げに輝くものがあろう。こまごまとした明るさは庭や室内にみちてはいる。

花、小鳥、木々、ピアノの音、無作法に寝台にのびた肉体、新しい帽子。

しかし一番ここにいまある一日と光と自分自身に満ちわたって、すべてのもろもろの存在と現象を支配しきったもの、が、これが絶望に近い無感動なのだ。

情熱が一日の美と愛をもたらすのではない。情熱によって愛が高揚されるのでもない。

アルトとテノールの交さした小さな歌曲は、今日一日の洗練された無感動の産物であって、決して歌曲自体の存在や音楽の存在を喜ぶ理由はない。そして自分に対しても、しかもわかりやすいこの産物は他人に対しても力をもつ。それは生活への希望でなく、永遠の愛でもない。夕べみた夢のくり返しにすぎない。昼間の、とんとん拍子の現実が、それ自身なのだ。

いかなる義ムも悪行も、この全世界を見てしまった小歌曲の存在は打消すことはない。

思い、と計画が自分のところへもどってくる、のはニヒリストの常にすることだ。このむなしい行為のくりかえしにおいては、どんな「仕事」の成就にもただ（中断）

しんいちろうさま

自分の中では鋭い、豊富なものだと感じるその感情が私の場合、現実に働きだすと実感がないというのは、現実の貧弱なためだろうと思うのです。そして具体的なものが健康さを失ってしまうときに、何の抵抗もなくあの、いやなセンチメンタリズムに陥れるのも。親とかなんとか、もう固定した制度、家具、は義務という甘い観念でしかない受けとれなくなる。

そこでは新しいものは一種のタブーになっている。弱い現実に立つものには、あらゆるものが遠くなってしまう。自分までめんどうなものになる。何代ものプチブル意識の集成というか、医者稼業の現実というのはおそろしいものだ、と思う。その中で、そんな現実に還ってくる理論がどれもまるでおとぎの国のものに思えるのも当然でしょう。

『若き親衛隊』てやつをみましたか。あんなの、涙がでるような弱気なんです、こっちは。見てから二、三日たつとやっとわかって来た。

でも、あこがれたってだめなんだ、っていう悲しさがあるのだ。

一九五四年五月十三日

二月以来、もう少し勉強しておくんだったと思いますけれど、いろいろ生活のうえの破たんに精力を消もうしています。私は（ああああ）思っただけでも不安のかたまりです。自分で思っていたよりも歪んだ人間である自分が、今だんだんはっきりわかって来た、ために、こういう不安（いろいろな、情ない不安）を、不安の中で生きるよりも、歪みのおおい、醜いかたちを嫌悪することが、いくらかずつ具体的におこなわれるようになって来ました。

晩春にはことに夢見がちです。

そんな夢のうちに、自分の〈からだ〉がたしかなものとして、わかって来るような気がするのだ。〈からだ〉を内部から、心の中心から、真実として知ること、それは何とむずかしいことだろう。私には何か前から、反発する外殻のかたさがつっぱねるのだ。緊張した、外への防備としてだけ（まあ！自分を）自分を持っていたなんて！（私は新しい生命を捧げる。）この過去を悲しんで、悲しみつくさなければ、新しい出発もできないわけだ。〈からだ〉がない……。あなたには、何を書いてこのことをわかってもらえるかしら。「私はすなおです」とかくのもいいけどへんだ。でも、そういう気もちをどう伝えたらいいのか分らないから。

バラが咲いている。マキちゃんから、パリの白いはなを送って来ました。

あいつのこと考えると妙です。一年前妖精のように花の露みたいなものを私の胸の中においてポイっと空へとんでいった。絵をかいている。あいつのことをおもうとき、人間が真実なようにおもえてくる。……しかしそれも淋しいことです。私にとっては。それは、私に本当の主体性がない、からです。（だから不安ダ、不安ダ、っていうのだ。）でも不安ということばなんか、実に不合理です。それは、今までの私のあらゆる神経系の、または感覚の問題に関しての不満をあらわすことばであったのです。何かに対して悪口をいうか、完全に自分をマッ殺しないと気分が出なかった……

私は、やっぱり自分というものの具体的なことがわかって来て、自然に嬉しい。真実なものはこの、具体的な現実にだけあるようだし、美しいのです。これだけはマッ殺できない、というものが生活を支えてくるのです。それが自己なんだ。ああ、でもこれは、私においては、まだ美しくないのです。私はまだ弱いものです。おずおずした、きたないものです。それで私は悲しいのです。人一倍、悲しさが大きいのです。

マキちゃんの愛がこの弱さを傷つけない唯一のもののように思えるのです。

私は幸福だと思います。もしあなたが本当に病気やその他わるいもので傷つけられていないのでしたら。バラのカオリにかけて、イチゴの赤さにかけて、私はそのことを喜こんでいます。また、もう一回夏がおくれるのだ。

あなたの黒い詩が私をまた、導いてゆきます。黒い、線の、光りの、黒い運河は私の流れを永遠にまでとどめない。

今ばらが満開です。マキちゃんからパリの白いはなを送って来ました。あいつのことを考えると不思議なようです。一年前、泣きべそをかいてた私をこの世にあり得ないやさしさで、あのビロウドの手ざわりのセンスであたためておいてサッサと空をとんでいった、もういない。フランスで絵をかいている。マキちゃんのことを考えるときくらい真実なものに人間が思えることはない。それは私に本当の主体性がないからです。（だから不安だ不安だ、っていうのだ。）でも不安ということばなんか、実に不合理です。それは今まで、あらゆる私の神経系の、または感受性の問題に関しての不満をあらわすことばであったのです。何かに対して悪口をいうか、自分をマツ殺しないと気分が出なかった……私はやっぱり自分というものの具体的なことが分って来て、自然に嬉しい。真実なものは具体的なものにだけあるようだし、美しいのです。これだけはマツ殺できない、というものが生活を支えてくるのです。そして、それが自分なんだ。ああ、でもこれはまだ何という弱々しい、おずおずした呼吸でしかないんだ。それで私は悲しいのです。人一倍悲しさが大きいのです。

マキちゃんの愛がこの弱々しさを傷つけない唯一のもののように思えるのです。

病気でもないのにこの気候と陰うつな生活条件のためにひどくまいってしまう。誰かは浪人時代にはろい、じんで自分を支えたといっていたけれど、私なんかそういうところ以前に、心理的にダメになってしまう。どう考え、りきんでみたって、自分の力で動かせるものはひとつもないみたいだ。自分がひどく重く、深く沈んでいくのがわかる。しかも息をついて「受験生活とは……」云々などなど居直る余裕もなくきゅうきゅうと現実にいそしまなければならない。

学校ではなおさら重く沈んで、自分ではひっぱり上ることの不可能なよどみにいる自分のことがやけにセンチに哀しい。私はそこで半分死んだようになる。学校や家庭での愛のない冷たい生活に養われているんだという感傷が少し支えている。大芝居……

つまらない悲劇……

現実的に認識するとまたこれ以上のりきみ返った人間になる。やれ「合理的生活」だとか「目的への確実な」なになにとか。

りきみかえらずにいられないということはどういうことなのだろうか。

私には現実に対して素顔でむかえないものがあるのだ。武器がいつも必要なのです。

私の中にある、分裂した二つのもの、未来に必らずしも希望のあるためではないとしても、何かの目的らしいものの考えられうる一つの生き方、もう一つは、全く未来を考えられないような、そしてそのために現在を強烈に生き、現実に対しては盲目で、自己の最大の精力を使い果してしまいたい欲望による生き方、これまではその欲望に何らかの真理を見出し、それを客観化することによって自分のくずれるのを支えて来た。例えば激しい愛情キガと私自身の歴史のうちにあるその原因とか、情念と、生理的事実によるその裏づけとか……。それらはすべて現実に生きるための必要を無意識に感じてして来たのだ。それが私に不自然な姿態として分って来つつあるのだ。いや、そうすること自体は不自然でない。しかしそうすることによって、私が、私自身を現実に適応させている、それはつまり、自分の中の情念を未発達のまま、解決させていることなのだから。

私は例のおきまりの〝現実的オプティミスム或いはニヒリスムの態度のうちに秘められた人間の悲哀をこめた〟インテリ的趣味的人生をもつことになる。

センチな話しだ。――ああ、これが全部の私のいわなければ気のすまないことだったのだ。

そして二重に私はそのセンチのなかに逃げようとする。それはつまり、自分の弱さの誇大視だ。私は〝友だちがない友だちがほしい、誰か友だちはいないだろうか……〟と考えるだけでもう自分のことで胸がつまる。この場合、友だちというのは人間だけでない、考えでもいい、何でもお母さんの胸のようにやわらかい、暖かいものならいいのだ。私には事実、そういうものがない。友だちもないし、自分のもの、といえる思想もないし、ほんとうに打ちこめる仕事もないから。

それは私にいろいろなもの、ほとんどすべての私自身を証しているようなものだ。すなわち私は小さいころから何となく親しい「愛されない子」という観念をまたここで捉え、没頭し、また私の人間的な貧弱さを意識し、インフェリオールな人生という、やけにみじめな予想をし、しかも私はそれを小説や映画と混同しない。〝皮ふの内側〟からというやつなのだ。（小説や映画とは全く現実に対してより以上、相手を美しい豊かなものとして半ば敵対だ。あの美しいからだの人間たち、或いは、きたない、みじめなようすをしていながら人に美しい同感を誘う抒情……私には無縁のものとしかみられない。）

それだから当然映画的解決の方法のむなしさについても知っている。「失恋」とか「愛する」とかいうことばのある世界での意味のむなしさ。私には現在を認識する、という程度のうちにこれらの「ことば」

による文学的浪漫性の虚偽が分るのだ。それだけに一層私は自分の情念を大悲劇的な舞台においておくのだ。ここでは私は、私だけに通用する感傷をどうしてももつことになる。ここで私の立場は、現実的にも、観念的にも解決されない自我をもつということになる。その場合自分をあらゆる角度から客観的にみる、——社会的に、心理学的に——ということは一部にはある真理を貫くのだが、今度は私の歴史が許さないのである。何といっても過去、或いは現在も私の本質を感じさせ、いつも高いところにそれをおいておかなければ気の休まらない武器は「愛されない」という、その一つのことなのであったから。

一九五四年夏

今朝また雨でした。それが終るとせみが鳴きはじめる。夏はからだがまいるから昼ねをしなくちゃいけないのだけど、昼まねてしまうのが惜しい。そのかわり夕べも十時かんもねてしまった。勉強する「ひま」なんてどこにもない。

大きなめざまし時計は一週間まえから止ったままでかべに顔むけている。

夏は時間はない方がいい。なまじ〝涼しい朝のうち〟とか〝夜のうち〟なんて勤勉的なのはない方がいい。でも今年家は高台だから涼しい。いつも涼しくてコンディションはよい。何か他の理由でなまけている。

机の上、本がつんであって一尺四方もあきがない。こんなに勉強しないで大丈夫なのかな。

本もたいして読んでいるわけではない。何にもしていないことになる。仕方がないから一週間一度明治

維新の研究会をすることになって、気をはろうなどと（中断）

（一）明治維新の学問的確立の条件

・明治維新史を含める日本近代史の未開拓と尊王。

・民衆に畏怖され、支配者層を利益する歴史。

〈明治維新によって成立した絶対主義を批判し克服しうる社会的立場においてのみ、明治維新研究は科学たりえたからである〉。

・自由民権運動（ブルジョア民主主義運動といわれている）の失敗（?）、政府との妥協。

板垣退助監修『自由党史』（1910・明治43）いわく〝維新の改革は公議与論をもって皇室の大権を克服し、国民の自由を挽回、一君の下、四民平等の義を明かにし、挙国統一〟＝尊王攘夷を名として幕府専政を覆し、皇権の回復、民権の伸長

（二）資本主義論争とは何か。

唯物史観の学者の間の、〝現代社会における封建的要素（絶対主義）をいかにみるか。〟

労農派……単なる封建遺制とみる。

講座派……日本の資本主義の基底的存在とみる。

資本主義論争の主要な論点

(A)幕末維新史に関して

イ　マニュファクチュア論争

ロ　新地主論争

労農派……幕末の地主経営に、資本家的土地所有、資本家的農業経営の萌芽をみる。

講座派……農業における資本主義萌芽を否定。

ハ　百姓一揆の革命性および倒幕運動の階級制に関する論争。

講座派……羽仁：維新の変革性の原動力を百姓一揆におく。

服部：下級武士の倒幕運動にたいするブルジョワジーの指導を想定。

労農派……国際勢力の影響による下級武士団の開明化。

この一週間は何とつらいことでしたろう。これ以上待たされたら私はもう自分を支えていることが出来ないだろうと思われるほどです。

何が悲しいのかわけもなく泣きたいのです。しかも涙が出ないのはくやしく情けない。こんなに情けない気持は、私をただ疲労させ何をしたくもなくさせました。

私はただ一つのことを考えることで身体を支えて来ました。それは、一刻でも早く貴方に会わなければならない、ということです。もう頭は弱って、何一つ正しくはんだんすることも出来ず、私の今の感情を何によって正当化することも出来ないのです。私は〝理由なし〟です。もし問われれば「愛」というようなことばは最後のもので、ただ形而下的な、動物的な動機があるだけでしょう。

私は知りました、情念というものは、それが肉体的であることによっていかに暗く、理性の裏づけを持たないことによって、継続する生活の中ではいかに例外的で、空洞を生じさせるものであっても自己を強くするものだということを。

ああ、私は私のあの倦怠を、吐気をあまりにも愛しすぎたのです。

My attitude to refuse to take part in stern realities of life, is owing to the loss of natural activity. But how equivocal this refusing is. This equivocality expresses only being coward in joying to this comedy, better than anything. Clearly, I am struggling in the closed room. Then I cannot help being in the point of desire, like that of habitual resistance or haste for others. (It makes me feel myself a coward, for such emotions are not be able to explain or prove.)

Everything has to be clearer, and I must face to the feeling of 'vomiting desire' which I can never prove to its essence.

（訳）生活の厳格なリアリティに加わることへの私の拒絶の態度は、自然な活動を失ったせいだ。しかしこの拒絶は、何と疑わしいことだろう。この疑わしさは、何よりもこの喜劇を楽しむことに憶病だということだけを表わしている。明らかに、私は閉ざされた部屋で闘っている。そして私は他人たちへの習慣的な抵抗あるいは憎しみの欲望のような、欲望の場所にいるしかない。(それは私に、自分を憶病者だと感じさせる、なぜならこのような感情は表現したり証明したりできないから。)

すべてはより明晰にならねばならない。そして私は、私が決してその本質まで証明できない〝吐きたい欲望〟の感覚に直面しなければならない。

『人がもし過去についてけちをつけることが実際出来たとしても、未来についての不安のために、それが故に私は過去を愛するのかもしれない。そのことは、静かな、動かない、自己の中に形造られた世界である。そして強く行為することを止め、行きたいと思う土地の一所もなくなっている世界かもしれない。おお、私の目の後側にはぐるぐる、すばらしい速さで回転する車があって私自身のこういう感情を手だまにとって粉さいする。この車が回っていると、目の前にある「時」はすべてが無いと同じほどの効果しかもたなくなる。そして時々後頭部に満ちてくるあの、完全な静寂の中の物理的な現象が、あのいっさいの機能の停止を命令する象徴のようにも考えられる。』

これらは勝手に生れた生成と没落に過ぎないのであるが、しかも、勝手にならない生の過程であるのだ。未来についての不安という、そんなものがあるのだ。死ぬ所までおハナシはわかっていながら現在の位置の迷妄？に暗示されるのであろう。この「死」の受けとり方も種々あるらしい。が、神の存在を、これがまだ証明されぬから否定する、というごく平板的な、数の神秘性（一＋一は二）と同じような根拠で否定するやり方、これが「死」に関しても決して本然的でなく、空想の理念にすぎないことは分る。そして未来についての不安もそのタメにあるのだろう。そして生きるということの非常なむずかしさにおいて、この不安の存在はいかにも人生に対する人の無気力とか虚無を思わせる。何か、自分以外のものが、おそろしくいろんなものを「生きる」ことからもっていってしまったようにも思える。

そして、何故神が存在するのか、と問うように、何故我々の生の機微が我々自身の感能《ママ》と関係するのか聞き正さずにはおれない。概略的にいえば、我々の不安の怖ろしさが、我々の生への感能《ママ》をマヒさせているのだろう。そう、ここでシャットアウトされているんだ。

すてばちな車の回転だろうか。車の回転、これは空まわりだろうか、わからない。これが燃料を食って動いているんだか、ただ有るがままの真空状態でまわっているのだか。

おお、怖ろしい自己というなわばり！　自己はこの選挙地区で忙しい。車が回転して、自分のすることが完全に放散されてえんぴつをもつ手も何の自己の附属でなくなった時、なわばりの最極点に来たのだ。候補者が地区の中に自己の表現を完うすることを目的とするように、自己は極点の速度まで車の回転に惜しまず自己を生き、自己に死ぬことのみが目的なのだ。

それでは自己は公民ではないのか。自己とはシャットアウトされた独室の中の嵐にすぎなかったのか。

これは観念論だろうか。それでは唯物論とは何であろうか。しかし思惟は名をつけるだけではだめなのだ。生きることに、最大に多くを求められて来なければ。しかしこういうことは現在の自分とは何と遠い話題であろう。

雨がふっている。十二時過ぎ、私に対して面目ない。


手紙ありがとう。金曜（今日）は学校へ行こうかなと思ったのですが、まだどうもダメなような気がして行けなかった。身体が重くだるいのはなかなか治らない。まるで何もする気がなくて自分でもいやんなっちゃう。

天気が良いと、それでも少し外界の事物に関心が起ってくる。しかしほかの、健康なひとを見ると胸が悪くなるのは、どうしようもない。

今の所では時々〈学校へゆくこと〉も考えるのですが、翌日になると、どうして、そんなことが考えられたのか不思議になる――といった具合です。

来年またやりなおした方がよいかと思っています。日常生活さえロクに出来ない有様なので。

一九五四年九月十九日

朝、庭の草を、そのかげのところと日なたのところの境のへんを見ているとき、自然の色彩の強烈さに胸がふるえた。そらのあおいこと！　こんな一日を生きるのは何てつらいことだろう。私の中の自然はみすぼらしくてやりきれない。しかし生きるべき唯一のものものそのうちにあるはずなんだ。

一九五四年十月十一日

雨がふっている。まだ気分はもたついている。

昨夜〝えちゅーど〟にL・Pをききにいった。音楽！　それはしまいには騒音よりいやなものになった。音楽は徹底的に私から時間を奪ってくれなくなった。帰りの道、私は歯をくいしばって歩いた。何故こんなに苦しいのか。私は流れない。ただ不器用に時と場所を埋めているんだ。行為の連続という流れの感じは全くない。

私の機能はだめになったのか。立上る気力はない。

一九五四年十月二十五日

すべては偶然だ。今私がこうして家に帰ってねているのも、真鶴でうめいたのもその間に、ちょっとでも私の意志が働く余地があったろうか。この一月ばかりの行動の動機は生理以外の何ものでもなかった。理由。私は汽車に乗りに停車場へ行った。一時間ほどかけて本を探した。汽車は動いた。食べた。子供たちのはしゃぐ様に一瞬見入った。——私はしても、しなくてもよいようなことだけしたのだ。
あらゆるものが不快の種子を含んでいる。といってもどうしようがあろう。
海の大きいじゅうたんは「恐怖」
畠と道の長さは「疲労」
松風と土の黒さは「悪感」
太陽は「けん怠」
汽車と人は「焦そう」
夜燃える枯木の火は「憂うつ」＝「裏切られた情熱」
そして家庭ののどけさこそは一番おそろしい「時間の恐怖」なのだ。

歩いている時、数をかぞえるくせがどうしてもなおらない。道程が遠すぎるのだろうか？　いいや、私はまだおととい生れたばかりだ。早くたどりつきたいのだろうか？　いいや、私の肉体は何も求めていない。私にはたどりつきたいと思う場所はない。歩くことが嫌いなのか？　嫌いなんだろう、きっと、しかし自動車はないじゃないか。
歩くことは必要なんだ。飯を食って生きつぐと同じに。

私は歩きながら八十二、八十三、八十四……百十、百十一、十二、十三……七十四……六十五、六十七、八、九、十……頭の中は精密機械のようだ。私は数に一致している。数は帽子をかぶって時間を食っていく。時間は食われながらますます膨張しつづける。丸天井の大空のように。神々の歌声は止まない。

私はつかれる。しかし乗物はない。何故歩く必要がある？　その問は「何故生きる必要がある？」に一致している。しかし歩き止める理由はいつの時にも何一つないのだ。そこにくずれおれること、――その行為には一つの意味が出来はしないか。そこに存在をあらわすという停止の状態は意味をもちすぎる。

一九五五年十二月初め

真木子君、長らくごぶさたしてすみません。いつも書こうと思うのだけれど、どうも書くことがないようで失礼しちゃうので。

もう寒がりだしてから長いようでまだ十二月が始まったばかりだ。雪のある時分はまだまだだし、たっぷり四ヶ月は冬だと思うと、ちょっと落着いた気分になる。一つの季節の間は一定した気分で、長いことかかってやっと安心したような、居場所を見つけられそうなところへ行くから。しかしまた気温の変化につれて動かされて行ってしまう。

今はまだはっきり居場所がきまらない。具体的にも、一人で二階の部やにいるのがいいのか、留美ちゃんとコタツにいるのがいいのか、食堂でおばあちゃんに〝ねろねろ〟と言われながら起きているのがいいのか、どうもきまらないんだ。一人のへやでは沈滞して何をするにもおっくうだし、留美ちゃんと面つき合せているとと刺激的で、あんまり正直な気分になれない。

食堂で夜ふかししていると今度はまわりの人にとって刺激的でありすぎる。わざわざ人の注意をひくようにしているとは思われたくないんだが——結果としては翌日おばあちゃんとお父さんとお母さんに何かいう種を与えている。

すべてはまた夜から始まる——と思うと何て暗い、くり返しだらけの、にげようのないことなんだ。意志がなくても始まるときは始まる。落っこちちゃっても、また、そこから始まる。

君が帰って来て、新宿なんかでモッアルトをきいたら、なんていいだろう。君はタバコを吸っている。そのケムリの中でなら、どんなお化け（ムンクのお化けだ）を見つけても平気なんだ。もうここでいいんだ、ってお化けがいうだろう。昼間の東京駅附近のビルの通りでも、銀座のスペシャリティーの中でも私は怖がらないだろう。貴女は黒っぽいオーバーで、スキヤバシの上や、末広亭の横の暗がりや、ローレルや、風月堂の中で——まるで見えないみたいに存在している。昨日は風月の方へ行ったら、区画整理で壊されていた。まるで、すみっこの方に、見えないように生きてきた私の抒情が、どす黒く、浅くえぐられたようだ。

すべてはまた暗やみから、始まる。私はカーネギーというコーヒー店へ入った。「イス」が快いのだ。三時間ほど座っていると、まるで「私」は無いようだ。足を運ぶことがこれ以上ないほどイヤになる。帰れば、また眠らなければならないのだ。

眠れば、また目をさますことになる。フロイドはこういうことにおいてだけ私自身を認めさせた。こういう科学には冒険はない。私は冬にいりびたっている。それはまるでホテルの一室に男をたずねたようだ。その男にも私はいりビタリだ。とても逃げ出せないと思う。太って清潔で金色の髪は日本のものではない。フランス語と英語とドイツ語とイタリー語と——スイス人なのだ。私はまた始めるために、落っこってゆく。逃げ出すとすれば、それは男が帰る時だ。季節のようだ。逃げ出すという冒険がいやなのだ。奇妙で不思議なハシゴ掛け、それは愛の冒険とよばれる。

ピアノ、ただ海の音。
海面に漂う。
美は存在をないがしろにする。美の必然性は、存在を固定する。

一九五四年十二月八日

〈AIR LETTER　ペン書〉
Melle. Maki Kohra　chez M. Lazarovici　20, rue Richer, Paris, France
M. Kora　Shimo-ochiai, Shinjuku-ku, Tokyo, Japan

12月8日、今日は貴女のたん生日です。風呂に入っていると、るみちゃんがそういいました。パリの冬は寒いそうですね、緯度は北海道と同じなんだから。日本の冬も、なんて長く、一年の半分もあるんでしょう。十月から私はこの季節にとりつかれています。「いりびたり」なんです。

毎日何をしているかって？　そんなことは、貴女がどうしているか知れないとおんなじで、まるでわからないことです。

モッアルトをきくために、新宿の風月へ出かけてゆきました。取りこわされているんですよ、区画整理で。バッハのクラヴィコード、驚いたことに、雨が降るのです。貴女は、汚らしい東京の片すみでタバコをふかしていた。昼も、夜も、貴女がなぜ家に、部屋なんかもっていたんだろう。はじめからいってしまうとわかっていながら。〈おききの放送は零時でございます。時報は……深夜放送でございます。ピピッ――ピピ――ピピピピ――――〉電波だ。なんと深く世界を回るんだろう。貴女に伝えてほしいこと、それは日本語でも英語でもフランス語でもない、電波、レコードの盤のようなものです。ああ、そして目から出てくる水は小便のように汚れて、しかも東京中の光の凝縮だ。ネロのように、これを一つまみ――。

住みなれた家の壁に、病気が黒くくっついているのです。これが私にとっての唯一の「所有」を象徴する「無し」なのです。壁達は、貴女がいないことを知っていて、ほくそえんでいるのです。一時からモッアルトの「41」が始まるので、私は起きています。

一九五四年十二月二十七日

怖るべきもの、それが自然だ。あらゆる人工的な表面の娯楽化によっても隠し得ぬもの。寒さ、そして自分自身まで「自然」に過ぎなくされる寒さ。私の手はもう私のものでない。身体は完全に奪われている。意識までもが、外に吹いている風のようだ。

私は怖い。家の中にいても自然が私の身体中を吹きぬけるのだ。あの白さが、寒さが。現実と想像の区別がはっきりしなくなるということほど私を疲れさせ、参らせるものはない。いいようもないほど怖ろしいのだ。私は狂気になりそうだ。

私はいぶかる。何故ここにも人は「生活」をもてるのだろうかと。「山の生活」とか「冬の生活」とか「雪の生活」とか、いろいろ「生活」をもつではないか。そこには健全で頑強な肉体のみがかちえる「生命」が必要だ。

一九五五年一月二十三日

突ぜん葉書をいただいてたいへん喜んでいます。石井さんから時々あなたのことをききますが、銀行へお勤めになるようなことをいっていましたよ。でも短大へ行くのもいいでしょうね。

ずい分長いこと本当に御無沙汰してしまったのも私の病気のためですので許して下さい。去年の七月頃までは元気に受験勉強もしていたのですが、私の弱さから今までずっと苦々しい日を送って来たのです。十一月ごろからは毎日毎日寝て食べてばかりいました。けれどだんだん良くなる可能性もみえて来たので元気になるまでには半年から一年はかかるでしょうが、ぜひあなたとのつきあいをとり戻したいのです。

今では学校にも行けず、勉強も出来ないために、また病気をくりかえさないためにも環境を変えて新しく出発しなおしたいとおもっています。来月初め或いは来月中にはインドへ行くことになると思います。

そこで今までの私とはちがった、真黒にやけてニヤニヤしている健康な私を思ってもみて下さい。常夏のインドのやけるような自然を吸って、目ばかり大きい黒い子供達と遊んだりすることは私のために救いになると期待しているのです。

そして自分に自信ができたらば早く日本へ帰って皆と一緒に働いて苦しみたいと思うだろうと思います。

一九五五年二月初旬

今日はあたたかな晩、みじめに寒がっていはしませぬ。昼間は本をよんで夕方、美しい空のありさまを、ほんの数秒の最高潮から次第にうすらいで遠のいてゆくのをみた。

何だって私は学校へ行かないで、このように魂を失って驚き入ってしまったのだろう。もはや生活することが、無意識裡に行われる「絶望」の行為の一つだということからのがれ得たのだろうか。何か「いえる事」ができたとか、解決できたとかいうものがあったのだろうか。そうではない。ただひとついえることは「助かった」ので、気分がよくなったのだ。人生とはこうなくちゃならない。しかし、この、不思議にうれしい肯定は一体どこから生れるのだろう。私はこれを最高の快楽と名づけたいほどなのだ。


御元気ですか。試験はどうでしたか。

だんだん春めいてくると自分の身体が老いくちた何ともうす気味悪いものなのが、ほとほといやになって来ます。せめて春をたのしむ余裕さえあったらと思うのですが。


何が起こったのでもない、その後は更に一人きりだ。私自身は汚れもきれいにもならない。

街は以前考えたほど人間が多くはないのだ。孤独でありながら、人は求め合わない。

街は、ただ流れる。

Bach Concert for 3 harpsichod

これが時というものの本質なのだろうか。

daily life はもはや一般的・概念的生活には存在し得まい。時は、ただ、学校や、勉強部屋や、廊下や、議員宿舎の長イスや、家の壁の上を、滑ってゆく。人はあたかもそうすることがたのしいことのようにおしゃれをし、買物をし、物を食い、遊び、肉体をもちあ《ママ》そぶ。

しかし、それは彼らが孤独でない証こには何にもならないのだ。

時は流れて、今、ここにある。〈外部だ……すべてがおれの外部だ……〉

窓ガラスも、人も、自動車も、すべての〈もの〉の本質は外部的であることだ。〈もの〉は存在する。彼の意志によらず。彼らを変えるべきでない。

時はそれらの上をすべってゆく。時は〈孤独〉である。それは〝虚無的〟ではない。

時はそれ自身で己れの内容をもっているかのようだ、耐えがたく豊富に……。

一般的な概念による日常生活を考えると失敗する。それは俗物なのだ。表にあらわれてくる〝因果関係〟としての時は私のものではない。〈人生は魅力がない〉とここで初めて発見しなければならないとは。つまらないことを正当化する必要はないのだ。自分の無能力・無智さえもおどろくには当らない。

私はゆっくり銀座を歩いた。私の心はのっぺりしている。以前あれほどかたくなだった死の近づきも、よういに人々の〈健康〉そうな面にも、自動車のヘッドライトの前にも、ウィンドウにも、親しい。〈嘔吐〉は机の上に、カーテンに、イスの上に、すべての現象に、もはやとりちがえられた情念によっては消滅させ得ぬほど強力に存在する。人は己れが〈もの〉であることを知っていなければならない。そして決して自分を瞞してはいけない。ああ暗い病気よ、それはちゃんと存在し、私をむしばむ権利があったのだ。

これが daily life である。それは学校や食事や試験や、読書やすいみんによって構成されてはいない。いまや、〈楽しい〉連中をうらやむ理由はない。不条理の感覚はそれだけでは不毛である。病気である。サルトルは何と強く時をつかんだろう、ロカンタンは死ななかった。

新しい倫理〈常に意識的であること〉

私は自分の heart にも intelligence にも深く入ってゆくことが楽しくなるだろう。これこそ己れを〈えらび〉の方向へ向けて出帆させることなのだから。

ああ、喜劇は喜劇のままでは終らない。それは私の存在理由なのだから。私は考える、考える限り劇は存在する、存在するかぎり、その性格は私によって成される。

まず最初の、しかも絶対なこと〈私も、ものだ〉〈存在する〉ことを凝視すること。

頭は比較的（relatively）明晰だが、肉体的な意識は重苦しく、吐気をもっている。

思考が肉体を支配しきれない。

肉体は独自に存在する。

私は「自由でない」と感じる。

それは、今のそれは〈後悔〉に近い。

私はもっと自分を支配できたのだ、という後悔、まる一日胃袋の存在になり下った吐気。私の顔ははれあがって目は象の目になっている。肉体のこの損傷！　これこそ私のナルチスムの許さない悲劇だ。

しっかりしなければならない。

自己満足の得られぬ悲劇！

では、どうすればこの悲劇からまぬがれるか。

•それは対自存在に目ざめることである。

•自己選択

←

•己れの内に美を創造する方向、

•己れの内に埋もれぬこと、

（欲望・疲労・倦怠——これらはすべて即自存在である）

•熟慮

熟慮と行動の対決

後に残された行動は〈吐気〉であり、暗黒の内の悲しみである。

脳下垂体の効果?

degree of sexual desire に原因する精力消耗。

ロレンス、〈それは恋愛ではない〉

しかし決して動物性でもない、現代の社会に疎外された健康な欲望。

汚いコトバを使いたくはない。

旅行している、とある熱帯性気候に属する土地の旅行者収容所。

私はその土地までどうやって来たのか全く知らない。ただ独りなことがあらゆるものに表わされている。

なつかしい自己、純粋に愛撫される肉体。

時間が恐怖の的になる時! 私は全くどうしていいか分らなくなる。First Step を通過したなどといわれたことが、少しも喜びでない。あの吐気が強く私を捉えて離さない。私の心はまた元通り石のように凝固してしまう。

何か、が行く所がないためにただよう。それが吐気の因だ。あの病気の来た発端を見つけ出すために、私は状況を固執(maintain)せねばならないのだ。

ああ、それが分ったとき、発見されたときはじめて私は納得のゆく〈時〉がわかる。

安楽（家・暖・ベッド・音楽・食・能率・快感）は私から離れて存在する。私は浮いてしまう。それも吐気だ。それは無意味な〈もの〉だ。だから依ぜん、私は〈何もしたくない〉だろう。

support concrete things

イス・ツクエ・道・電車・人・外套・音・足・道・電球
家・曲りかど・木・くつ・ドア・ローカ・部屋・人
階段・ラジオ・英語・ベッド・パジャマ・マクラ
スタンド・空・カーテン・ツクエ・フトン・本・時計
柱・胃袋・手・目・毛布・手紙・文字
自動車・ガラスマド・エキ・電車の戸・自殺人・キップ・道・金
空気・お化粧・外・電波
ストーヴ・コーヒーカップ・サトウ入れ・女・給仕人
タバコ・文法・女の脚・耳わ・めがね

私はタダのバカだ。

I read your letter thankfully. I am very glad with surprise to accept your letter. I am so much thankful for you, because it may be altogether a lead of God. I wished to answer your letter, but I have lift it unwritten till now owing to not only my circumstances, but also my own laziness of writing with some unimportant livingness.

As you know about me already, I really committed a great sin, namely a sin of theft and murder. I have been sentenced to death in original repair of the sin. And now to my being ashamed, I am waiting for ○○○○ of death comes.

Already I am not be troubled with the thought of death and life in God's pleasure.

I was saved by mean belief and quit without working.

(訳) お手紙ありがたく読みました。あなたのお手紙を受けとって、嬉しく、驚きました。お手紙をとても感謝したのは、それが全く神の導きであるかもしれないからです。お返事を書きたかったのですが、私の環境のためばかりでなく、つまらない生活にともなう筆不精のために、今日まで書かずにきてしまいました。

すでにあなたが私についてご存知のように、私は実際に大きな罪、すなわち窃盗と殺人の罪を犯しました。私はこの罪を原初的に償う死を宣告されてきました。そしていま、恥ずかしいこと、私は死の○○○○がくるのを待っています。

すでに私は、神の意志においてて死と生を考えることには煩わされていません。

私はさもしい信仰によって救われ、働くことなしに去ります。


そうだったのか、君も例のヤカラの一人に過ぎないのか、あのおく病風にみまわれた、世間体や因習のとりこになった連中の。

もう遅い。ばん回は出来ない。時の解決を期待するにはあまりにも人間が犠牲になりすぎている。待つ！これほど退屈で無意味な浪費はない。私は待ちながら暮して、何度も何度も無茶クチャにバカになったんだ。自尊心も何もなくしながらそれでも振動しながら収れんするだろうかと。策のある運命のばからしさ、きたならしさ、無意味さ。

君は私たちに許された自由の可能な範囲すら知らない。その底をためしてみようとする勇気すらもたない。いつもその小利口な頭でやっていく。いちばんとるにたらない価値が私たちの頭上に輝こうとしているではないか、君が信奉する汚れた形而上学のおかげで。

芸術なんぞに君のその価値を参与させるものか。

ああ、愚レツな、倦怠
死ぬ理由はないというおそろしい倦怠、あるとすれば、憎むべき君のような人間、私に見えている人間すべてへ恐カツとしてのみある理由。

ボードレエルが現れる。われ墳墓をにくみ
詩人の情念としてのみ扱われる死因、それはもはや死の理由ではない。
ああ、またやってくる、その無の生存理由、
君は、墳墓を愛する側の連中の一人だ。君は残影しか愛せない。

かたつむりはひまはる　ぬかるみに、
われ　手づからに底知れぬ穴を掘らん。
われ安らかにやがて老ひさらぼひし骨を埋め、
水底に鱶の沈む如　忘却《わすれ》の淵に眠るべし。

われ遺書を厭み、墳墓をにくむ。
死して徒に　人の涙を請はんより、
生きながらにして吾寧ろ鴉をまねぎ
汚れたる脊髄の端々をついばしめん。

もはや意志の問題ではない。

悪癖からのがれたいとは思ってもそれは明らかな意志ではなく、ある一定の時間にはその悪癖によってしか救いがないんだというあきらめをもう心に宿してしまっている。だから、悪癖に身をまかした後にも後悔の念は起きない。前にはそれでも〝もうこれからは絶対に〟という決意を固めたものだった。それは、もう意識以上の強いものが私を亡して無意識にさせるのだと思っていたから。

しかし今では、私は平然と、意識的に身を亡している。これは恐ろしいことだ。私はもうどんどんくずれてゆく身体を支える何の術も持たないことになるからだ。

私は苦しさに身もだえる。しかしその苦しさは、初めから計算の中に入っており、意図したものである。もうこれ以下に駄めになる所はあるまいと思うから、そしてその堕ちて来た経路もちゃんとわかっているから、そのダメさには何の不可思議も神秘も謎もないのだ。

ああ蛆虫よ、眼なく耳なき闇黒の友、
汝が為に腐敗の子、放蕩の哲学者、
よろこべる無頼の死人は来れり。

わが亡骸にためらふことなく食入り
死の中に死し、魂失せし古びし肉に、
蛆虫よ、われに問え。

猶も悩みのありやなしやと。

これだ。死なぬ理由。簡単には死なぬ。——これが彼の禁欲だ。〝死して徒に人の涙を請はんより、生きながらにして吾むしろ鴉をまねぎ、汚れたる脊髄の端々をついばしめん〟。私が〝ちゃんと生きて〟いられないわけは、〝ちゃんと〟なんか生きていてもすることがないから全く無意味な努力なわけだ。私はすっかり、人のために人生を受けついで来た！　私の努力は父の、母の、友の、あのバカバカしい笑顔のためだった。

そのことが今やっと何と無意味なことかわかった。私はもう誰にも遠りょすることはしまい。生きてむしろ〝死のよろこび〟を歌うのだ。

私が、吐くほどものを食うあのくせは、死ぬんだ死ぬんだといいながら習慣で生きている状態と怖ろしいほど似ている。また、故に、私はこのくせからはもうのがれられないだろう、という明らかな意識は、私は決して死ぬ理由を見つけまい、というあきらめに似ているのだ！　私はここで自由を無くしていたんだ。あきらめながら生きてゆくあのばからしさが私の胃をも支配したんだ。

誰にも死なない理由などないのだ。あの楽しさに意味を求めて、自分も参与しようとした、あの無抵抗の卑屈が間違っていたのだ。もはや「人」が何の意味も持たなくなった今、さらに人間的と称せられる正常と称せられる、健康的と称せられる人間達の集いに参加するに、何の卑屈、へつらい、悩み、遠りょ、計略、が要ろう。

夜の家族と一緒にする食事、団欒、友人との会話、遊び、ピクニック——等々のあの〝健全〟さ、〝何げなさ〟、さらりとしたもの、ねちっこい喜び、桃色に輝く〝生活〟の光、家、友人、グループ、それらすべての、私が今まで半分信じて来たよろこびはもはや空しい。それらの基盤の上でウロついて「何故こうやっても、どうやっても楽しくないんだ、快くないんだ？」と自問することはもう空しい質問なのだ。

あれらの輝きに身をつまされ憧れたことこそ一番怖ろしい私の破めつであったのだ！

家、美しい庭、うまい食卓、楽しい会話、豊かな生活……これこそ一番とるにたらないものだ。

この中では私の絶望を表現することは不可能だ。

苦悩はごまかされ、苦悩より発する行為は不当とされチョロマカされる。

ああ、私の最大のよろこびは、この自由の発見だ。

私は自由になろう。私はピンからキリまで自由になるのだ。

楽しさから解放されて苦しみを盾にとり、自由を意識として道をつくり、形をつくり、造形の美を自分のものにするのだ。意識における享楽主義者《エピキュリアン》。

ああ、そこでやっと私には選択する自由が生れ、造形する力をもつことが出来る。「楽しい計略」が可能となるのだ。

意識せる参与が出来るのだ。

追悼と手紙

高良美世子さんの印象など

大村新一郎

何だか黒っぽい服をきて、おまけに高校生だというのに、ひざ小僧など出して、ブスっとした顔にどこみてるやらわからない様な目付で、そのくせやけに大またでスタスタ歩くそんなのが高良さんの第一印象でした。休み時間になると、いきなり本をひろげて読み出したりするので、最初のうちは恐ろしげだというのであまり評判が良くなかった。

その頃僕達は〝名前のない会〟という得体のしれないサークルを作っていたのですが（スローガンは自主的に建設的になり、そんな風潮を育ててゆこうというのでした）、その会に高良さんを引っぱり込もうじゃないかということになりました。女の子が交渉に行くことになったのですけれど、みんな猫の首に鈴をつけにゆく鼠みたいに敬遠しちゃって、「私それだけはいやよ」などといいだすのも居ました。（たしか三谷君だったかな）。それでも引っぱり出しに成功して、会にはじめてきた時の様子を覚えています。六月頃で、水色のワンピースなど着て坐っていましたが、会で出る話をひどく真剣な顔で聞いていて、時々かみつくみたいに質問して、自分が納得しないうちは話を一寸でも進ませないといった風でした。やけに一生懸命なのが、僕には不思議な位に見えました。

この名前のない会がそのまま「時報」に合流して高良さんの巣になるわけですが、秋、合流後初の「時報」に、瀧沢君（瀧沢修の息子君）と僕と三人で映画『原爆の子』の感想をやって、それを高良さんがまとめて記事にしました。何か、がたがた一生懸命書いているのだけれど、あまり一生懸命で、いいたいことが渦巻いちゃって、途中で〝爆発〟して、突如として鋭い叫びみたいに独特な「なんだ！」という結論を振りかざしているといった風な、全く独特な文章でした。このころから、高良さんはもう「時報」の中心人物になっていました。

秋深くなって、高校生一年全部で軽井沢へ遠足に行った時のことを覚えています。この遠足で、高良さんはすっかり悪評、特に女の子の間の特有な悪評を吹き払ってしまったようです。「高良さんてふつうの人よ」なんていったのは誰だっかな（たしか野村君です）。夕方、僕がふらっとベランダみたいなところに出てみたら、高良さんが一人で籐椅子によりかかって、外を見ていましたが、その時、高良さんが非常に美しい人だということを発見して驚きました（何だか変だけど）。あとで考えると、高良さんはこうした自分の美しさに余程自信があったんだと思いあたることがあります。大変詩的な人で、なにかそうした夕方の高原のふんいきのなかにとけこんでしまって、すっかり嬉しがっている様でした。帰りの汽車の中で、デッキに立ち通しで夢中でしゃべり合ったことを覚えています。山の絵のスケッチをもっているので、みせて呉れといったら、何だか紙の中央部に横にギザギザがごしごし炭でかいてあるだけで、「これどっちが上だい」ときいたら「ええ」とかいって笑って「こっちが上だよ」などといって又笑っていました。

高良さんはたしかに教室では黙っていることが多かったし、仕事した後など、さよならもいわないでスーッと消えてしまうことなど再々だった。けれどじきに高良さんが黙っているのは別につき合いにくくしているわけではなくて、誰かが話しかけてきたら答えようとしているのだが、誰も話しかけないので黙っているのだということがわかりました。

この頃からの「時報」の仕事は、どういう因縁か、同じ記事だの同じ面だの、いつも一緒になるようになってしまいました。夜中原稿取りに出かけたら犬にほえられて高良さん半ベソかいたり（あとで自分でもいってたけど大変おく病で泣虫だそうだから）、他人の家の表札を、くらくて読めないので明りの下で読もうとおもってはがしたら、高い所にかけてあったので、元に戻せなくなったりして大苦心したり、変なエピソードは沢山あります。

高良さんは、とても生真面目で、どうしてもちゃらんぽらんが出来なくて、自分ではそうすまいと思わぬこともないのだが、一つの事に自分全体でぶつからないわけにはゆかないといった人だったと思います。だからいつも緊張のしつづけでした。そして何にでも、いつも真正面からぶつかったり、かみついたりしていた。それは人を喰ったり、いいかげんで飛躍するところはあったけれど、でも本質的には、蒼白な緊張感の連続だったし、何かそれを通して、ほのおが燃えているような感じでした。それと相まって、ものすごく広い感受性が特長だったと思います。それはたしかに尋常でない鋭さを持っていて、メスみたいなところもあったけれど、むしろそれよりも、広い、豊かな、深々とした感じでした。ものを受けとめるときに、何て暖かい受けとめかたをするんだろう。高良さんはとても優しい人だった、優しさの権化みたいな人だと思います。

高良さんは、すごくシャンな人ですが、それは、一つには大たんさと率直さとが、これほどまでに貫かれている人は少ないからだと思います。丁度霧の草原の中にすっと立っている裸の木のような、そんな感じがします。たとえば、あの口をまげて笑うあの独特な微笑などの一つ一つが、すごく貴重なものに思われるのです。

何かぐるぐる廻った混迷の中から、究極的にはおそろしく素朴で、健全なものがでてくる、そういった感じでした。むしろそういったものを、白熱的に求めているといった感じかもしれません。何かそういった白熱さは、血のかよった人間でありながら、聖人じみた感じがしないでもなかった。ロゼッティのベアトリスの絵みたいな感じがする点も、少々ありました。

丁度松川事件の二審判決があった時（二年生の時の冬）、「時報」はこれを取り上げるか上げないかで、真二つに分かれて大論争をやりましたが、その時僕は憤激して、ヒューマニズムを振りかざして、誰が何といったって、こういう問題はとり上げなければならないんだといって、とり上げる気にはならないとか、もっと慎重にすべきだという人達と激論しましたが、人間の本性的な行動を押える慎重さは無意味だといって、高良さんと共同戦線をはったのだけれど（今考えてみると、こんな風にして共同戦線をはった最後だったけれど）、その間、高良さんの熱と美しさにうたれました。

三年の夏高良さんが入院して以後、ほとんど会わなかったし、連絡もあまりしていなかったけれど、高良さんが死んだときはすごく悲しかった。今生きていても、殆んど会うこともないかもしれない。けれど、それでも、生きていたらどんなにすてきだろうと思う。高良さんが居ないということは時々鈍い痛みを感じます。どうしてあんな素的な人が先に死んでしまうのか、口惜しくてなりません。

（一九五八年）

高良美世子、永遠の友

高階（石井）菖子

一九四九年（昭和二十四年）五月十五日

夕焼けの美しい五月の宵、あたりには花の香がただよっている。

玄関に物音がする。当時我が家は、夜になるまでカギをかけることもなかった。

「何？　誰？」と、私は玄関に向う。

そこには不揃いだが美しい、白とピンク、オレンジも交ったバラの花束が無造作に置かれていた。

でも、誰も居ない。

中学一年の春――私には誰が花束を投げ入れたのかわかっていた。

高良美世子――。四月に、当時の教育大附属中学に入学し、私達は一年四組の生徒となった。私は本の好きな文学少女で、やはり本を愛する二人の友と出会い、お互いに本を貸し借りする仲になっていた。

一人は高良さん、もう一人は野口君――。

ヘッセ、カロッサ、リルケ……。マルタン・デュ・ガールの「チボー家の人々」は夢中になって読んだ。主として野口君が持っていた本を三人で読んでは次に渡し、翌日にはその内容について語っていた。本のこと以外あまり会話はなかった。

花束の届いた翌日の教室でも、彼女は何も言わなかった。私も「わかっているわよ」と目で合図し、「アリガト」とささやいただけ。高良さんはちょっと目を細めてうなづいた様子だった。

私たちはまだ十三歳、でも十分にませていた。

中学一年の夏休み前までは「本」を通しての会話が主で、私生活についてはあまり話さなかったが、夏休みになると私が下落合に引越したこともあって、お互いの家を行き来する仲になっていた。

彼女の家は、下落合の駅からかなり急な坂を上った高台にあり、私は、文化村と呼ばれる道路を渡った反対側で、丁度二人の家のまん中あたりが聖母病院で、よく電話で連絡しては聖母病院の前で待ち合わせた。

目白通りを、目白駅の方まで、高良さんの飼っていた犬を連れて散歩しながら、暑い夏の陽ざしの中で様々なことを語り合った。途中にアイスクリームを売る店があって、そこのアイスクリームかアイスキャンデーを求めるのが楽しみだった。

「お母さんは新聞の記事で見る方が本当のお母さんみたい。家に居ることもあまりないけど、家に居るお母さんはお母さんみたいじゃない」。

彼女の母上高良とみさんは、国会議員で、忙しく海外を飛びまわる活動的な婦人だった。「美世子、これはローマのオレンジで、赤い色してるの。おいしいのよ」と、私もいっしょに珍らしいローマのオレンジ（その頃、ローマは私たちにとって遠い都だった）をいただいたことを思い出す。

わが家は父の仕事の関係で転勤族で、私は小学校を、戦時中疎開していた四国の香川県をはじめ、九州の福岡、新潟など、六回も変っている。

母は趣味の多い知的な人だったが、私と妹、弟の三人の子供を育てる家庭の奥さんで、高良家とは違っていた。

その夏は本当によく会って、お互いの家に泊ったり、高良さんのお父様の病院のある、やはり下落合の、神田川の支流の妙正寺川沿いのお家で、美世子さんのおばあ様やお手伝いの方も交えて食事もした。お庭でとれた苺がとてもおいしかった。

二人のお姉様は、私たち中学生から見るとほんとうに大人で、私たちは子供扱いされていたと思う。真木ちゃん、留美ちゃんと呼んでいた二人のお姉様のことを彼女はよく話した。真木ちゃんのアメリカ留学、留美ちゃんの芸大での活動など、お母様が留守勝ちだったこともあって、二人のお姉様を慕っている様子で、後には留美ちゃんの仲間の読書サークルにも顔を出していたようだ。

二人のお姉様の影響は大きく、彼女は私などよりもっとむずかしい思想的な本も読むようになっていた。

スズワン先生

中学一年の時の国語の先生だった鈴木一雄先生（通称スズワン）との作文ノートのことは忘れることが出来ない。

スズワン先生は、「素直に見、素直に聞き、素直に書く」をモットーに、私たち中学一年の生徒にそれぞれがノートを一冊作って、何でも良いから書いて先生に提出するようにと言われた。

先生は忙しいなか、赤ペンで細かくあたたかい批評を書いて返して下さる。高良さんも私も、他の友達も皆、スズワンの赤い小さな字を見るのが何よりの楽しみとはげみになって、自由にいろいろなことを書いた。詩も、創作も、身辺の日記のようなものも、何でも。

書くことの楽しみと基本が身についたのはスズワン先生のおかげで、私たち二人も、先生の批評と自分達の書いたものを見せ合い、語り合った。

いつだったか、先生の御自宅に二人で伺ったことがある。

高良さんは熱心にいろいろなことを話してとどまるところがなかった。先生はそんな彼女に様々なヒントを与え、私は二人のやり取りを、優れた対話劇を見るような気持で聞いていた。

後でスズワンに、「高良は面白いことに気づいて鋭いし、熱心に話してなかなかだと思ったけれど、それを黙って聞いていた石井（私の旧姓）も大したものだと思った」と言われたのを覚えている。

私は、二人の会話を聞いているのが楽しかった。彼女の才気と先生の成熟が飛び交う空間が素晴しかった。

この夏休み、殆んど毎日のように二人で会話し、遊んで、二学期が始まる。

私はその頃から演劇に興味を持ち、上級生も交えて学芸会などで演技をすることがあった。「山の娘ハイジ」の幻燈劇でハイジを演じたり、創作劇に参加したりした。高良さんは主に舞台装置や演出に興味を持っていた。

彼女は絵も上手だった。

今、私はかつて、（もう六十年以上も前になる）彼女と歩いた目白通りを歩いている。その後五十年近く下落合に住んで、この道を歩いて帰宅することも多い。昔二人で歩いた頃にもあった教会や、呉服やの飾り窓の中の小さな人形――。夕陽は今も帰り道の正面に落ちたばかり。あたりはあの頃と同じように紅く染まる。

散歩に少し疲れた私たちは黙って夕陽の中を歩く。

「今からどうする？」

「うちに来る？」

「そう、あなたのピアノも聞きたいし」、

「じゃ、今日はウチでくつろぎましょう」。

すぐ隣りに彼女が居る。何十年経っても私のそばに居る。あの頃と同じ会話があって、相談ごとも打ち明け合う。

あの頃時間はたっぷりあった。

どちらかの家で夜中まで話し、そのまま泊って、そんな日々が続いて、夏休みが終るのが残念だった。蓼科《タテシナ》に、他の友達もいっしょに小旅行したこともある。その頃はまだ、ませてはいても無邪気な中学生の生活や会話もあった。

「将来何をしたらいいか考えることがある。真木ちゃんはアメリカだし、留美ちゃんは自分のことで忙しいし。お母さんはもっと忙しくて家に居ないし。文章を書くことも、絵を描くことも、作曲も、嫌いじゃないけれど、何を選んでいいかわからない」。

「あなたは才能があり過ぎる。私は文章を書くことと、劇中の人物を演じること位しか好きなことがないからまだ良いけど」、

「何か一つでも打ちこめることがあったら。何も考えずに夢中になれたらいいのに」、

「今決めなきゃいけない？　もう少し待ってもいいのでは？」

「私には、残された時間が少ないような気がしている。何だかわからないけれど。〝今〟何かしなくては、と思えるの」。

歩きながら、又お互いの家のベッドで並んでやすみながら、会話は果しなく続いた。

聖母病院まで来ると、あたりはたそがれて、家路を急ぐ人々が足早に通り過ぎる。

私は、高良さんと会話しながら目白通りを家に向う。

「私、この歳《トシ》になって、又芝居がしたくなったの。

蜷川幸雄という演出家が、五十五歳以上の俳優を募集している。オーディションがあるのだけど受けてみようかな。彼の芝居を沢山観ているわけではないけれど」、

「やっぱり貴女は自分の道を見つけたのね。受けてごらんなさい」。

高良さんとこの会話を交したのは十年前、勿論彼女は現実には居ない、でも私はいつも彼女と会話している。

何故現実に居ないはずの彼女と会話出来るのか――、それは、彼女がまぎれもなく私の中で生きているから。

背の高い高良さんは、あの頃と同じようにいつも私といっしょに歩いている。

中学一年から二年の二学期までは、限りなく続く会話の中で私達は過した。

ヘッセの「車輪の下」、他に「魔の山」も「チボー家の人々」も、私たちの世界の住人で、小説の中の人物は、今、ここに住んでいると思えた。

私たちは何を求めていたのか……。

架空の人物と会話し、現実よりずっと豊かな世界で遊んでいた。

「いつかパリへ行きましょう、マッターホルンも見ましょうね、ヴェネチアは勿論」、

「そう、私はお母さんからインドの話を沢山きいているから、インドへも行きたい」。

二人で沢山夢を描いた。

いつか、世界を旅してそれを現実のものにする。そう信じていた。

私はパリにも住み、ヴェネチアもミラノも、シチリアも、スイスもスペインも、アメリカのニューヨークやノースカロライナも、家族と共に経験した。

彼女がいないのが不思議だった。

いっしょに行くはずだった都市を歩きながら、やはり私は彼女とも会話していた。


聖母病院まで来ると下落合の駅が見え、家は近い。

お互いの家へ帰る時はここで別れる。

「さようなら、又明日ね」。

家路に向う二人を夕やみがおおう。

北九州、門司へ

スズワン先生が大学に戻られることが決まって、二年生の夏休みが来ると、私は父の仕事の関係で九州の門司へ引越すことになった。

高良さんとの別れはつらかったが、夏休みには絶対あなたの所へ行く、という彼女の言葉を胸に門司へ行き、学芸大附属小倉中学の編入試験を受けて小倉に通学することになる。

自然に恵まれた北九州は、私にとって新鮮で、海に向って登校し、山を見ながら帰宅した。

楽しい日々が続いたが、高良さんに会えないのが物足りなかった。

夏休みになって、高良さんは本当に門司の我が家に来てくれた。

一週間程の滞在だったと思う。

小さな妹や弟もいっしょに九重高原や別府など九州を旅したのもなつかしい思い出だ。

彼女は野菜嫌いの偏食なので、母は食事には気を使った様子だったが、その頃までは彼女も健康で、楽しい旅の想い出を残して東京に帰る。

再び東京へ

三年生の三学期が始まった頃、東京の附属の先生から「こちらへ高校で戻らないか」とのおさそいがあり、父はまだ門鉄局長の職にあって東京へは戻れないが、熟慮の末、高校の入試を受け、先生達との感動の再会があって東京へ行くことになる。

父の北京（父は終戦まで国鉄から北京大使館に出向していた。戦後しばらくして引揚げて来た父は三十代だったが、頭がまっ白になっていた。――その後回復したが）時代の知人のおぢ様の家にあずかって頂くことが決った。

その家は、高円寺の広い一軒家。おば様づきのばあやさんと小さな女の子のいる家庭で、とてもよくして頂いた。

高良さんと又いっしょに学校生活が送れることを期待していたのだが、何故か彼女は附属を離れ成城学園の高校に変ってしまっていた。

何があったのか。

夏が終って冬が来て、仕方なく離れている間に学校への違和感がつのり居場所を失っていったのか……。

肉体的にも偏食や母上の不在などで健康に不安を感じはじめていたのかもしれない。

それでも、高校一年の間は時々会っていたのだが……。

本当はスキーも水泳も好きな明るい少女だった高良さん。


今日、二〇一五年一月、東京は雪。

六十年前にも雪は降り、彼女は菅平にお父様とスキーに行ったことを手紙で知らせてくれたことがあったし、お庭に積った雪で雪ダルマを作って遊んだこともあった。

この雪の中から高良さんが現れるような気がする。はにかんで、寒そうに手袋で頬をはさんで、「石井さん、雪だね」と、少しぶっきらぼうに、でも嬉しそうに言うのだ。

彼女には雪が似合った。

雪の精のようでもあった。

静かな、しかし鋭い美しさは、雪のようにいつか消える運命《さだめ》だったのか。

二〇一五年二月十八日（水曜日）

東京に今年三度目の雪になるとの予報。

高良さんがよみがえる。

彼女がこの世の人でなくなったのは、春まだ浅い三月だった。

私はいっしょにスキーをしたことはないが、雪の舞う一九五〇年代の目白通りはよく歩いた。

雪の中を歩いていると、時が止ったようにも、この道がどこまでも続いているようにも思えた。

黙ってひたすら歩いた。最初は冷たかった手も温かくなり、そのぬくもりは体にも伝わって、思わず二人で目を見合せて、笑ったり、少し走ったりした。

何を話したのだったか……。多分本の話。そして、歩き疲れて、彼女の家へ行くことになり、又話の続きを話して、私の大好きな彼女のピアノを聞く。

ショパンが得意だった。

ノクターンは、雪の高揚を沈め、深めてくれるようだった。


東京にも雪がふる。あの時のように。


ショパンの「ノクターン作品9の第2、変ホ長調」。

二〇一五年三月の日曜日、聞えて来るのは同じ曲だが彼女が弾いているのではない。

しかし私にはそこに彼女が居るように思える。

私はピアノに向う彼女の背中を見つめている。曲が終って、はにかんだ笑みを浮べて私の方を向く高良さん――、私も唯ほほえみを返して。二人は何も言わない。

外の雪は止むけはいはないが、二月の雪とは違う。はかなげに、頼りなく降り注ぐ。庭のヒマラヤ杉にほんの少し白い模様を残して。

暖かい部屋で雪を見ているのは幸せだ。

チェホフの「かもめ」第四幕のニーナのせりふに〝ツルゲーネフがどこかに書いていた、「こんな夜、頭をおおう屋根とあたたかい片隅をもつ人は幸せだ（小田島雄志訳）〟という一節がある。

わかり合える友といっしょならもっと。

「紅茶飲む？」

「いいわね」

サロンへ移動して、又黙ったまま庭に目をやる私たち。温かい紅茶の香り。

「アールグレーね」

「そう、お母さんのイギリスみやげ」

「この香り、少し悪のにおいがする」

「ドリアン・グレイのような」

「英国も文学や演劇は素晴しい。いつかいっしょに行きたいわね」

「シャーロック・ホームズやシェークスピアの英国にも〝まむしのからみあい〟のモーリヤックのフランスにも、〝風と共に去りぬ〟のアメリカにも行きましょう」

「私たちはまだ十四歳で半分子供だけれど、きっとそういう日が来るから、元気でいましょうね」

しかし、その日は来なかった。


春の雪は、まるで雪ではなかったかのようなしめり気のみを道路に残して消えてしまう。

雪の止まないうちに高良さんに会いたい。別々の日曜日の午前を過していても、ふと会いたくなって連絡する。

でも今日は会えない。

彼女は遠くへ行ってしまったから。

どこへ行ったの？

長い旅に出たのでしょう。

原点とも言えるインドでヨガの修行をしているのだろうか。

ヨガがあなたを救うかもしれない。

便りのないのは元気な証拠――。

私は又明日から、四月公演の、シェークスピア「リチャード二世」の稽古に戻る。

リチャード二世は薄幸の王で、リチャード三世とは対照的だが、詩的で壮大なドラマがくり広げられる。

蜷川さんはそれを、英国とも日本ともつかない不思議な舞台に仕上げようとしている。せりふはそのままに、私たちは留袖でタンゴを踊り、果てはホウキやナベ、クワなどの武器（？）を手に戦《タタカ》おうとしている。男性はハオリ・ハカマの日本の正装と、リチャード二世在位中のヨロイをつけ、馬にまたがって戦う。

高良さんはインドに居るから観てもらえないが、きっと抜群の想像力で舞台を再現出来るだろう。

ここに七十八歳になった私が居る。七十歳直前に蜷川幸雄が芸術監督を務める、〝さいたま芸術劇場〟の五十五歳以上の、プロの俳優を育てるオーディションを受け、千二百人の中から選ばれたのは四十人程。

「ゴールド・シアター」と名付けられ、この十年、何十本かの創作劇などを上演した。

昨年は香港と、一昨年に続いて二度目のパリ公演、シャトレのテアトル・ドゥ・ラ・ヴィル（市民劇場）

に一週間以上通った。楽屋からはセーヌとエッフェル塔がのぞまれた。

ＮＨＫのアナウンサー試験を受けたのは二十二歳の春、チェホフが好きで早稲田の露文に入学したが、仕事としてはアナウンサーを選んだ。

結婚までの七年間アナウンサーとして様々な番組を担当した。

夫は当時フランス留学から帰ったばかりの西洋美術館主任研究官で美術史家の高階秀爾。担当していた現在の〝日曜美術館〟の前身で最初のＴ・Ｖの美術番組〝テレビ美術館〟で、〝ルーブル展〟の三回連続のシリーズで出会う。

今思えば現在の夫よりずっと若かった富永惣一郎氏や今泉篤男氏といった先生方があまりにも年上でいらしたので、何と若い先生、と思って「おいくつですか?」と聞くと「二十九歳」とのこと、何だ私と五歳しか違わない、と急に気楽になって、のびのび司会を務めた。

もっとも当時私は美術史の知識は皆無に等しく、キュビスムとフォビスムを間違えていたとのこと。「それでどうしたの?」と聞くと、「僕がうまくまとめた」――。

そのことばがうれしかったから、というわけでもないのだが、運命を感じて結婚――。

長女絵里加も生れ、やりくりしながら仕事を続けていたが、夫がロックフェラーⅢの招聘でニューヨークへ行くことになり、悩んだ末の決断で、ＮＨＫを辞め家族で渡米。その後長男審太郎もいっしょに家族でパリやノースカロライナに住み、日本に帰ってから長い年月が経った。

子供達が成人して、芝居を再開、今に至る。

高良さんにはその時々に報告して来た。


春の雪はとうとう止んでしまった。

高良さんは春を待っていただろうか。

私は春を待ちつつシェークスピアの世界に生き、又次のフィクションの世界で私の現実とは違う人物に生きる。フィクションと現実の間を行き来している私の人生は、高良さんの人生でもある。

あなたとの別れは来るのだろうか。

あなたとはこの六十年以上、いっしょに生きて来た。

春が来そうで来ない三月。

あなたが消えた三月。

四月になっても寒い日が続く。

いつのまにか桜も散って葉桜の緑が水々しい。この公演の終る四月下旬には初夏のけはいに変っているだろう。

季節は移り、あなたの居ない世界は続いて行く。

あなたのいない「今」を生きる勇気を持たなくてはいけないのか。

だが、ケストナーは言っている。

「人生には、忘れてしまったことと、覚えていることの二つしかない。忘れたことは過去で、覚えていること、それは、いつも〝今〟だ」。

高良美世子、
あなたは、私の大切な永遠の〝今〟。

二〇一五年四月二十六日（日曜日）

六十年前のあなたへ
六十年後の私から

追伸

二〇一五年八月二十二日（土曜日）　軽井沢

高良さん、
暑かった夏も去ろうとしています。
トンボが群れ飛び、風が渡って、軽井沢も少し早い秋のけはいがします。

十日程前の夕ぐれ時、お姉様の留美子さんと、我が家の別荘のテラスで、あたりが暗くなりかけるまでお話しました。あなたのことで話が尽きず、どうしても「ルミちゃん」とお姉様に呼びかけては昔に戻る私でした。

あれから六十年以上、八月生れのあなたのお誕生日も過ぎて、今私たちは同い年の七十九歳。長くて短い年月、常にあなたの存在を感じている私も、月日の速さに驚ろきます。

目の前にひろがる雑木林、ハギやワレモコウなど、秋の花も顔を出し、その向うは72（セブンツー）のゴルフ場で、今午前九時、お盆も過ぎて静かな土曜日の朝です。

毎年我が家はスズメバチやキツツキに好かれ、かなり大きくなった蜂の巣を取るのにクレーン車のお世話になったり、朝は暗いうちからキツツキのノックで目が覚めたり、軽井沢のくらしが戻ってきました。

海外公演などで常になく忙しかった昨年一昨年のあと、やっと少し長い夏休みがとれて、八月の一週目から軽井沢に居ます。

あなたが居たら、どんな話をしたでしょう。年齢も忘れ、時も忘れて、昔と同じように語り明かしたかもしれません。それとも、幼なく若かったあの頃のように黙って樹々を眺めていたような気もします。

きのうは、軽井沢らしい。霧におおわれた一日でした。

霧の中からあなたが現れる……

私はそう思いました。幼い少女だった私たちは、〝霧の中のバラ〟というノートを作って想いを記したものです。霧とバラは、あの頃の私たちに似合っていたように思います。

あなたが私に最初に贈ってくれたのもバラの花束でした。

留美子さんがいらしたおかげであなたの本が出る。

私は嬉しい。

でも何故かあなたとの楽しい想い出しか覚えていない私は、あなたの力になれなかったのか、と悲しい。

母と娘の問題は、今でも永遠の葛藤《カットウ》で、様々な形で、母と娘の難しく切《セツ》ない関係が課題として私たちに迫って来ます。

美世子、留美子、真木ちゃんの三姉妹も、私の友人の娘たちも、私と娘、娘とその娘の関係も、愛するが故の解けない糸が存在する。理由もなく、どうしても愛さずにはいられないのが母と娘の宿命です。

でも、どんな運命が待っていようと、愛する人がいたこと、そして今もいることは幸せだ。

六十年ぶりにあなたに書く手紙、軽井沢の風の中であなたに会えた気がする。


この本はあなたの本であって、あなたたち三姉妹と母上の本でもある。そこに友だちとして参加できて幸せです。

チェホフの〝三人姉妹〟のように、末娘のイリーナのせりふのように、もしかしたら多分、実現出来ない未来に向ってでも、希望が持てたらよかったのに。

高良さん、あなたは私の一生の宝、あなたに逢えてよかった。

留美子さんとあなたの話ができてよかった。

六十年経った私は、まだ「未来」が見たい。
未来を信じて、今日はペンを置きます。
又、語りましょうね。

菖子

高良美世子様

追悼詩・真木への手紙

高良留美子

死んだ者へ

虚ろというには
あまりにもそれは痛く
痛みというには　あまりにも
暗い憤怒《いかり》にみちている

きみがもう絶対に見ない
いわし雲をうかべた空を
私はこの虚ろの中から押しだしてくる
憤怒《いかり》をもってしか見ないだろう

きみがもう決してあらわれない
脂汗をうかべた人間の群れに
私はこの鉱石のような憤怒《いかり》を
投げこむためにしかあらわれないだろう

すでに殺されている人たちの間で
生きるとは
きみが死んだ死を
絶えず死ぬことなのか

風の中へ

つなぎあった手のすきまから
たいせつな人のいのちが
つめたい風の中に落ちこんでしまい

またべつのところでは
おさなかった愛が死にたえる
しずんでいく舟のように

ろうそくの火を吹き消すように
愛が死に　いのちが絶える
生きのこったものはどうしたらよい？

ああ　わたしはこごえる
わたしはくるしい
わたしには力がない

わたしは風の中へ降りていく

花――死んだ妹に

石のアーチの奥で　花々が萎れる

そして雨のふる日
孤独の人は窓辺から消えた

無にかえった花々の庭で　うつろが笑う
笑いと　うつろと　残された物たち
哄笑が　腹の空洞になりひびく

石のアーチの奥で　肉体がただれる
拒絶されたからだ　おきざりにされた心が
夕ぐれ　頭を落とす

一九五五年四月　〈封書、ペン書、航空便〉

Melle. Makiko Kohra
Fondation des Etats Unis
Boulevard Jourdan 15, Paris 14e, France
Kora Family　Tokyo, Japon.

マキちゃん

みーちゃんのこと、全く何て言っていいかわからない。みーちゃんの本当の淋しさやくるしさを、理解できなかったことが、今となってはすまなく残念だ。それだけがたまらなく苦しい。単純な、素朴なことだったんだ。みーちゃんとしては、そうなるのが当然だったんだ。それが、厚い壁にへだてられた人間にわからなく、彼女を底知れぬ孤独につき落してしまった。いま考えるとみーちゃんの気持は全く私自身のものでもあったんだ、それがいろいろな点でちょっとちがった風にあらわれた。

みーちゃんはよくピアノに向って一人で歌っていた。大ていはなつかしい歌だった。フォスターのが好きだった。それから「赤いサラファン」、「主よみもとに」という賛美歌。淋しさをまぎらしていたんだ。私は一緒に歌ってもやらなかった。一人でピアノに向っていた姿を思い出すとたまらなくなるよ。三人で歌えた頃はよかった。夜なんか一人でいると、歌っている彼女の姿を、まるで本当にとなりの部屋にいるように想い出すんだ。私がおもっていたよりもっともっと単純な、素朴な、肌身にふれる愛情を彼女は求めていたのだ。母親の愛情なんだ。求めても得られず、絶えず裏切られたという感情を持たされながら、愛を求めない方向へ行こうとした。だが彼女はいつだって求めていたと思うんだ。やせて、おそろしいような顔をしながらも、愛を求めていた。愛に飢えていたんだ。それが誰にも理解されなかった時の気持はどんなだったろうと思う。

家の人間関係はあまりにも近代的だった。幼年時代に必要な愛と自然とをとび越えてしまっているんだ。それ無しに大きくなっているんだ。私自身、そういう中で大きくなり、がむしゃらに肌身にふれる愛情を求めた時期というものを、つい近くに持ちながら、みーちゃんのそういう気持を充分わかっていなかったことが、残念でたまらない。私は彼女のところに、私がそういう（愛の）断絶の上に、自分を解放するためにつみあげたもの、媒介されたものばかりを持っていったような気がする。直接的な愛情や慰めを、私自身断ち切っていたような気がする。それこそが必要だったのに。

だから私はみーちゃんの愛を求める気持をずいぶん傷つけたんだと思う。求めているものを与えないで強くなることを求めても無理だったんだ。生きるためには、何をおいても愛が必要なんだ。既に母の愛を求め得る幼年時代が戻って来ないとするなら、異性の愛、きょうだいの愛、友達の愛、仲間の愛、すべてが必要だった。皆で協同してみーちゃんを救うべきだった、だがそれができなかった。最も彼女の身近にいたはずの私に、一番それができなかった。私の意図は全部ひっくり返った。私という存在は彼女にとって、コンプレックスを起させるもの以外の何物でもなくなってしまった。実際みじめなつきあいだったと思うよ。みじめというほかにいいようがない。あんなきょうだいなんてあるもんじゃない。私は自分の置かれた運命を呪うよ。非常に複雑な、ぎりぎりの矛盾の先端に立たされているんだ。

考えてみれば、やり切れない事ばかりだ。だが私たちとしては、あんな風な失敗を二度とくり返さないためにも、みーちゃんの分まで生きていくよりほかしょうがないんだ。何度でもみーちゃんのことを考え、その死を考え、18年間のみじめなつきあいを考え、そのやり切れなさに何度でも涙を流しながら○○○○行くんだ。

生きるってことは、あんな風なみじめなものであってはいけないよ。もっと全然ちがった風にしていかなければ駄目なんだ。

はじめの頃は本当にやり切れなくってフランスへでも逃げ出そうかと考えた。文学にも自信がなくなって、哲学でも勉強しようかなんて思ったけど、いまは、やはり詩をやっていこうとしている。それから方法論のための助けとして心理や哲学もやるつもり。この九月には大学院仏文科の予備試験（ケイオーの内部からだけの奴）を、五ヵ月のどろなわで受ける。

幼年時代から続いて来た一つの大きな時期――青年期初期とでもいうのだろうか――がみーちゃんの死と一緒に決定的に終ろうとしているのを感じる。悲劇をもって終ったわけだ。すごく不条理な過去だ。おそらく家の誰にとってもそうだろう。

美世子、真木、留美子宛の便り

高良とみ　高良武久　高良登美

一九五一年六月　〈絵葉書、ペン書、航空便〉
東京都新宿区下落合2ノ810　高良美世子様　Miss Miyoko Kora　Tokyo, Japan
T. Kora c/o　Oka　1741, Sutter St. San Francisco 15
消印　NEW YORK N. Y.　JUN 24 1:30 PM 1951

美世子さんはやせてるかしらと真木子姉さんが度々気にしてききましたョ。夏休みも近いからどうか無理をせずによくたべて下さい。真木ちゃんもせんべい計りバリバリたべてます。このホテルに十日間いて、世界の平和と家庭をよくすることのお話をききました。お母さんも帰ったらうんとよくあなたと遊びますよ、切にお大事に。

一九五一年七月　〈絵葉書、ペン書〉
長野県志賀高原いがや別荘　高良美世子様

‖東京都下落合二ノ八一〇　高良富子　　消印　落合長崎　□□□前8□

御便り拝見しました。うんと方々散歩して食欲を増し健康をよく養って下さい。蓼科は川崎別荘よくない由です。次の土曜頃お父様に代ってかんずめ持参母がまいりましょう。御元気でしょうか。府藤先生から御ハガキ来てます。蓼科へ行って来られたそうです。八月には蓼科か葉山海岸へ一緒に行きましょうか。田島さんの皆様へよろしく。

一九五二年四月　〈絵葉書、ペン書、航空便〉

‖Miss Miyoko Kora　東京都新宿区下落合二ノ八一〇　高良美世子様　Tokyo, Japan
四月廿一日　モスコーにて　とみ子　　消印　CCCP　23-5214　C-1　MOCKBA 159

成城学園の春を偲ぶ。

チェーホフという作家のものを読みましたか。ゴーゴリ、ゴルキーなどはトルストイの時代について、ツルゲーネフやドストエフスキーなど先駆者の文学を完成した人々です。この国の雪深い白樺と松林のつづく大平原の中で人間を愛する文学が生れて育ってるのも尤もに思えます。産院と託児所の幼児たちは全く可愛らしくおとなしい。幼稚園の子供達に「兎とかめ」の話をしたら兎に賛成する男の子達がいました。日本の春、充分お楽しみ下さい。母より

一九五二年五月　〈封書、ペン書、航空便〉

日本、東京都新宿区下落合2ノ810　高良武久様　他御一同様

Dr. Takehisa Kora Tokyo, Japan　北京にて　高良富子　消印　北京　一九□五月廿五十二（亭六）

ソビエットの飛行機は旅客機が実に沢山あり、シベリア迄廿二時間でモスコーから樺太迄も飛びます。私は中国機で氷ったバイカル湖と羊飼う外蒙ウランバトルを経て北京に入り、方々名所故宮殿の旧跡を案内された。

留美子様

美世子様　　北京、楊柳の美しい北京にて　母より

労働層の解放された国には、いろいろな新しい世界が生れています。芸術は働く人々が中々天才を発揮して、ことに蒙古とかトルキスタンなどには明るいよい絵が沢山生れています。留美子さんは下宿でどうしているかと少なからず心配していますョ。美世子さんは成城のノンキな中でどんな顔をして困ってるかと目に見えるようですョ。もうすぐ真木ちゃんも帰るでしょうから、私も帰っていろいろ相談してよい夏の計画を作りましょう。蓼科か志賀高原か、六千尺かどこにしますか。今年こそ私もゆっくり夏休みをしたい希望ですョ。ソ連の名画家レーピンの全集を買って帰ろうと方々へたのんであります。レコードもチャイコフスキーなどソ連人の全シンフォニーがあるといいとさがしてます。

遠くから祖国日本の様子を見ていると世界各国民より遥かに後れて島国の半分居ねむりをしている様に

見えますね。どうかしばらくの間おばあさまお父さまに心配かけないようにして留守を御願いしますよ。

一九五二年五月　〈絵葉書、ペン書、航空便〉
日本、東京都新宿区下落合二ノ八一〇　高良美世子様
西湖畔　高良富　消印なし

春がいつの間にか初夏になって了いました。元気ですか。

今上海の南七十里ほどの西湖畔、杭州という町へ来ました。二日で又北京へ帰ります。もう帰りたくて仕方ないのですが用がすまなくて残念です。七月上旬には帰ります。あなたの学校の休みになる頃には必ず。真木チャン三日に着くそうですから大いに出迎えて大歓迎してあげて下さい。全く久しぶりで嬉しい事でしょう。中国の男女共礼儀正しい高校生を見てあなたの学校はどうかと考えました。

手紙書いて光代さんから送って頂だい。母より

一九五二年七月一日〜三日　〈絵葉書、ペン書、航空便〉
東京都新宿区下落合2ノ810　高良美世子様　Miss Miyoko Kora　Tokyo, Japn
七月三日、南仏ニース空港にて　高良富子　消印　□□□□52　AIR PORT

七月一日朝香港を立ち、十時タイ国のバンコック、二時ビルマのラングーン、四時過ぎ印度のカルカッタ。印度平原を横断して夕方十一時にパキスタンのカラチ着。日本から勤労奉仕に行っている津村さん達

に逢った。

七月二日、イランの石油田の沢山あるバスラに降り花園で朝食、ユーフラテス河をさかのぼりレバノンのベイルートに十時、地中海のアデン、（ギリシャ）サイプラス島の上をローマに午后四時着、女子青年会に一泊。

七月三日朝発、ナポレオンの流されたコルシカ島の上から今南仏ニースに入ったところ。午后一時目的地スヰスにつきます。ローマですばらしい音楽箱をおみやげに買いましたョ。

一九五五年二月二十七日　〈絵葉書、ペン書、航空便〉
東京都新宿区下落合2ノ808
Miss Miyoko Kora　高良美世子様　消印（アラビア語）

関屋さんの船つきましたか。三月三日、人形もあったでしょう。

廿六日に予定通りボムベイを出航した船セバスチク・カボト号（一万屯）は毎日三百六十哩快速でアラビヤ海を横断して千六百哩のアデンに昨日半日停泊した。十一時出帆迄町へ歩きに行ってアラビア人、ペルシャ人（四百人）、ポルトガル領ゴア人（六〇〇）、インド人四〇〇〇という居留地を見た。桜島よりもっとゴツゴツとした溶岩が妙義山みたいに光っている島山で雨は五年に一回降るという所。エーメン国側の海岸は直立した山と岩の間に砂が雪のように白く吹きよせられてる。絵のようだが無人の砂漠につづいてる。十一時に水先案内が乗船して出帆。白いカモメがどこ迄もついて飛びまわってる。船の食事の残りを海へ流すのをまちかまえて集って来る。今夜からアフリカの島を左に見乍ら紅海へ入る。風は北風で幸に涼しい。波は少々荒いがこのイタリア船は余り動揺しない。七日スエズへついて本式のエジプトのラクダにのってピラミッドを見にゆく予定。砂漠と駱駝、熱い国、禁酒のマホメット教国、メッカも近い。

高良武久

一九五五年三月三〇日　〈封筒なし、ペン書〉

真木子ちゃん　辛い想いで悲しい知らせをしなければならない。

三月廿四日　美世子は亡くなった。変調しているところへ、眠剤を飲み嚥下肺炎を起して昏睡のまま遂にさめなかった。どんなに嘆いても仕方のない事になった。母上が帰ってから(廿二日)間もなくのことだ。あれもすればよかったこれもすればよかったと帰らぬ繰言を心にくり返している。私も三日間全く泣き虫になってしまった。化粧した美世子の顔は安らかで美しかった。花に埋もれて友達に囲まれて逝ってしまった。かあいそうで仕方がない。美世子は敏感で、誇りが高く、非常に傷つけられ易い子であった。一昨年夏頃から亡びの道をいそいでいたようであったが、一面また現実にしがみつく努力もあったが、力が及ばなかった。私も充分に力を貸すことが出来なかったことを責めている。何といってもむつかしい子であった。精神的には早熟でバランスが失われていた。しかし才能もありやさしい所もあった。真木ちゃんがいたら或いは立ち直ったかも知れないなどと思ったりする。美世子の分まで真木子や留美子が引き受けて立派になってもらいたいと思う。私は明朝京都の学会に立つ。仕事をしているときだけがよいのだ。何もしていないとやり切れない。仕事を持っていることが何といっても一番大切だ。

私もいよいよヨーロッパを見にゆくつもりだ。君とフランス、イタリイを歩きたい。五月頃になるかも知れない。（略）

告別式がすんで翌日母上と留美子と真鶴で一夜泊った。桜と桃が満開で、梅はもう小さい実をつけていた。つつじもぼつぼつ咲いている。どこを見ても美世子の事が想い出されて仕方がない。今年の様な春を迎えたことは初めてだ。しかし今は大分落ち着いた。（後略）

三月三十日　　武久

南画家の吉川北峯さんが蓮の花をかいて手向けられた、その歌に、

春なれば咲くべきものをなにごとぞ　咲かで散りゆく花ぞくやしき

一九五五年四月　　〈AEROGRAME　ペン書〉

Melle Makiko Kora　5, rue Herschel, Paris V, FRANCE

Kora Family　2-810 Shimo Ochiai, Tokyo, Japan

消印　東京中央　30・4・26　後6－12

高良武久　高良とみ

美世子のことで君の御友達からの手紙、有難く身にしみてよみました。どうぞ宜しく御礼を申上げて下

さい。　武久
真木子さん。一人でパリでみよちゃんのことを聞いてどんなに大きな心の打撃をうけたことでしょうとほんとうに可愛相でたまりません。私なども日中は忙しいのと復活を信じようと努力してるので忘れてますけれど、夜になってねむる前には、潜在意識が出て来ると見えて、悲しい惜しいことで泣けて仕様がありません。「あれ程ブリリアントな頭をもった人間を見たことがない‼」と、Dr.ファンティが驚嘆してスヰスへ帰りました。パリへ行くそうですからよく御逢い下さい。（後略）

一九五五年四月　〈AEROGRAMME　ペン書〉
M. Maki Kora　chez M. Lazarovici　20, rue Herscher, Paris
T. Kora　高良武久　消印　SHIBA　-7. Ⅳ. 5512-14　JAPAN

最近の手紙読んだ。母上は廿二日に帰って、四月五日早朝印度に立った。十日計りで帰る由、和武君等は七、八月頃出立するという。船で行くそうだ。私は出来るなら五、六月頃に行きたいと思う。金のことはその際に何とかしようと思う。美世子のことで辛い想いをしたことでしょう。何とも仕方がないことだが、心が今も重い。激情的な悲しみはなくなったが。死因については心臓衰弱の処に肺炎を併発してなくなったということにしてあるからその積りで。当分何処に行っても美世子のことが想い出される。（後略）

一九五五年五月一日

〈航空便、ペン書、寄せ書き〉

Miss Makiko Kora　5, rue Herschel, Paris V , FRANCE

（Miyoko Kora）Kora Family　2-808 Shinjuku-ku, Tokyo, Japan

消印　OCHIAINAGASAKI　-8 V , 55・16-18　JAPAN

真木子さま。五月一日　母より

（前略）ルミちゃんも少々胃下垂などで体がわるいし、私も閉口してるので今度はぜひ帰って来て下さい。そして婦人会の招請で又行く機会は多い。私は七月の母親大会には今年はいけない。

この封筒はビックリしないで下さいよ。みよちゃんがあなたへ宛て書きかけて出さなかったものの一つを記念に送ります。みよちゃんの書いた日記などを「みよ子の魂」としてでも友達や鈴ワン先生などが今集めていて下さるから、この夏中には編輯して記念に出したいと思ってます。あなたにもぜひ帰って来て、ほんとうに心の友になって手伝ってやって下さい。可愛相なみよ子さん‼

個展は友達にたのんで簡単に仕度してもらい、あなたがイタリアとスペイン、南仏を旅行して帰る頃、六月末頃開いてもらって、そのままお父様と一緒に帰って来たらいいでしょう。荷物は船便にたのみ、絵は、読売新聞社の嬉野さんに送ってもらったら。（後略）　とみ

まき子ちゃんに
〈海山を遠くへたつも老いの身の　思う心は君に通はん〉登美子　八十五歳

一九五五年六月十四日　〈AEROGRAMME　ペン書、高良登美と寄せ書き〉
Melle Makiko Kora　5, rue Herschel, Paris 5e, FRANCE
Kora Family (June 14) Tokyo, Japan　消印　SHINJUKU　JAPAN　-15 Ⅵ . 55・8-10

六月十四日。前便でビックリさせて失礼しました。狭心症起してその后低血圧が低過ぎて（最高八〇最低六〇）少々心配したところへ八月に帰るとの便でしたので之は大変と思って失礼しました。どうにか毎日の注射で血圧も百位になりましたから御安心下さい。お父様胃がわるいというハガキでして心配しています。やはり無理がつづいたのでしょうからパリでよく医者に見てもらって治療して下さい。胃かいようになるといけませんから。

スペインも南仏も面白いでしょうが、どこか海岸でのんきに海に入り体を養うようにおすすめ下さい。ズット無理がつづいているのでしょう。父上も母も年齢から云っても無理のきかない年だということを覚えて下さい。

「あなたを迎えに行く」と約束して行った私が帰った夜に、何度も何度も私の帰る日のことをたずねていた美世子さんのさびしそうな鋭い目が、うちの食堂の椅子にかけて、私の返事を固ずをのんで待っていたのでした。私は夕方のＢＯＡＣ機で羽田へついた時、美世ちゃんの姿がないので気がかりでしたが、飛行機から降りたてで少々フラフラしてもいたし、いずれゆっくりいろいろ話そうと思ってたので、ただ漠然と「真木ちゃんは、個展をしたいので、帰るのは少しのばして年末頃にしたいと云ってました」とお父様に報告方々話したのでした。然しその瞬間の美世ちゃんの失望の眼‼ 折角お土産のマンゴーとチーズを食べ乍ら、やがてシクシクと泣き出したのです。どれ程、真木ちゃんの帰りを待ちこがれたか知れない美世子の心境は、あなたには分るでしょう。全く絶望の淵へつき落された様にあの敏感な娘――病気に心身ともつかれ果てた子は思ったのでしょう‼

その涙を私はぬぐってやれず、その夜一人で自分の室に入った美世ちゃんのベッドの傍らに久々に座って積る心情と苦しみを一々聞いてやれない程、疲れていたし、又馬鹿な母親であったことを、私は今でも泪して、美世ちゃんにほんとうにすまないと思っています。毎日泣いても、もう帰って来ない美世ちゃんの若い魂は……死ぬ程苦しむ父母の愛を想像もしてくれなかったのかとも思うと悲しい。

もう十二分苦しんでいる真木子さんになぜこんなことを云うか分りますか? 過ち、否、愛情の表現の不足をくり返してはいけないと思う心からですョ。留美子が今病床にいます。そして度々手をつけても、どうしても淋しいと見えてあなたにもお父様にも手紙書けないのです。「八月に帰る」とあったねーと云いましたら「勝手にしろ‼」と捨て鉢でした。留美子も今中々苦しんでいる様です。私は今迄に早く美世ちゃんの日記やノートを見ておいたら、もっと早く抱きしめ得たろうと後悔してます。

ルミ子さんのノートの散らかってるのを見つけました。「自分が愛されていないというコンプレックスが生じた。このために人間的な面をも切ることになり、自分の人間的な面を故意に切った。こうして自分を切り、他人を切るという、この切断にどれだけ耐えられるかという御ていねいな気持もあった。今までどれだけ沢山のコンプレックスを後生大事にかかえこみ、それに身ごと喰われていたか。と同時に私が恋愛に求めていたものは、完ペキな時を求めていた事がわかった。そこでだけ不条理がなくなる完結した時、生命の正当化がなされたような錯覚、現実から離れた死に到る永遠であること。」

私は今一生懸命に留美子を愛することを努めています。そして私自身が美世ちゃんの突然の死によって新しく導かれて、せめての光明と生き甲斐を見出している、神の絶大な愛にまで、どうか、高良一家が導かれることを切願して居ります。とてもとてもむずかしいことですけれど、私の一生の祈りは、この家庭が一緒に祈るホームとなること、愛情豊かに、人間の足らぬ所を神の恩愛から受ける人々となることです。

そこで結論として、お父様の健康さへよくばスペイン其他の国々へ何日に行って何日ごろ立つのか、旅行予定を御報せ願いたいのです。八月になるのならそれ迄に、ルミ子と私の健康回復の計画と夏行く先の計画を作ります。病院は八月初めから学生の入院増す予定らしく、今は十八、九人で平穏にやってますから、必要ならば八月を涼しいスヰス、オーストリアで父上と過されてもいいでしょう。ただ、それにはルミちゃんに絶望させぬためにも、親切な手紙と、希望を与える手紙を送って下さい。そして、又よい折には渡欧も出来ましょうし、（略）よく予定を立てて動いてください。母親大会へ日本婦人何人か行っても、あなたはかまわずお父様をよく見て上げて下さい。母より

一九五五年六月十七日　〈AEROGRAMME　ペン書〉

Melle Makiko Kora　5, rue Herschel, Paris Ve, FRANCE

Mme. T. Kora (June 17) Tokyo, Japon

消印　OCHIAINAGASAKI　TOKYO　18 Ⅵ.55・18–20　JAPAN

今日はボストンのローズ・スタンディシ・ニコルス女史から真木子さんのことを度々考えるという手紙。パリのアドレスを失ったが、「妹ミヨ子の死を聞く真木子さんの心中を察して一日も早く愛する母のもとに帰るように」と書いて来ました。イタリア婦人会のマリア・ロシ夫人から、シシリーの選挙で出迎えられなかったが、日本へ帰る前にぜひあなたとお父様に逢いたいということでした。ユニオン・ドレネの事務局です。

世界母親大会は七月七日〜十日、スヰスのローザーヌに変り、日本からは、各地方の農村、炭鉱や未亡人が十数名出るでしょう。

中村公子さんという方が、名古屋大助教授の野水克巳氏と帰国后七ヶ月目に結婚したというハガキ通知が来ています。お父様のトランクの中に入れた方の可愛い坊ちゃんを連れた写真を受け取りましたでしょう。世の常の学友たちは健康にしてああいう良い結婚生活に入ってその中から「生活の喜びと思想」とを生み出して行かれることを見て、あれが、健全な生き方なのだろうと教えられて居ります。それにしても、何が私共の生活と思想の中に足らなかったから、ミーちゃんのような悲しい淋しい短命が起ったのかと考えると、深く深く反省され、また悲しまれてなりません。

あなたも、アメリカから帰ったあの一年の苦しみ。それを想像するだに私は深い涙にくれます。今留美子さんがやはり、イライラした、自分にも人にも不満な気持でいる様で、私もホトホト看病に気が疲れました。そうかと云って、お父様が帰られても、別に新しい治療法があって急に留美子さんの心身共に元気になる道があるとも思えませんから一層取扱いかねて居る実情、御想像がつきますか？　結局「お母さんがバカだから」という事になってますが、時々イライラすると私の二階の病室（低血圧でねたり起きたり）へ来て、聖書から字引から手当り次第、床に打ちつけて怒ったりします。中々一寸したことが、性格の違いからか、善意でしたことも怒らせる事になり、困ったことだと私は嘆くばかりです。私の浅い愛情では通じないことを悲しみます。私の旧友などで、結核の子息を十余年看護し乍ら、つねに子息のいらだたしい我ままに生命をすりへらしている母の姿を見ますと、私も、あなた方がもっと幼くて、罪を知らず、何事でも母に語った頃から、外部の仕事を捨ててあなた方の心の母になり切っておけばよかった、母の愛の悲願をもっと分ってもらうように百方手をつくすべきであった。母としての十字架の負い方、泪の流し方が足らなかった。母の真の愛情も悲しみも分ってはもらえなかったのかとさえつくづく悔いられます。子にそむかれた母位みじめなものは世にありません。そう思い乍ら、部屋中ちらかして行った留美子の心情をあわれまずには居られません。世の中に誰がこの子の魂を真に抱きしめようというのでしょう？　帰るべき神を知らず、人に頼っている魂を悲しまれます。私が不完全だから神への道さへ示し得なくて……。信仰を積まなかった私の母としてのホームの姿。真木子さんも母の愛に帰って来て下さい。祖国の生命のつながりを失ってバガボンドになることは——何を最も愛すのか——淋しいことです。

武久サンマキ子チャン元気で方々御見物、いい事でした。マキ子チャンもうれしいでしょう。当方□□□□毎日テレビでも見ています。お帰りをまって居ります。いつ頃帰りますか。ばゞ

一九五五年七月　〈AEROGRAMME　ペン書〉
Melle. Makiko Kora　5, rue Herschel, Paris 5e, FRANCE　を消してペン書で、2-810, Shimo Ochiai Shinjukuku, Tokyo
Kora Family　2-808 Shimo Ochiai, Tokyo
消印　OCHIAINAGASAKI TOKYO JAPAN -9. Ⅶ .55・14–16
消印　R.Danton PARIS 25 12H-3L 16–7 1955

真木子様。
元気でスヰスやスペインへ御旅行のことと存じます。お便り下さるものと待望しています。（略）
何日のどの飛行機を取るのか至急御通知下さい。どんな予定でどこを旅行なさるのか、帰国は何日の予定か御知らせを待ちます。ギリシャとエジプトによりますかどうか。カラチ、ボムベイ又はデリーも今は涼しいでしょう。香港一泊（飛行機をＢＯＡＣ機にすると東京到着時間が出迎え人に都合よい。他は夜中になる）。まあ帰ると分れば御ゆっくりとエジプトとギリシャを視察していらっしゃい。その方がお父様

も楽しみでしょう。

　こちら病院は二十人位の入院となり御安心下さい。留美子も平熱になり、少しずつ明朗になろうと努力してるようです。出来るだけ、外界に興味をもつように私も苦心していますが今日からビニールのハンドバッグを作りはじめたのは実に珍しいことで喜んでいます。私の血圧少しずつ快方。真木子さん帰られたら、私も絵でもかこうかと楽しみにしています。絵も、苦しんで描くのはまわりの人が苦労しますョ。高村光太郎の『智恵子抄』なども、その極端な例でしょうね。平凡人の幸福ということをつくづく私は考えますョ。

　真木子さんも日本へ帰ったらノンキになって、幸福をつかまえる方を考えてくれるとたすかると思うんです。何もむずかしい絵をかかなくても、著名な画家にならなくとも平凡な病院経営でもやって楽しみ乍ら絵や文をかくのも「よい生活」の道なんでしょうね。

　みよちゃんが余り苦労して、うち中の人間の苦労を一人でしょって了ったみたいですから。これからは、あなたや留美ちゃんも、大したむずかしいことを考えないで気楽に暮してほしいと切に望みますョ。大学を出ようが中途半ぱにしようが、大したことはないのでしょう。そして又ヨーロッパや南米などへ時々旅行するのもいいでしょう。私もそんな生活をしたいと考えています。大分人生観が変りましたね――。

　真木子さんも、余りむずかしく考えないで、エピキュリアンのよさを考えて気楽に帰っていらっしゃい。この日本にも結構幸福は住んでいますョ。世界的な大作を考えるより、足許の穴に落ちない工夫するのも大きい賢明なことです。お父様にも体を大切になさるように御伝え下さい。

一九五七年二月　〈封書、ペン書き〉
東京都中野区沼袋四九　浜田方　高良真木様　御返事
真鶴町　高良とみ　消印　神奈川真鶴　32・2・22　後0－6

真木子様　丁度手紙を書こうと思ってたところへ御ハガキ拝見。（略）ミーチャンの原稿は辛くて私は読めないでいたら留美子さんが目を通すと云うので、議会の会館の私のヘヤ（四五号室）の机の上に置いて、留美子さんが取りにゆく約束だけれど行ったか或いは行かずに那須へ旅行するとか云う話でしたからたずねて下さい。（略）あなたも風邪ひきとかの話で案じてました。風邪はもういいですか。アーラムへはお父様にお話して拾ドル位送ったら？　山本さん紹介の東都書房はやっぱり広告を主としてやるので（最近新聞広告の出ている挽歌という若い人の書いたものも）断った方がいいように思います。絵の版代などを支払い御礼して。そしてミーチャンのものは自費出版にしましょう。追悼を主として、写真を沢山入れて、友達のも加えて、親しい人たちだけに配りましょう。世間へ問う必要もなし、美世子さんの気持でもなかったと思いますよ。百部かそこら版《ママ》（謄写で紙をよくして）きれいな装丁にして極めて芸術的な大判にして記念に残そうではありませんか。金を惜しまずかけて。あなた世話をしてやって下さいませんか？　講談社の広告などにかける気はどうしてもしないのです。断るのは私が山本さん達に断りますから。多分廿六、七日頃に一寸帰京出来ると思います。

先日は高血圧で入院したりして心配かけて済みませんでしたネー。沈静剤を常用してたからか、こちらに来てから四日ほど毎日あった発作が止み、昨今は落ちついたようです。こちらは春たけなわで桜も椿も菜種も咲き、庭の黄水仙が開きかけ、鶯がホーホケキョを唱い始め海は碧い。

あなたの高踏的な宗教感情は全く尊く潔いものだと先日もお父様感心して居られました。それは私にとっても嬉しいことで感謝です。三十年間も祈りつづけて来た私共の家庭に真の宗教の生れる日を。お父様も二、三週間前頃からしきりにスペインの聖テレザの宗教経験などを読んで居られると見えて、ようやく近頃、「宗教体験やその心理というものが、普通の認識よりより総合的な高いレベルに在ることを認める」と云われ、宇宙の広大無辺に比べると人類とは星々の間のチリにも等しいもの、それなのに、全宇宙を知る能力を与えられていることなど語って感嘆して居られました。私は美と愛の世界には（認識の世界以上に）驚くべきことが多く、愛は絶対だとさえ思えるのです。人の為に死に、いと小さきものの為に生命かけてゆけるなど、全く大した生命ですね。原子力よりも強いこの生命を軽々しく扱って、一生大丈夫だろう等と考えると大変なことが起るのです。これは「母の遺言」として本気に心にとめておいて下さい。

最近あなたに聞いてもらいたいと思ってたことは、父上の信仰の事とあなたの愛への道のこと。それにしても、人の一生に本気で人を愛するということ、而も神の許し給うところにということは絶大な体験で、宗教的、聖者の見神などにも殆んど近いと思います。人間の愛である以上、親がわが子を愛する無私のもありますけれど、多くは友達とか、親友とか恋人とかの愛も年を経てそれに近くなることもあります。折角好き同志で愛し合っても、神、許し給わず、神様の御摂理の側から、此世から取り去り又は被いかくし給う悲運もあります。ミーチャンの死などもそれに近い経験を私としてはしているわけです。（まだぬけ切りませんがネ。）親というものはそうしたものなのでしょう。あなたもこの人生を渡ってゆく時に、人を愛し、愛することによって、こちらが清め高められ、不運に逢って一層和らげられ、神と人とに和らぎを求める心にみち、たとえ美しく咲いた花に嵐が荒れ狂っても、それが過ぎて又太陽が照れば泪にぬれた顔を上げて大きな摂理の光に微笑む素直さがほしいものです。信仰とはそんな態度を云うのでしょう。人を愛することによって苦しみもしますが、又それによって謙遜になり、人の子を神たらしめることによって自らも「絶対の愛」の一端を味わう……という程の恋をして下さい。それを作り出す努力なくては外から来るものでないことは勿論です。そんな希望をあなた方二人の娘の上にいのり乍ら私は半日は小鳥と遊び、半日は草花やバラをいじくって居ます。では呉々も御自愛を。

≡　一九五七年三月　〈封筒なし、ルーズリーフにペン書き〉

真木子様　雛の節句に、　母より

今日は箱根の山々は白い雲で被われて寒いけれども、ここは桜も満開を過ぎ椿が紅や白やとりどりに咲き蘭とヒヤシンスと黄水仙がゼラニウムの赤と交って色とりどりの庭の春です。小鳥たちが桜の枝に来て花の蜜をキッスして吸いとり、ヒヨ鳥やヒタキが、又小綬鶏も芝生の中を遊んでは鳴いています。緋もうせんにお雛様（内裏一組）に細かい器の貝つぼや、小箪笥などを机の上に並べて三月三日以来久しぶりの雛遊びをしました。そして、ミーちゃんが好きだった人形に新しいキモノを造って着せたら、とても可愛くなりましたョ。それで、あなたのいつか修理した西洋人形にも新しい服を作って着せ替えてあげたいと思うのですが、どこにおいてあるの？

　こうした美しい静かな真鶴で、私の疲れ易い神経を、休ませてもらえることに深い感謝を常に常に思いますョ。「我もなく、世もなく、唯主のみいませり」と唱わずには居られない時もあります。私も病気してからいろいろと心境の上でも学ばせてもらいました。マダマダですけれどね。あなたも一度位、ここへ休みに来られるとどんなによいかと切に私が想う心持は分りますか？　あなたのことだけを時々私は心配になるのですョ。どうしているのか。どんな心境でいるのか？　が私には少しも分らなくなることがあるもんですからね。いろいろの苦しみがあったでしょう。それにしても、いついつまでも、そうしている真木子さんの事を想うと可愛そうで、かわいそうでたまらなくなることがあるのです。……もしも私に出来るかも知れないことがあったら、何とか知らせてくれませんか？　手紙で。

“Tickling a dragonz’s tail”という題で水素爆発を実験室でやって死んで行った若いアメリカの天才科学者のことを読みました。人間一人の生命は原爆よりもっとおそろしい力をもっています。決しておろそかには出来ません。何千年もの経験から人類が考えた「活き方」というものの叡智というか、きびしさ、さびというものを分ってるのでしょうね。何を思い、何を画きつつ、この春を過してるのか手紙をくれませんかね――。そして三月の大汐干に海へ遊びにいらっしゃい。

一九五七年四月八日　〈封書、ペン書〉
東京都新宿区下落合二ノ八〇八　高良留美子様　親展
四月八日　マナヅル町　高良とみ子　消印　渋谷　32・4・10　後6-12

留美子様　　真鶴にて　　母より

美世子さんの日記をもう一度ここへ来て「出せるものか、どうか」とよくよく読んで見ました。よくもここまで清書して下さったものと感心してます。最后の一年のは私の予想した通り可愛そうで、今迄はどうしてもつづけては読めませんでした。がよめばよむ程、美世子さんの「飢えていた魂」が可愛そうでなりません。甘えやさんで、甘ったれたい盛りにどうしても青年期の誇り（この人はとても誇りの高い人でした）がそれを許さず、全く私も真に可愛がって甘えさせてやることが出来ず、とうとう愛に飢えて死んで了ったように思えてなりません。どうしても、人間は頭だけでは生きられないのですから、どうぞ、あなたも真木ちゃんも大いに親には甘えてもらいたいと思います。環境に甘えてはいけないが、親の一生の努力には甘えてもらいたいというのが親としての願いなのだということをつくづく思います。甘えてももらえず、やさしい心の通わない淋しさは深いものです。

あなたも病気をしたりヨーロッパへ行っていろいろ思わぬ苦労をしたことでしょう。ことにパリ、イタリア、スヰスのことなど私にも話してもらえることがあると思って真鶴で私はまっています。詩をもって、真鶴の自然へ帰ってくるのも、もとより必要な美しく楽しいことですものね。でも私はあなたが話してくれるものと信じて、来るまでまってます。「お母さんのいない時に行く」なんて、なさけないことは云わないで下さい。告ぐべき人はそういつ迄もこの世にいるとも限りませんからね。話すべきことは、よく理解させたら、キットあなたの心境も明るくなるでしょう。昨日、真木ちゃんとジンギスカン料理を渋谷で食べていろいろ明るい話を聞きました。頭の中にたまるものをなくし、朝早く起きる生活（これを真木ちゃんは実行してる由）によって一日中盛んな食欲と健康と仕事への集注が出来て助かってるそうです。とてもキレイ、小ザッパリとなったようです。あなたは、今の生活からまた穴（病気を呼び起す）へ落ち込まないかと私は心配でたまらない。桜は満開、海は泳ぎたい位暖か、菜種も咲く真鶴でまちますヨ。

サヨーナラ

跋——母の記す

高良とみ

あらゆる生命は何かの使命と目的をもってこの世に生れてくるものらしい。その目的を果すために、本人は知ると知らぬとを問わず、さまざまな経過と経験を通して、喜びも悲しみも、時には堪え難いほどの苦悶をなめながら、人の目には理解し難いところで、何かの目的を果すまでは滅びることはないように見える。身体は失われ、「死の線」を越えてゆきながら、またその死によってさらに深い使命を果していることもある。いわゆる人の生命の長短、幸不孝は、相対の世界であり、真実不滅の生命は、生と死とを超えて、永遠に流れ続けることと思う。

インドで母の胎内に——幼少期

美世子は母が印度へ初旅をしてタゴール詩聖と、ガンジー翁のもとに各々週余を過した昭和十年の暮れに母の胎内に生命を現したのであった。特別に感激と印象の深い晩秋から春へかけて、母はアジアが戦争を避けられる道はないかと心をこめて旧師たちの助力をたのみに印度にいた。往復とも船で行って三月帰朝ののち、二人の姉たちのなかへ八月十八日に出生した三女であった。この世を美しいところにしてほしいとの母の直感から、美世子と命名して聖母病院で産後を過した。母乳は二人の姉のときよりも多少多く、ただ学校の講義を始めるころには減少して、人口栄養を加えた。

美世子は色白の気立ての穏やかな赤ん坊時代を過したので、割合に泣きもせず、育てやすく、歩行も言葉も姉たち並にぐんぐん育ってきた。三歳位の頃から野菜類をたべることを好かず、大分苦心して、裏ごしや果汁を与えたが、偏食の癖はなかなか根強かった。

美世子の不運であったことは、生れた次の年に支那事変が起り、三歳のクリスマスの無邪気な顔は次第に戦雲にくもらされていったことであった。満四歳になる少し前の四月から、姉たちも通った平和幼稚園へ入って、三年保育を受けた。母も毎週の炊事当番に通い、リンゴ汁などを飲ませて偏食を治そうと努めた。幼い友達と何の屈託もなくよく遊び、小犬や猫を大好きだった。人形も好きなのは一生手離さなかった。幼稚園時代は美世子の一番平和で幸福な時代だった。

空襲と学童疎開――小学校時代

小学校は南沢の自由学園を選び下の姉と電車で通ったが、一年の夏休みから泊りこみで疎開の練習と生活訓練を受けなければならなかった。末っ子で育った美世子が布団や衣類をもって六日も家を離れ、友達のあいだでもまれることが辛かったと見えて、そのときよこしたハガキにはいつも、たどたどしい鉛筆書きで「○○さんがいじめてこまるの」と書いてあった。

小学二年生になった美世子は上の姉と母とで自由学園の始業式にゆき、中島飛行機がやられる空襲のあいだ中、防空壕に数時間過して、帰りには幼稚園からの友達の石神井の川崎邸へ寄ったら、その近所の農家が飛散《ママ》してしまい、戸障子も外れ塵と破片で足のふみ場もない状態に出遭った。

その次の年、四月十三日の東京の空襲にも遭遇したので、幼い美世子には全くの驚きであったらしい。この空襲で、家と庭の真中に三十六本入りの油脂焼夷弾のうちの六、七本と、束ねていた重い金具が落ち、疎開で留守の隣家からも燃えてきて、当時私共の住んでいた病院は半焼した。三人の娘は防空壕の中にいて戸外の火との奮闘は知らなかったが、梯子で川の洲へ避難した。

美世子は南沢への通学も危くなったし、自宅も空襲の真中なので、学校疎開に加えてもらった方が安全だろうというので、高師附属小学校へ転入を頼み、新潟県石打村へゆくことになった。天長節に出かけるので、一度下見したらとも話したが、その余裕がなかった。

昭和二十年四月二十九日朝の汽車で入って行った越後は、町の両側が五尺余の積雪で、子供たちはびっくりしたらしい。その雪道を一里余も歩いて、高橋寮へ入った。村の資産家の広い家を開けてもらったのだが、雪囲いと木立に暗く包まれていた。先生方も必死で、子供達の住と食糧集めに苦心されたが、何としても野菜のまだ出ない雪の中では、貯えの米の飯と、梅干ぐらいしか出ない日もあった。

空襲後の母の腹膜炎の落ちつくのを待って、五月十六日に母は美世子の様子を見に行った。着いた夜は子供たちと一緒にねて、ねまきの付け紐のとれた子や夜具のほころびを直して楽しく眠った。翌日二十数人の病気でねている子供たちの看護を手伝ったあと、美世子を連れて、やっと雪の消えた野原へ行って、体を検査したところが背中から腹まで体中のみに食われて真赤になっている。

空き家にしてあった家なので、毎晩のみの襲撃をうけてよく眠れないらしい。あまりこれではひどいので、帰途塩沢町の知己を訪ねて、他の娘二人を連れて母が疎開してくることにした。貨車やトラックの手に入らない時なのでどんなにあせっても、家財の整理に数週間かかり、ようやく六月に入ってから、塩沢町の間借りの生活が始まり、八月十五日以後は、さらに高橋寮に近い秋山家に一間借用した。

ほんの五月と六月前半ぐらいの疎開寮の栄養不足で、あとは補給にあらゆる努力をしたのであったけれど、元来偏食の癖がある上に生活の変化に適応困難であったためか、八月頃から脚気を患いビタミンの注射を受けていた。高橋寮の先生の治療を受けながら、週末には帰宅して食糧の補給をしては寮へ帰った。

終戦になり、十月末に姉たちが東京へ帰ったあとも、母と二人で居残り、町の医師の往診を得て心臓の快復をまった。寒くなってきた十一月中旬帰途についた美世子は衰弱した体をしていたが、湯檜曽温泉でその夕刻心悸亢進を起した。医者が頼めず、とうとう母に負われて水上駅前の品田医院に入院して応急手当をしてもらい、五日ほど安静にして帰京したのが十二月一日であった。終戦後の薬不足のなかながら、あらゆる手当てをして翌春まで、自宅で遊びながら養生した。

春からは近所の区立落合第一小学校に通ったが、やがて附属小学校に帰り、親しい友達と六年を卒業するまでの三年間は、次第によく肥り、生涯でも楽しい少女時代であった。

附属小学校では、疎開中親しくなった友達と遊び、受持ちの丸本先生が快活な方だったばかりか、教生の先生方からも可愛がられて、甘えることを許され、家庭でも看護婦や患者さんたちに甘えていた。甘えることの好きな少女であった。「アメリカへ王子様をさがしに連れて行って」など本気でいうあどけなさがあり、物語めいた空想を好んだ。

卒業前の学校劇は、自分でシナリオを書き、役割を級の人々に割り当て、夢中になって練習をしていた。舞台装置を描き家へも皆を招いて、実に楽しそうに稽古をして、よい指導振りを発揮したと先生からもいわれて、楽しい小学校を卒業したのであった。

親友と離れる——中学時代

そのまま中学へ進めたらきっと美世子には幸福なことであったろうけれども、校舎も級友も先生も変ってしまった附属中学に進んで、物淋しそうに男の子の多い校庭の入学式に長姉と一緒に列席した。その夏休みに、長姉の真木子がアメリカの大学へ行くことになり、横浜の船出を見送りに行った頃は、まだ父の病院に住んでいて、美世子はあどけなさの多い小学生気分であった。けれども、何でもこまごまと学校のことなどを話し相手になってくれた姉のいなくなったことは後まで打撃であった。

親しい友達とも組が離ればなれになったりして、淋しがりやの美世子には辛かったらしい。男子の数が多く、男の先生が多い、男子の学校としての伝統と訓練をもってきた附属中学校へ入って、女子だけ裁縫や家事を課せられることに反発を感じた様子で、ノートやカロリー表はキチンと整えながら、試験となるとやり切れなさを感じ、避けよう避けようとした。わざと欠席したことが日記に見られる。

同級生のなかで石井菖子さんを「王女様のようだ」と書き、生涯親しくした。野口勇さんたち一、二の級友と深く話し合うようになったことが日記に見られる。夏には蓼科へテントをもって同級生と行き、楽しい野外生活をした。母がアメリカから土産にもち帰った仮装帽子や玩具で大はしゃぎをした様子が、写真でも見られる。

受持ちの鈴木一雄先生には創作を激励して頂いたりして、生き甲斐を感じていた。その頃の創作は物語めいた想像のたくましいのが残っている。

中学二年頃から、「何のために生きるのか、絶対は何か」と内心深く考え始めていたらしい。十月末、奈良に母と一緒に行き、岩佐家に数日泊って古寺などへ案内していただき、京都にもよって「とても好きだ」と始終いっていた。一層瞑想的に沈潜を好み「奈良の仏像のような気持になりたい」といい、一年生頃造った赤の入った衣類をしまいこみ、地味な服装を選んだ。

二年の夏に石井菖子さんが門司に行かれ、淋しがっていた。中学三年の夏休みには門司の石井さん宅を訪ね、幼い弟妹たちとも親しく遊んで満足して帰ってきた。

中学二年の終わりに鈴木先生が去られたのを強く悲しんでいた。中学三年頃にはなかなか複雑な細かい内省的なことを感じ、深く考えている美世子であった。作曲家井上先生のお宅へ一週一度ピアノを見ていただきに通っていたが、今後の目標を作曲にしようか、絵にしようかと考えこんで時々母たちにも相談していた。信州の志賀高原へ母と行って写生をしたり、野口さんと絵を見せ合ったりして、絵に活きる道のあることを感じたのも、その夏から秋へかけてであった。

母を避ける――成城高校一～二年

高校入学については美世子の希望で方々調べた末、環境が気に入ったらしく成城高校を選んだ。一九五二年の春三月から四月へかけて、母はパリのユネスコ会議の後、モスクワでの国際経済会議へまわった。すでに平和運動などに理解をもっていた美世子は母の入ソのニュースに対し、出発前に一緒に写した写真に「智恵ある鳥は飛びにけり」と書きこんでいる。

高校は自ら選んだ学園だったから、希望を抱いて通ったが、やはり男子が多く、女子は五、六名で、以前から同級生だった人々の会話の中へ仲間入りするには大分美世子は気をつかったらしい。「わざとキモノの話やダンスの話をするように努力してるの」と苦しそうに話していた。

高校一年の夏から冬にかけて大村新一郎さん達と一緒に新聞部の編集部員になり、放課後何時間もうどん一杯ぐらいで居残って、真剣に話し合ったことは、美世子に強い生き甲斐を感じさせた。短くなる秋の終りに暗くなってから疲れた顔をして帰ってくる美世子の姿に心配して尋ねると、「編集部の仕事が大変なのョ」といい、「ムラ気をよくしたい。真実に触れ合って勉強したい」などとポツリポツリ気持をいうだけで、内容は何か一人で深く考えている様子だった。級友との軽井沢への旅行は楽しそうだった。

翌年の六月に、一年間アメリカから帰っていた真木子姉が急にコペンハーゲンへ発ったことは、相談相手を失ったために大きな落胆であったと真木子宛に書いている。夏休みには母と一緒に沓掛（現・中軽井沢）の星野温泉の小屋へ行き、千ヶ滝の乗馬を借りて愉快そうに乗りまわしていた。大分好調子だと母は喜んでいたが、埃が多いからと、三日目には蓼科温泉へ行くといって出かけ、樽ヶ沢の五千尺ホテルに一泊したきりで、また小海線の長い汽車旅行をして帰ってきたが、一泊したきりで、東京へ帰ってしまった。

何か心に不安があるのか、せっかくの母との生活を避けて帰るのが不可解に思えた。しかし、そういうことを尋ねても、なかなか高い誇りと自尊をもっている子で、笑って話そうとしない。その頃までは末っ児で甘えっ子だった美世子が次第に一人でいることを好み深く内省的になってきた。

しきりに一人で旅行したいというので十月頃石井さんと、前に母と一緒に行って泊った銚子の海岸へ行き、一泊して写真をとって満足そうに帰ってきた。

高校に進んでからは、すでに井上先生の作曲のけいこには基礎練習の時間が足りないといってあきらめていたが、化学実験道具を揃えて、二年になってからは「私医者になってもいい。一人もお父様のあとをつぐ者がいないとお父様が気の毒でしょう」といって、親たちを喜ばせた。

十月中旬には、通学が苦痛だというのでとうとう成城の南側に小さい室を見つけて、そこに下宿したが、一ヶ月余りいて、さすがに集中もできず外食に困ったと見えて、急に代々木上原の真生活協会の六畳を借り、朝晩食べる「玄米はおいしい」と喜んでいた。

二年の三学期には学園で「灰色のノート事件」というのがあって、大分気負いこんで、若い世代のモラルについて同級生の意見に反発して原稿を書いたが、結局自分は一人だと感じたようだった。一年の終りに受持ちの青木先生が退職されたことも失望の一つだったらしく、次の佐山先生に信頼をよせるまで、半年位も淋しがっていた。

楽しい春のはずが三月にビキニの水爆実験のために第五福竜丸の船員達が被害をこうむって帰って来たばかりか、その船のもって来たマグロが各地の市場へ回ったというので、全国民は陰惨な気持に覆われた。世界宗教者平和日本会議を開いていて「水爆マグロ」に出遭って帰ってきた母に、美世子が相談したことは、「どこの大学へ受験するか」という受験準備のことだった。

美世子は「学校でも話があったから、自分としては、東大か国立の経済学部へ受けないと皆にすまない」というので、母は「外語でもよく、学習院大でも、早稲田でもいいでしょう。別に経大に義理で受けて、それを専門にしなくても」と少し意外に思って答えていた。「何といっても体力がなくては医者にも芸術家にもなれないから、体を丈夫にしてその間は、語学でも基礎勉強をすればいいから、大学へ急いで入る必要はないでしょう。アメリカン・スクールでもよいし、帰米するウィナフレッドと一緒に渡米してもよいし」と母はそれから後にも度々美世子に話していた。

三年に進学する際に、父が学校に呼ばれて、成績は良いが、欠課欠席が多いしムラだから、気をつけてほしいと注意があり、一同心配した。

深い苦悩の年――高校三年

高校三年生になった美世子にとって、この一年は深い苦悩の年となってしまった。春の来るのを待ちわびていたように、新学期から家に帰ってきた。二階の洋間に住んだ。

一学期の梅雨の頃になると、特別に気候の変化が美世子には苦しかったらしい。以前には「通学の電車に乗ると車内の人がみんな自分の方ばかり見るから苦しい」といっていたのに、この頃になったら「帰りの電車の中の人の顔が平面の絵のように見える」といい、「とても課業の終りまで苦しくていられない時がある」といって、帰るとグッタリしてしまっていた。先学期末の学校からの注意もあったので、いっそのこと休学したらとも話し合った。今から考えるとその時に思い切って学校から離れてしまい刺激の少ない生活に連れて行くとよかったとつくづく後悔される。

真木子からの手紙を何よりも楽しみにし、自分も度々書きながら、ついに投函しなかったのも、この頃のが残っている。留美子とは時々夜おそくまで話し合っていたけれども、「留美ちゃんのように割切って考えることは、私には出来ない」といっていた。口語訳の聖書をほしいといい、母の買っておいた二冊の中の一つを読んで本棚に置いていた。キェルケゴールの『死に至る病』の岩波文庫を読んだのも、この頃らしい。

父とはほとんど毎日午后五時過ぎかまたは夕食后に一緒に映画を見に行ったり、散歩したりしながら、いろいろと物の考え方の話をしていたから、人生問題についても、神経質についても、その治療面についても話し合っていたものらしかった。その初夏から家に来た米子さんという高校出たばかりの元気のいい娘と一緒に追羽根をするというので、庭にのびていた薔薇棚を切って運動場にしたり、かなり元気を取り戻しかけていた。

夏休み中に、留美子たちの研究会に出席して、ボーヴォワールの『第二の性』を読んだりした。歴史の研究の中で「日本の婦人が永いあいだ封建制下に苦しんでいたことの今日までの影響に強い感激を覚えた」

といって、美世子は、それをテーマに研究するのだと、慶応大学の社会学の先生を訪ねたりした。この若い人たちの研究会が夜遅くなるので、帰りを心配したこともあった。

夏休みには、そうした「新しい希望」を掴みたかったと見えて、あまり遊ぶ気もしなかったらしいが、真鶴へは竹内さんや留美子も一緒に行き、また母や他の人たちとも行った。あまり痩せているのが目立つほどでもなかったことは、その時の楽しそうな丸々した写真にも見える。ただ一度一人で泳いでいて、どこか苦しくなったたと見えて、おぼれかけたのを宮村さんに手伝っていただいて休ませていただいた話を後から聞いた。父と八月中旬に真鶴へ行き、初島まで発動汽船で見物に行ったときの写真もある。美世子は、若い人々の楽しそうにはしゃぐのを客観的にながめていた様子が分る。

九月に帰ってから、入浴しているのを母は見て、美世子のあまりに痩せているのにビックリして、父に相談したことがあった。「何とかしなくてはいけない‼」と強硬に主張して、九月の学期試験が終るのをまって、十月一日から休校させることにした。高良興生院の森口看護婦に成城へ行ってもらい、退学させることに手続きをしてきたが、もう一度母が受持ちの坂本先生と佐山先生にご相談に行ったとき、高校の主事にもお遭いして、「高良は校庭で逢うといかにもきびしい眼付をするときがあるので心配していた」といわれた。

入院検査

十月一日からどこかへ入院させることにして、相談の結果慶応の大森憲太博士に診察をしていただいた。

「ドック入り」の形で美世子の栄養状態一般を検査してもらうことにして、翌日、新しい南病棟の「一人部屋がいい」というので入院した。看護婦室も近くであり、食事も運ばれてくるので、誰も付添うほどのことはないというので、よくたのんで帰った。翌朝から、食事ぬきの検査が始まり、朝と午后と母が見舞った時は、食事も量が決っているし、夜も割合静かでよく眠れるといってアルプス菫の草花の鉢を青山まで一緒に買いに行ってきたりした。

二、三日目からは「毎日午前中は神宮外苑へ散歩にゆき、付近のカフェーへ行って、音楽を聞いたりする」といって、沢山持って行った本は夜だけ読んでいるが、病院から出る散薬はのまない。もともと薬を好まなかったけれど、母は不思議に思った。便秘の常習癖があり、近来ひどく痩せて細っていた。精神不安を伴っているらしい年頃の娘を十日間も入院させての診断ドックがこれだけなのかと、少々不安に思ったので、次の大森博士の診察日をまってたずねたが、このときの返事も「原因については、内分泌障害ということも考えられるが、あの若さの体に甲状腺などの内分泌注射をすることは、近来癌の原因となる等ともいわれるから、しない方がよいと思う」とのことであった。

実は年末になってから分ったことだったが、美世子は、すでに八月から月経が止まり、自分でも変だと思っていたのをいわなかったと話した。それでもなお、原因について疑問があったので、高良興生院の山本医学士に、受持ちの先生に懇談してもらったところ、「精神不安も病因の一つだから、これは、神経科の方の受持ちでしょう」といわれた由。この際徹底的に種々な病院や大学で調べてもらうべきであったと今になってからは、しみじみと後悔されることである。

帰宅后は一層食事に気を配り、規則正しく生活させることに苦心したが、美世子は「空虚な時間がかえって辛いのよ」といって、二階の自室に携帯のラジオを父から買ってもらい、音楽を聞いて楽しみ、深夜までの放送を聞いていた。十一月になってから、啓明学園へ紹介して下さる近所の方があって、母と一緒に見に行った。環境は多摩川の清流に沿っていて農場もあり気に入ったが、寄宿舎の様子があまりに幼い女学生と一緒なので、失望して雨の中を帰ってきた。

美世子は「信州か神津牧場のような所へ行きたい」と主張したが「牧場ももう寒くなりこれからは冬ごもりだから、冬になったら、いつか一緒に行った高原の山の家へ行けるように早く丈夫になりましょう」と話したことであった。

成城高校が出席日数の不足で心配されるのも無理ないからと、母は方々の高校のことを調べ、玉川学園に小原校長を訪ね、一年くり返してもいいから補欠入学の籍だけでも置いて安心して養生させたいからと願ったけれど、手紙で断わってきた、寄宿舎に余地もないといって。

成城の佐山先生が「美世子さんは成績もよいし、体さえ丈夫になって、高校をくり返す必要はないので、自由な大学へ籍をおいてほしいが、もう三分の一以上の欠席になったので、一月二十三日の学年末試験の日に登校して答案を書いて下されば、何とかして卒業できるように、査定会で努力してみます」といっていただいたことを美世子は、「そんなことをしては正規に出席した同級生に対してかえってわるい」といってなかなか信用しようとしなかった。これがなかったら思い切って二学期からは、手続きした通りに退学して学校のことは全然度外視できたかも知れない。

美世子自身は、すでに学校の事はあきらめていたらしく、新宿辺りの予備校（高田外語に籍を置いてドイツ語など習っていた）の夜学へ行こうかなどいうので、夜学へ行く必要はないとなだめていた。その晩秋から吐き気が時々あるらしく、父は散歩の折に神経質の作業療法をすすめていた。

留美子姉と一緒の研究会へ行く熱はもうなかったけれども、一連の読み物は、サルトルの『嘔吐』や実存主義のニヒリスティックなものに傾き、何か宗教的なものを追い求めながらも、掴めるものが見つからない様子で、一方自分の体の調子の悪さと闘いながら常にジーッと人の話に聞き入って考えながら聞いている風があった。時々は石井さんやその友人とも宅だの高田馬場の音楽のあるカフェーで話したりしていた。母も何とかして気を浮き立たせたいと思って時々、留美子とも新宿の映画を一緒に見に行くと、帰りには新宿裏のロングレコードをかけている喫茶室でコーヒーをのまされ、どうしてこんな所を覚えたかといぶかる位であった。

もう十八歳になった美世子は背も姉より高く、子供ではないと感じながらも或る晩には、新宿で赤い珠のついた首飾りと耳飾りの一揃えを買って与えて、もう少し明るい服装にするようにすすめた。一番よく似合う赤縞の服よりも地厚の茶のジャンパーを好んで着て、寒がっていた。

十一月に入ってから、美世子の吐き気は止まず、体が苦しいのか、時には、リンゴや好きなものなどを食べたのが、直ちに出ると見えて、そのままビニールに包んで二階に置いてあるのを見て、父母はひどく心配して、興生院に入院するか、精神分析治療を受けるか、または京都の宇佐医院に入るかと相談した。

精神分析を受ける――インドへ行く話

その頃、スイスから来朝中のシルヴィオ・ファンティ博士に母は美世子の症状を話して相談した。精神分析の大槻さんも面会承知されたが、ほとんど同時に、ファンティ博士に頼むことにした。ファンティ博士はスイスでフランシスカン僧院の訓練を受け、青年期からはドイツで勉強し、戦后七年間、ニューヨークで精神治療を専門にしてきた中年の医師であった。一九五四年夏ドイツで会合した各種の宗教平和団体の連絡会議の決議として、「光を求めに東洋へ行け」ということになって、スイス放送局嘱託として来日したのが晩秋の十一月。紹介状をもって母を訪ねて国会に来られ、ずっと引きつづき丸の内ホテルに泊っていた。

美世子はファンティ博士に最初の面会日から、自分の読んでいる本のことや、思想上の疑問を打ち明けて話した。博士はそれを速記にとり美世子のするどい質問と批判的な言葉には驚いたと後に語っていた。母と相談の結果、しばらく責任をもって精神分析を行って数ヶ月後その結果を報告しようということに約束して、それからはほとんど隔日に午后丸の内ホテルを訪ね、先生の部屋で分析した。

さまたげる物のないように、先生の部屋のソファーに横になり、心に浮ぶままを先生に語り、それを先生は傍らで速記をとって約四十五分から一時間の「自由会話」をする。今まで美世子がとてもむずかしいと思いながらもある共鳴を禁ずることのできなかった実存主義の作家、サルトルやボーヴォワールなどのことについてもファンティ博士は、それらの人々は友人として知っているし彼らの書いたものは、そのニヒリズムにも拘らず、その苦悩を越えて、彼らは沢山の業績を残していることに注意せねばならない。彼らは決して敗北主義者ではないのだということを説明されたらしい。キェルケゴールについても、彼がデンマルクの宗教的な背景から出て、「絶望の書」を書きながらも、決して絶望しないで、宗教的な「正しい動機」に価値を置いて、沢山の著述を残していることの説明を加え、「ニヒリズムそのものには価値がない」ということをいわれたらしい。家へ帰ってから母にそんな片言を漏らしていた。頼りになったらしい。

十二月に入ってからファンティ博士がスキーに行きたいといわれるから下調べに行くというので田無の田島の子供たちともいろいろ打ち合せをした後、リュックサックに缶詰の他に高校の教科書と大学受験用の本とノートを重々しく入れて、十八日頃出かけた。あまり重くてとてもやせた美世子には無理だったので、夕方米子さんに背負ってもらい池袋から上野駅まで見送らせて、志賀高原へ子供たちと一緒に出かけた。雪山の猪谷山荘はとても寒くて他の息子たちのように終日ゲレンデに出てスキーをする元気は美世子にはなかったらしく、三日ほどして一人で夜汽車で帰ってきた。

突然朝早く帰ってきたので、案じていた家族は食堂に集って旅行の様子を尋ねた。あまり緊張して寒い旅をしたからか珍しく食堂で泣いていた。「雪山の旅行から帰りました。とても楽しかった」と美世子は熱海のカフェーで知り合った朝鮮婦人の友達に手紙を書いている。ファンティ博士には志賀高原の外人ホテルに行けるということと、その道案内をする手紙を英語で書いている。が先生自身はスイス人の家庭に招かれてクリスマス休みを送ることになっていたらしく、結局忙しくてスキーには行かなかった。

美世子は宗教的な雰囲気を直感することが好きだったので、クリスマスの夕べにフランシスカンのミサに連れて行っていただきたいとファンティ博士に話したけれども、深夜のミサだったので結局実現しなかった。正月休みには真鶴のリッァニディさんという方からもらった死刑囚の手記を英訳する仕事と、ビキニ漁夫の体験記の英訳をタイプライターに写しながら母に、「水爆漁夫もいいけれど、お母さん、私自身はどうするの？」とポツリと漏らしたことがある。「もちろんあなたは早く丈夫になって、何でも好きなことをすればいいでしょう」と母はいい、ファンティ博士があまり日本は寒いので、印度へ行こうかと話されたことを話した。「私も印度へ行こうかしら。何か私にできることがあるかしら」というので、印度のシャンティニケタン（タゴール翁の建てた大学）へ行ってそこの美術部で絵をかいていてもよいし、ガンジー翁の建てたセパグラムの小学校でグプタ画家を手伝って絵を教えてもいいでしょう」と話したところ、大層乗り気になって、特に印度の子供たちのために絵を教えることに深い興味を覚えたらしく、久しぶりに小学校時代からの同級生の上田さんへ手紙を書き、「印度へ行く」ことを新しい使命のように語っている。この手紙も他の多くの友への手紙と同じく遂に投函しなかったらしい。

印度行きのことを父にも話し「ミヨ子の一生のことだから金がかかっても仕方ないでしょう」と父がいうので美世子にもそれを伝え、手つづきについて、ファンティ博士にも相談することにした。

一月二十四日に印度へ立つことに決めたファンティ博士が母に「美世子さんの精神分析をもう数ヶ月つづけ少なくとも六ヶ月の経過を見たいし、自分は誰一人他には日本では治療に手をつけていないので、美世子さんのように鋭い智能の人を見たこともないが、もう一度日本へ来ることにして印度へ寒い間旅行し

ても いいだろうか」といわれて、一月二十四日に発って行かれた。美世子の落胆は大きかったが、あきらめてもいる風であった。

姉・真木子の帰りを待って

一月十五日の成城の始業式の日に、美世子は何を考えていたか登校した。三学期末までの授業料も送ってあったし、籍のあることは確かに知っていた。病気中学友との文通で、三分の一以上の日数を休めば、終業できないという原則を先生方が話しておられると知っていたので、自分の場合もそれに違いないと思って、受持ちの先生に確かめに行ったらしい。他生徒の手前もあり、佐山先生はその通りと答えられたので、本人は今更のようにガッカリして帰ってきた。従って母が、それでも先生は「特別に努力してみます。結果は約束できませんが。美世子さんに高校をくり返させるのは意味ありませんから」といわれたことを話したけれども、遂に学年末試験のあった一月二十三日には美世子はどうしても出席しなかった。「そんなことをしては、正式に出席している同級生にわるい」という正義感が強く働いていた。

二月一日からアテネ・フランセに籍を入れた。母と一緒に手続きに行き夕方のクラスを見たが、それ以后は毎日午后一時間だけ気の向いた時には通うことにした。内分泌の治療方針を変更して、別な薬を使い始めてから、美世子も大分落ちつき、食欲もムラでなくなったらしく、その頃の日記は体重のことと、こまごましい食物のカロリーのことばかり書きつづけている。好きな音楽を聞き、ときどき石井さんに逢い、父と散歩しながら映画を見たり、目白駅から自宅までをよく歩きながら春の来るのを待っていた。真木子の帰りを待ちわびていた。

急に世界母親大会の準備のために、誰かがジュネーブへ行かねばならなくなり、平塚らいてうさんの代りに母が行く相談が婦団連でまとまった。「真木ちゃんを連れて帰りましょう。そして四月のデリーでのアジア諸国会議には美世子さんも印度へ行けるように手続きをすすめてくることにしましょう」と母は美世子に説明したところ大変喜んで、真木ちゃんの帰ることを何よりもの楽しみにまつといった。

急な出立で、他の支度は何もできず映画「永遠の平和」一巻を憲法擁護連盟から買い求め「原爆許すまじ」のレコードと共に荷物に入れて二月五日に羽田を出ることに決った。三月中には母が帰るから、それまで美世子は父の治療を受け、アテネ・フランセへ通って、無理をせずに待つ約束をした。

真木子がコペンハーゲンへ立つときも母がパリのユネスコ会議へ立つときも、美世子にはとても別離の味気なさが強かったらしい。父と一緒に飛行場の鉄柵に立って手を振っていた中学生時代のほそぼそとした美世子のなさけなさそうな姿が母にも写っていたし、後になって美世子の日記にも当時の心境が強く印象したらしく書かれている。

二月三日の午后アテネ・フランセへゆく美世子は、「五・三〇分にアテネが終ってから省線で羽田へ行きます」といって三時頃に家を出たのだったが、六時半の送別の集りにも来ず、七時半に風の中をヒコーキが出発したときにもとうとう姿を見せず、留美子は疲れて家に残り父と婦人達に見送られた母は心残りであった。

印度へ行ける手続きは、帰途ボンベイと香港で母が準備をしてきた。それを楽しみにしていたらしいが、三月十日頃には帰る予定だった母の帰りを非常に待ったらしい。美世子はその間アテネ・フランセへ通い、成城の空気がなつかしかったとみえて、二月十七日頃もう卒業式もすみ、誰も同級生はいないはずの学校へ出かけて行って、図らずも組の一人に逢っている。少しずつ調子のよくなった体の快復を楽しみにしながら、真木子と話せる日をどのくらい待ちわびたか分らない。三月に入ってからは、学級の友だちも大学入試などで忙しいことを知ってか、文通もあまりなく、石井さんと一、二度高田馬場で逢ったくらいで、精神的には落ちついていたらしい。

高校時代のノートをすっかりきれいに整理し、写真帳もはり、バラバラの原稿類や古い日記も一面庭でもやして整理したらしいことを、母の出立の少し前に新しくきたお手伝いに話していた。以前の高校出の元気のよい米子さんよりも落ちついた新しい益枝さんのきたことに美世子も安心したらしい様子を祖母も気づいている。

母の帰る日を今までになく度々秘書に尋ねていたが、三月十五日頃、朝起きないので祖母が二階の美世子の部屋まで起しに行き、階段を一つ踏み外して足を痛くされた。

母は水爆実験の危険なことを映画で示して講演しながらイタリアから北欧をまわり、パリで真木子に逢い印度ボンベイで引きとめられるのを一日で打ち切って香港から三月二十二日に帰ってきた。イタリア出発が決った三月十五日には帰る電報は自宅へ打ってあったが、カラチで中休みしてボンベイへ乗り換えたため、二、三日帰る日が遅れたわけだった。始終美世子のことを心配しハガキを出しながら父に任せて帰ってきた。

三月二十二日夜の空港に降り立った母を出迎えたのは、父と留美子と秘書のほか婦人会や国会関係の人々であって、美世子の姿の見えないことは一抹の不安であった。父から美世子は「大分経過がよいようだ」と聞いて家に帰ったら美世子は食堂にまっていて平常と変らないように母のみやげのイタリアのネーブルや印度のマンゴー、スイスのチーズなどを喜んで食べ、希望で買ってきたスイスの腕時計を渡したら嬉しそうに喜んでいた。パリで真木子の生活の楽しそうなことを話し、絵の都合で、十二月までには必ず帰ると約束した話をした時、美世子は頭を食卓につけて泣き顔になった。失望したためしばらく泣いていたがそのまま二階の自室へ寝に行った。母も寝台のそばまで行き、「またゆっくり、いろいろ面白い話のおみやげをしようね」といって休ませて、隣室の父から、美世子の経過を聞いた。

「数日来、アテネ・フランセへは行く気がなく、家にいて機嫌もよく、少し体重も増し怒ることもなく台所の手伝いをしたりして、母の帰りをとても楽しみに待っていた。数日前父の病院へ行き、看護婦たちにキャラメルを分けたりファンティ博士からもらったマスコット人形を振って見せて、楽しそうだった。父と一緒に『天下泰平』という映画を見に目白へ行った。培養椎茸の出たのを見たり、どうも面白い小説がないといいながら、阿部知二の作品を読んで楽しそうにしていた」との話であった。

その夜は真木子の描いた絵やスペインの古画などを渡して、母は永い空の旅でフラフラしていたので、十一時就寝、外国からの急ぎの手紙だけに目を通して眠った。

三月二十三日、朝八時から、マッサージの人来訪し肩のこりをもんでもらっていると、九時ごろ美世子起きてきて、下の食堂で、玉子二個、牛乳二合、ご飯二杯たべたといって、二階へ上ってきて、母の部屋にきて、「食后苦しい。羽根を使っても吐けないで苦しい。もう生きているのがいやになった」といって泣く。「そんなことがあるものですか。お父様にはその苦しさをよく話したのでしょう」と母がいうと、「お父様は私の苦しさは理解しないの。この四、五日食べてねてばかりで、いやになった」というので、「大丈夫よ。とにかく内科の病院へ行こう」といって、母が支度をしているあいだ、私の床の中で泣いている。十一時に議会の自動車が迎えにきたというので、美世子にもジャンパーを着せてやり、靴下はいらないというので素足に靴をはかせ、少しフラフラするらしい体を、大六天の角まで母と一緒に歩き、そこから自動車で和田医院へ寄る。

内科はどこがよいのか一応せつ叔母に方々入院のできる内科へ電話をかけてもらった方がよかろうと思って、美世子にともかく降りて相談のできるまで待って、そのあいだに胃の苦しいのを手当てしてもらうように話す。美世子は少しいやなような顔をしたが、いやいやながら車を降りてきて、和田医院の長椅子に倚《よ》りかかっていた。超短波を先日中からかけていたのを、またかけるようにいわれたので、つくづくいやになったとみえて、母と秘書とが議会へいそぐ車が出るとすぐにあとを追って、本宅へ帰ってしまった。

自分の部屋に入り、留美子に逢わず人には逢いたくなさそうな様子で二階へ上った。昼食には降りてきたが食パントーストとリンゴ、ゆで玉子二個をほとんど食べず残りを二階の部屋へ皿ごと持って行って机の上に置いてあった。超短波をかけずに帰ったので、せつ叔母は心配して、手が離せないので高良興生院へ電話をして、森口看護婦にすぐに見に行くように頼んだ。父が二時頃電話で美世子を呼んだ時は、降りてきて、身体の話をしたあと「超短波をかけると腸胃《ママ》の具合がよくなるから、かけなさい」といったが、それには別に返事をしなかったという。

一時頃母は両院協議会の室で中共代表来朝の報告をしてから帰って、どうにも気になったので、和田医院へたずねたら、「あれからすぐ帰ったから、仕方なく森口さんに行ってもらっています」との返事だった。

死去

父の電話のあとか、その前に、美世子を呼び出してよく苦しさを聞いてやり、日比谷の南胃腸病院か、大学病院か、聖路加へ直ちに入れておいたらと母はその時も考えたのだったが、全く思いもかけない不幸なことが、父の電話の直後と、森口看護婦が往診を終って帰ってきた午后三時とのあいだに起ったらしい。全体が弱り果てたのだ。

自動車が遅れたために、森口は午后三時頃来宅。美世子は扉にヒッカケ《ママ》をかけて就眠していて呼んでも起きないので、扉を無理に引っ張って開けたら、軽そうに眠っていた由。熟睡しているようだったが、そのうちに手に少しチアノーゼがきたので、ビックリして和田せつを呼びきてもらって、二人して胃の洗浄をし、手足に湯タンポを入れたら少し血色が快復したという。父は医師会の重要会議があり、午后六時まで帰れず、母は午后二時から婦団連の役員会に旅行の報告をして、五時自動車で帰宅した。それから全家族で必死の看病と各医師の手当てが徹夜で行われた。……

昭和三十年三月二十四日、午后五時二十分。弱った心臓のかすかだった脈が遂に絶える。せつ叔母が人工呼吸をしきりにしたが、美世子は大きいあくびを三つして遂に呼吸絶える。ああ。体温いつまでも暖かく、美世子の気持そのもののようだ。安らかな眠りについたような顔をしている。父は自室に入り声をあげて泣く。留美子は昨夜遅かったのでオロオロして為すところを知らない。森口さんは「イヤダ、イヤダ美世子ちゃん‼」と泣いて叫ぶ。

美世子の声なく、霊魂は体温とともにここに止まるごとく見えて、次第に去ってゆく。……午后七時ごろ、窮屈な赤スエター、茶スエターと、シミーズ、長袖シャツをぬがせる。全身クレゾール湯灌をする。左腕に湯タンポの袋の破れ目に触れた火傷があって、痛々し。包帯をする。シミーズを着せ、新しい浴衣二枚美世子の箪笥から出してきて、大きい菊模様の長袖に、藤色と水色のゴム入りしごきを前で結び、両手を合掌したように組ませてやる。美しい衣類も遂に着ないで逝った。

体は驚くほど痩せ細り、尻肉ほとんどなく、抱けば骨ばかりの骨格となり、背ばかり高く足先は冷えて足裏も扁平。この足で靴下もなく昨日まで、和田医院まで行き、この痩せた肩に母の古外套を着て、長椅子に倚りかかっていた姿を見たのが最后だったのか。寝台をすっかり取り替えた時、父の見つけたのはブロバリン三十錠の空壜のみ。これが仇であった。誰が売ったか。

頬の衰えを防ぐため、綿を口中に入れたら豊頬になった。真黒な頭髪を左右に分けて編み、大好きであった赤縞のリボンを結び、頬の両側に置く。顔面を油性クリームと薄紅の粉白粉で化粧したら、驚くほど美しくなった。眉秀でて長く、鼻高く、髪は塗黒のようで花嫁にも見立てたいほどの美人になった。敷布を真白く取り替えて水色毛布のみをかける。この寒がり屋さんの美世子も、もう寒さを越えて行ってしまった。

天国へ嫁いだこの美しく清らかな姿を写真屋にたのんで写して残したいと思ったが、父は「いつまでも見たくない」という。留美子が紅白の花を買ってきてくれたのを美世子の机の上の枕頭に飾り、本棚は、美世子が選んで買ってあった赤縞のカーテンで被う。線香と枕電燈をつけ、室内を全部整理し、回転窓を開いておく。寒い三月の夜だ。一番淋しい夜だ。明日の納棺を考えて、皆を早くねせる。万事終った。

別れ

三月二十五日、朝四時母は、庭でしきりに鶯の鳴くので目が覚めた。清く澄んだ声で鳴いている。美世子の霊が、別れを告げているように思えた。霊はすでに肉体の苦しみを離れ安らかに昇天したと思えた。母は起きて行って、美世子のなきがらをもう一度拝み、もう魂は天かけって安らかな地へ永遠に飛び去ったので、暁の電燈を消した。泣きむせびの夜は明けた。

葬儀屋が来てあまり美しいので永く患ったようでないがといい、足腰の痩せているのに驚く。六尺の棺を造らないと五尺八寸の身長には無理だという。

美世子はこの世を美しい心の世界にするために生れてきたが、少女期からすでに「絶対」を求めて苦悶し、青年期の学業と、戦争中からの栄養失調と闘いながら、勇敢に闘い通してきた。果敢なその内的な闘いに力つき心臓衰え、少しの刺激に抗する余力なく遂に十八歳の春を最後に昇天してしまった。心にかけて無理もした高校三年の学年末を待ちかねたように、母にも逢い三月末逝った。邦子祖母からうけついだか、特別に美しい子であった。父から受けたか、特別に鋭敏な優れた天稟をもって生れた娘であった。希望多い未来と秀でた語学の才能を生かして生きる前途は洋々として輝いていた。そのいずれをも果さず、花咲く春を待たず蕾のままついに逝った。……どういう死すべき使命を負っていたのか。それは今後に明らかにされるであろう。

父母を悲しめ苦しめることは美世子の心ではなかったから、最後まで努力しつづけた。けれども遂に逝くべき時がきた。美世子の霊は今、堪え難い苦悶とそれに克つための戦いから解放されて、ほほえみの中に飛翔しつづけている。美世子の霊はその短い十余年のあいだ、あまりに苦しみ、今は平安を求めて去って行った。慟哭をやめよう。

美しき心のくにを慕いつつ　いずこゆきしか美世子十八にして

遠くより帰りくる母を待ちかねて　美世子の魂は天にのぼりし

いずこにか美しき国夢見しや　父母のこし霊去りゆきぬ

苦しみの果てなきこの世いといしか　物言わずして美世子去りゆく

いかばかり苦しかりけむ朝夕に　やせゆく身をば訴えもせで

父は美世子の逝った数ヶ月后、一つの夢を見た。「若草の萌える牧場のような自然の中に、美世子と父とは遊びに行っていた。羊が静かに草をはんでいた。美世子は、ここにも、あそこにも、きれいな花が咲いている、といって、どんどん父から遠く遠く離れて、喜んで花を追って去って行った。美世ちゃーんと父が呼び叫んでも、とうとう姿が見えなくなってしまった」という。ファンティ博士は「絶対を追い求めた美世子さんの姿は、渾沌になやむ現代世界の化身そのものだった」という。

一九五五年九月二十二日夜

解説　加害する母の溺愛と戦時中の〝うつ〟
――高良美世子の闘い

高良留美子

Ⅰ　受胎・出生・幼年時代――戦争へ

1　母の胎内でインドへ

高良とみは一九三五（昭和10）年の暮れ近く、インドに出発する直前に美世子を受胎している。彼女は船のなかで妊娠に気づいたらしい。上海を出航した一二月二日、「朝八時出航、内山夫人の花籠の香りの中に自分は胎中の変化を武久に書きしも香港まで投函なく平穏裡に揚子江を下る」と、「インド旅日記」に書いている。インドでの車中でも、とみは上級の列車に乗ったようだ。同行者たちの心遣いだろう。

とみにとって初めてのこのインド旅行は、始まろうとしていた日中戦争を未然に防ごうという使命をもつ旅であった。とみたちは平和主義者として、中国に強い責任を感じていた。一九三一（昭和6）年に満州事変、翌年には上海事変と、中国は極めて憂うべき状態にあったからだ。

彼女は来日した国際友和会の移動大使ミュリエル・レスターと相談して、インド独立運動の指導者マハトマ・ガンジーを日本と中国に招いて平和を説いてもらおうという計画を立てた。賀川豊彦は計画に賛成して、船の手配までしてくれた。一一月三〇日、門司から照国丸で出航、一行は一二月一九日カルカッタ（正式にはコルカタ）に上陸した。

2 タゴールと会う――「日本を愛すればこそ日本のために悲しむ」

高良とみはカルカッタ郊外のシャンティニケタンを訪れて、ニューヨーク以来十数年ぶりにタゴールと再会した。我妻和男氏はその著書『タゴール――詩・思想・生涯』に、このときとみがタゴールの館ウットラヤンにおいて、多くの人びとの面前で頭と腰を下げてタゴールの足元に触れ、インド式の挨拶をしたと書いている。心からの崇敬の気持ちを表したのだ。日本女性の行動に、インドの人びとは皆本当に驚いたという。

タゴールはとみにいった。「歴史上にあんなに輝かしかった日本、愛され敬された日本が、全世界からよく思われないのは取り返しのつかぬ残念なことだと思う。世はいかにともあれ、日本は支那を助けてもう一度立ち上がらせるために全力を尽し、そして、北方の守りにも、支那がみずからロシヤ等に対して行けるように出来ぬものか。日本軍閥のあるいは少数政治家のやり方は全然支那人を支那文化（歴史）を認めないで、あの大きな地域を占領して鎮静するだけでも大変なのに、外敵に対して共に弱くなるのは賢い方法ではない。（略）日本を愛すればこそ日本のために苦しむ。あなたが帰ったならばそういってください。

私のハートはいつも日本にあり、日本のために悲しんでいる。支那と日本との兄弟が競うことは両方のためにならない。両方の文化を尊重して助け合ってほしい」。

また翌日は、「日本人ぐらい自由と正義を愛する国はないのにその美しい名が歴史上少しでもけがされることを見るのはしのびない」と語った（「インド旅日記」）。

3　ガンジーと会う――平和主義者は「死ね」と迫られる

翌一九三六年一月九日夕刻、デカン高原・ワルダーのアシュラムの屋上で、高良とみは静養中のガンジーと会った。「インド旅日記」ではガンジーを招くことが秘密事項だったためか、三行ほどで簡単に書いているが、晩年の『非戦《アヒンサー》を生きる――高良とみ自伝』（以下『自伝』と略称）によると、ガンジーはじっととみの眼を見入って、尋ねた。「この頃の日本はどうなっているのですか。中国へ行っては脅威となり、インドへ来ては搾取するように見えますが……」。とみは「ああ、この迫力だなあ」とその率直さにたじろぎを覚えた。「人を心底信じ、その人の心の底からの返事を聞かずにはおかないその不思議な力は、この人の持つ不思議な迫力となって人に迫ってくるのでした」。

とみはその前日、ガンジーの腹心の秘書マハデブ・デサイに会い、日中両国の前線が戦争の準備で混乱していること、賀川豊彦などの友人から、差し迫っている交戦を回避するためガンジーに調停を要請するよう依頼されており、承諾していただけるなら、かれを中国と日本に連れていくために、マドラス湾に汽船を用意していることなどを話した。

翌日、ガンジーは力づよくとみにいった。「中国は何世紀にも亘ってあなた方の文明や宗教の恩師だったでしょう。中国が衰退したときに、どうして日本は中国を攻撃などできるのだろうか」。「日本の人たちが今、私に中国との仲裁を望んでいる。素晴しいことのようだが、私のインドの同胞についてはどう思っているのだろうか。かれらには今私が必要なのだ。それに、インドの支配者である英国政府が決して私を行かせないだろう！」

さらにガンジーはいった。「あなた方、平和運動をする人びとの心が不充分だから軍部を阻止できないのだ。あなた方が死んで抵抗しなければ、日本の軍部の侵略は止められない」。とみが「日本にも賀川豊彦や尾崎行雄、斉藤隆夫やその他、婦人団体など、戦争に抵抗しようとする人びともいるのですが、とても軍部の力にはおよびません。そのうえ資本家たちまで軍部に動かされているので、ますます軍部は力を伸ばしている状況です」というと、「それを阻止するのがキリスト教平和主義者であるあなた方の仕事ではないか。あなた方、賀川や高良が死なないから軍部を止められないのだ」と叫ぶようにいったのだった。

とみは魯迅の『阿Q正伝』の最後で阿Q青年が極刑になる場面を思い出し、自分が首つりされる図を想像しながら、ガンジーさんもずい分無理なことをおっしゃる人だなあと思った。「あの時のガンジーさんの気迫に満ちた怒りの表情は、今でもありありと思い浮かべることができます」と、とみは語っている。彼女は日本に帰りましたらあなたの言葉を必ず伝えますといい、静かに合掌して別れを告げた。帰途はボンベイから船に乗った。

デカン高原まで行って英国統治下のインドの人びとの暮らしを見たことは、とみをイギリスへの批判者にし、やがて英米派からの離脱をうながす一要因になったようにみえる。

4　美世子の出生と命名――わたしの混乱

美世子は母の胎内に生じたごく初期に、アジアの港々を経てマラッカ海峡を渡り、インドへの旅をしたことになる。そのうちの一ヵ月ほどは、母の胎盤を通してインドの空気を呼吸し、インドの汽車の振動を感じ、インドの食べ物で身を養ったのだ。母の胎内でタゴールの前に座り、ガンジーの前に立ったのである。母の鼓動を通してその緊張、その喜び、その悲しみを感じたにちがいない。

晩年、美世子にインドへ行く話がもちあがり、本人も乗り気だった。健康さえ許せば行っていただろう。美世子には、自分が母の胎内でインドへ行ったという胎内記憶のようなものがあったのだろうか？　しかしわたしが美世子と一緒につくっていた外国の切手帳のインドの頁に、特別の思い入れは感じられない。

とみのインド行き以後、日本はますます戦争の泥沼に踏みこんでいった。帰国してまもない二月二六日、とみは二・二六事件のニュースを雪の降り積もる自宅で聞いた。

とみは日本女子大で教えながら、夏休み中の八月一八日に美世子を産んだ。聖母病院の一室で、家族五人が名前について相談したのをわたしは覚えている。いくつか案が出たあと、「みよこがいい、みよこにしようよ」と姉の真木がいった。〝春よ来い、早く来い、隣の家のみよちゃんが……〟という童謡が当時流行っていたのだ。字は親たちが考えた。美世子という字には、暗転しつつあった時代に、この世を美しいところにしてほしいという母の願いがこめられていた。

美世子は四〇歳になっていたとみの最後の子であり、インド旅行中大切に守ってきた赤ん坊だった。そしてインド行きは、とみの最後の平和運動だったのである。とりわけ、美世子を胎内に宿してタゴールの前に座ったことが印象深かったのではないだろうか。

とみは一九一六（大正5）年に日本女子大の軽井沢三泉寮で行なわれた夏季林間研修のとき、三井別邸の大樅の下で祈り、語るタゴールに魅了されて以来、生涯タゴールの崇拝者であり続けた。八五歳になった晩年の一九八一年には、軽井沢のはずれの碓氷峠に高田博厚作のタゴールの胸像を建てている。

我妻氏は書いている。「高良とみは九十六歳の天寿を完うしたが、追悼式の時著者（私）はタゴールの研究者として高良とみさんに親しく接しさせて頂いたので、弔辞を捧げたが、その際彼女の御主人が微笑みながら告白されたことは、『とみはタゴールの恋人のようでした』であった」。また何度もシャンティニケタンを訪れている詩人の原史朗氏は、先年わたしにこういわれた。「タゴールは、今度結婚するとしたら日本の女性と結婚したいといっています。それは文献としても残っています。日本の女性とは高良とみさんのことですよ」と。

とみは美世子をほとんど〈聖なる子〉と感じていたのではないだろうか。美世子はそれにふさわしい、色白の可愛い赤ん坊だった。美世子への母の愛は、その時代の自分への自己愛でもあったように思える。

母はよく二階の祖母の部屋に入ってきて、美世子の成長ぶりを愛で楽しんだ。美世子がつかまり立ちをするようになると、「ちょちちょちあわわわわ」と手拍子を打ってあやしたりした。そして倒れこんでくる美世子を、両腕で抱きとめるのだった。

その様子はわたしを驚かせ、混乱させたらしい。それまで経験したことがなかったからだ。のちにわかったのだが、児童心理を研究していた母は、姉とわたしの満一歳までの成長の記録を感情と言語と行動に分けて詳細につけていたが、その作業では観察者と観察対象のあいだに距離を保つ必要があったのだ。

しかし母はその記録を、美世子については生後一ヵ月ほどで止めてしまっている。児童心理の研究に行き詰まりを感じたのか、末っ子を思う存分可愛がることにしたのだろうか。

5　日中戦争――右を向こうか左に歩もうか

高良とみは一九三三（昭和8）年、「田園詩なし、北陸の子供達、蟹工船」という発表しなかった文章で、娘を身売りさせなければならない新潟の農村の貧困や、小林多喜二が小説『蟹工船』で表現した北方漁業の海上労働者のことを書いている。とみが最も〝左傾化〟した時期だった。

美世子が生まれた翌年の一九三七（昭和12）年七月七日、日中戦争が始まった。とみは近衛内閣が表明した不拡大方針に期待していた。一一日には現地で停戦協定が成立したが、政府は陸軍の強硬派に引きずられて不拡大方針をくつがえし、参謀本部は華北への派兵を決定した。近衛は蒋介石との直接交渉を考えたが、軍部の妨害に遭って挫折した。軍中央には国家戦略もなく、短時日で蒋介石は音《ね》をあげるだろうという中国を蔑視しきった大誤算があった。

一〇月に国民精神総動員中央連盟が結成されると、とみはその東京市実行委員会経済協力委員に就任する。しかしその頃の自分を、彼女は翌年一月「まごつき」といって自嘲している。「近来の自分のまごつき様は何としても、余りの醜態である。一度まごつき出した以上、自分の足の上に立って、しっかりと地歩を築いて行かねばならぬではないか。学問の方面でも、学界の中でも、婦人界や其他の教育方面に出る気がないなら、潔く研究の一途をたどることこそよいので、（略）それ以外に心を置かず一路精進せぬならば到底神の御許しは来たらぬであろう」。

研究一途の生活をしたいという願望は、彼女が行きづまったときの逃避願望でもあったようだ。この時期、とみは研究か政治かという岐れ道に立っていた。

戦後、彼女は「時には右を向こうか左に歩もうかと大いに迷い」と書いている。とみは左へは行かなかったが、極右に行ったわけでもなかった。彼女には、インドの英国からの植民地解放の熱意と、日中平和への願いが変わらずに残った。

近衛内閣は同じ一九三八（昭和13）年一月に、厚生省を内務省から独立して設置、四月には国民健康保険法と社会事業法を公布した。無医村への医療機関の普及と充実も実施されることになり、不十分ながらも一連の社会政策を実行し始めたのだ。

これらの施策はとみにある期待を抱かせたように思われる。彼女は五月に「厚生省に待望す――児童局の設置を願う心」という文章を書き、女性と青少年の労働現場を記録しながら、厚生省に保護と改善を要望している。とみはその頃制定された母子保護法については書いていないが、この法律を待望する「母性保護法制定運動に寄す」という文章が一九三四（昭和9）年にあるから、歓迎したにちがいない。

6　高良とみと中国──第二次世界大戦勃発と新体制運動

一九三九（昭和14）年八月、ヒットラーのドイツは突然ソビエトとのあいだに独ソ不可侵条約を結び、ファシズムに反対していた世界中の左翼勢力に大きな打撃を与えた。イギリスがもっとも恐れていたファシズムが、社会主義と手を結んだのだ。それはイギリスが模索していた対独・対日融和策をも破綻させた。第二次世界大戦はこの条約がひきがねとなって勃発したのである。九月一日、ヒットラーのドイツは隣国ポーランドに攻めこみ、第二次世界大戦が始まった。

高良とみはすべての国のナショナリズムを肯定していた。その銃後の女性としての国家主義的な側面は、すでに前年から「家のものは国のもの」「資源は国家のもの」などという発言として表れていたが、この年の秋、彼女は苦しんだ末に一つの決断をしたようにみえる。「懺悔」という、一〇月一一日付の文章がある。日本友和会のガリ版刷りの冊子に書いたものだ。

その文章から感じとれるのは、とみが「隣邦民国の友」に対して、神の赦しを乞いながらも、以前よりやや距離をおいていることだ。中国は首都を重慶に移して抵抗をつづけ、日中戦争は泥沼化していた。とみは書く。「どうか友和会の同志も、また、世界の悩める多くの友も、共に人を裁き、他国を攻める前に、神の大前に共に進みて、「罪人の頭なる我」を許し給わん事を祈ろうではないか。／隣邦民国の友にも、この言葉より他に何の慰めの言葉も出す勇気はない。「汝らの内、罪なき者、これを打て」と言われた主のお言葉を耳にして、どの国の人か自ら恥じぬ者があろうか」。

当時の国際情勢のなかでは、中国の側に立つことは英米派であることとつながっていた。インドに行く前のとみはその立場に立っていた。中国に同情し、しかも英米に批判的なガンジーのような立場は、彼女にはなかった。インド独立のために英国の批判者になり、英米派から離れる——それは中国を見捨てることとつながっていた。しかし高良とみは日中平和への望みも捨てていなかった。

この時期、近衛文麿は野に下り、昭和研究会の理論家たちは東亜共同体の理念を提唱していた。ここに新たな政治勢力を結集し、国民生活を改善して軍部を抑え、日中戦争を終わらせることのできる強力な内閣を求めて、近衛を中心に据えようとする新党運動が翌四〇(昭和15)年に始まる。それは新体制運動と呼ばれる挙国政治体制樹立運動だった。三〇年代、「生活科学」「生活合理化」運動に熱心にとりくんでいた高良とみは、この運動に熱く賛同していく。

7 母の〝溺愛〟——幼年時代の美世子

わたしは美世子が夜どこに寝ていたのか覚えていないが、よく考えるとそれは母の部屋だった。二階の東南の角には八畳の洋間があり、母専用の書斎になっていた。だがその部屋にはある時期、畳が敷かれていた。美世子は母の帰りが遅くなるとき以外は、その部屋で母と一緒に寝ていたと思う。美世子はのちの日記に書いている。

「二階の八畳の床にすわって、「天のお父さま」というお祈りをしてねました。月の光があまり青白くて、淋しかったことも覚えています。窓からは、まだ切らなかった高いヒマラヤ杉の天ぺんにかがやく月なんか、みんな見えました。そっとバルコニーへ出て行ったこともありました。泳ぐように青白い光の中に冷たいタイルの上をふんでいると、神様にお祈りしたくなるような気持になりました」（中学三年の一九五二年三月一六日）。

母は美世子を自分の部屋に寝かせるために、書斎に畳を敷かせたのだろう。美世子はお祈りを「母と一緒に」したとは書いていない。この頃の美世子は母親と一体化していたのだろう。そしてメラニー・クラインのいうような、ある種の〝全能感〟を抱いていたかもしれない。母は「美世子が愛らしい盛りで、片言で「ミーチャン、イイ子、ネンネ、オカアチャン、ココ、ネンネ」等言って可愛らしく、姉二人の仲直りの仲裁や、泣き止めをする」と書いている。

最近見つけた真木の日記に、美世子が登場する。「名前は「みよ子」です。今年（数え年）四つになります。私は兄弟の中で一番すきです。私の物をとりますが私が「返してちょうだい」というと「はあい」といって返してくれます。そしていつでもかおにえくぼをうかばしています。けさのことです。私が出かけようとするとみよちゃんも「いってまいります」といって一しょについてきましたのでおも白いでした。そして坂の下まで来そうなのでいそいでお父様の所につれて行きました」。

わたしの記憶でも、ごく幼い頃の美世子は「はあい」といって何でも聞いてくれる子だった。でも、やがていうことを聞かなくなった。小さな反抗期だったのだろう。わたしがよく口にしたのは「みーちゃんは世界中で一番えらくないよ」というセリフだった。それをいうと自分が否定されたと感じるのか、美世子は泣いた。ふだんの美世子の頬にはよく気の弱そうな、はかなげな微笑が浮かんでいた。

二人だけで遊んだ記憶はあまりないが、路地の子どもたちで石けりなどをして遊ぶときは、美世子を〝みそっかす〟として入れてやった。隣の小柄な武見雄二君を無理やりお父さんに仕立てて、四人でおままごとをしたのを覚えている。美世子は武見さんの一つ年下の和子ちゃんとよく遊んでいた。

美世子はアレルギー体質で、卵を食べると皮膚に蕁麻疹《じんましん》が出た。食べ物には好き嫌いが多く、とりわけ野菜が嫌いだった。母や祖母は美世子の偏食を治そうと苦労していたが、青物も人参や南瓜も一切受けつけなかった。すりおろしてカレーに入れても、小さく刻んでほかの食べ物のなかに隠しても、匂いでわかるらしく、どうしても食べなかった。すかしても、脅しても、叱りつけても駄目だった。果物は好きだったが、スイカは青臭いといって食べなかった。

8　父との散歩――わたしの孤独と八つ当たり

日傘をさしたわたしの、うすぼけた白黒の写真が残っている。薄い赤とみどりの縞模様の日傘で、もらったのは嬉しかったが、それを差して庭の石段を昇りながら、わたしは自分が恐ろしい孤独のなかに突き落とされているのを感じていた。四歳ぐらいだったろうか。

母が死去してしばらく経ったとき、父は「お母さんが美世子を溺愛するので、ぼくはあんたたちがひねくれやしないかと心配になってね、よく散歩に連れ出したものだったよ」といった。この前後のことだろう。姉は学校だけで疲れるのか、一緒にくることはほとんどなかった。父とわたしはよく林泉園と呼ばれていた池の方へ行った。池のまわりには桜の木が植わっていて、春には満開の花が咲いた。少し大きくなると電車に乗って高田馬場まで行き、道端に並んでいる夜店を見て歩いた。帰りに下落合の駅近くの屋台に立ち寄ることもあったが、父は酒を飲まず、わたしと一緒に串に刺した焼き鳥だけを食べるのだった。

この父との散歩がなかったら、わたしはまともに成長することはできなかったと思う。父も夜になれば祖母や母の話から、昼間妹を泣かせたことを知ってわたしを叱りつけることもあったが、ともかくそういう時間をもったことによって、わたしは妹の出現と母の喪失による危機を乗りこえることができたように思う。

それでも母の愛を失ったと感じたわたしがどんなに荒れていたか、周囲にも八つ当たりしていたかを示す証言が、姉の日記にある。父と散歩に行ったり男の子の格好をして雄二君と戦争ごっこをしたりしていた幼稚園時代は、まだよかった。

姉は書いている（現代仮名遣いに変換、以下同じ）。

「ワタシノイモウトハヨウチエンニイッテイマス。アサ9ジニデカケマス。（略）ルミコトイウナマエデス。ルミコハミドリグミデス。（略）ルミコノイチバンスキナヒトハアキヒコサンデス。（略）トキドキヨウチエンデムカゴヲトッテキマス。トキドキヨウチエンデタベタゴハンヲノコシテキマス。カエルコロハ一ジハンゴロデス。ウチヘカエルトスグオベントウバコヲオダイドコヘモッテイキマス。ソシテムカゴヲトッテキタヨトネーヤニシラセマス。ノコシタオベントウハヨルノゴハンノトキイッショニタベマス」。

しかし姉と同じ自由学園の小学部に入学すると、わたしはそのモダンで清潔な、無駄のない校風になじむことができなかった。真木の作文「いもうと」には、一年生のわたしが書かれている。

「るみ子は学校ではおとなしいけれど家へかえるととてもらんぼうです。せいしつは私とはんたいです。

体そうがすきで私とは気があわないのでいつもけんかばかりしています。わがままですが勉強は何でもすきです。私が家へかえると「おねえちゃんもう勉強しちゃった。早いだろう」とえばります。時々一ばん下のいもうとを泣かせたり、私の物をとるのであまりすきでもありません」。

わたしが学校でおとなしかったのは、上級生からいやな目に遭わされて他人の恐さが身にしみていたからだ。それにクラスには気のつよい人たちが何人もいた。その年の九月の真木の文章には、「三人の内一番手こずらせて居る留美」の食事時の様子として、「お茶わんをひっくりかえす。おかずのこごとをいう。それはそれは口に言いあらわすことが出きない」と書いている。

9　林間学校へ――家族からの〝追放〟

一九三九（昭和14）年一二月、わたしは肺門リンパ腺炎を患って茅ヶ崎の白十字林間学校に三ヵ月ほど預けられた。「そんな事をして親の手もとを離すと、一生ぬぐえない心の傷になって、ひねくれた性質になるから、どんなに苦しくても親が見てやらなければいけない」という人もあったと母は当時の文章に書いているが、それはたぶん父だろう。母はわたしの態度を「我まま」としか考えていない。

冬の最中、木枯らしの吹く砂浜の寮で、わたしの心は内向した。自分が家族から〝追放された〟と感じていたのだ。一度、姉と母が見舞いにきてくれたことがあった。姉と海岸で遊んだのはうれしかったが、母の姿を漠然と覚えているだけで、母が抱いていた赤ん坊の美世子のことはすっかり忘れている。妹を忘れるのは、わたしの自己防衛だったかもしれない。

母は、留美子は家に帰りたがらなかったと書いているが、わたしがとりわけ母親に知られたくなかったのは、帰りたいという気持ちだった。それはあまりにもつよかったため、わたしは心の深いところにそれを隠した。自分のなかのもっとも柔らかい、弱い心のひだを恥じ、情けなく思い、隠したのだ。それ以後、母親にたいするとき、わたしはそのことを忘れたことはない。父親の心配は現実のものになったのだ。しかもわたしは心の傷そのものを親の目から隠した。それは自分なりの、生き延びるための擬態だった。

とみの文章は次のような自己満足で終わっている。「全く、過去三年間の子供の転換期を経験して、的確な早期の診断と、確信のある療養期間こそは母と子を救うものと痛感いたします」。

わたしの荒れようは林間学校から帰ってからも治まらなかったらしい。翌一九四〇（昭和15）年八月の真木の日記にはこう書かれている。「今日こそのじり湖へ行く日です。朝早くからにもつを作り、勇んで赤羽についた。／留美子はあばれてほとほと困る」。野尻湖畔には母の教えていた東洋英和の寮があった。

真木はおませで心やさしい、長女の役目をよく心得た優等生だった。翌年五月には、「小さい妹美世子は母が名古屋の動物園からもらって来た読本を見て居たが、それには彼の動物は性質が凶ぼうだとかいてあるが中の妹はほんとうに凶ぼうでしようがない人だ」とまで書いている。わたしは三年生だ。

10　母の忙しさ

母は尋常でない忙しさを生きていた。日本女子大のほかの学校でも教えていたし、団体の理事の仕事や執筆活動もあった。講演で家を留守にすることも多く、帰宅も遅かった。真木は小学校一年の日記に、「オカアチャンノコトハ、ヨクシリマセン。イツモアタシガネテシマッテカラカエッテキマス」と書いている。

結婚前は借金の返済もあった。叔母の和田せつ（母の妹）が兄夫婦に書いた手紙によると、和田家には父義睦が晩年につくった借金が二万円あったが、それをすべて返済したのはとみだった。彼女は留学のために多額の資金を使ったことに責任を感じていたが、返済額はその数倍に達した。とみは一九二二年に帰国してから結婚までの数年間に、働いてこれを返したことになる。

母は人の世話が好きだった。よく親戚や知人に結婚相手を紹介しては、迷惑がる父を引っ張り出して仲人を務めていた。手紙で相談してくる若い女性を家事見習いの形で家に引きとり、似合いの結婚相手を見つけてあげることもあり、後述する新潟の疎開先もそういう娘さんの実家だったことを、のちに知った。母の死後、多くの見合い写真が残っていた。

三人の娘たちは体が弱かったから、母は健康や食べ物についてはよく気を配った。子どもの教育についても熱心だった。行儀や言葉使いの躾などはしなかったが、羽仁もと子の思想に共鳴して子どもたちを自由学園に入れたのは、母だった。

その上母と子どもたちとのあいだには、大きな年齢差があった。母は完全な大人だった。旅先からくる葉書の文面も、子どもの年齢相応のものとはいい難い。わたしは母がいつも便りの最後に書く「母より」という言葉が嫌いだった。母の温もりを感じたことがなかったからだ。父の方がよく一緒に遊んでくれた。

母は自信に満ちた明るい人で、夜、駅前でケーキなどを買って「ただーいま」といいながら台所口から入ってくる笑顔は、飛び切りだった。しかし戦時中の高良とみは概してうつ状態だったと思う。インド旅行のあと反英の傾向を強め、日中事変が始まると戦争に協力したが、中国侵略は彼女の本意ではなかった。「大陸で兵隊さんたちが頑張っている」などという発言を、彼女は一度もしていない。

一九四〇（昭和15）年一〇月、高良とみは大政翼賛会中央協力会議議員に任命された。大政翼賛会は新体制運動を推進するために結成された国家組織であり、とみの任命はその推進者だった有馬頼寧と風見章の推薦によるものだった。彼女は一二月の臨時中央協力会議で、三つに分かれていた婦人団体を統合して、翼賛会に婦人局を作ることを提唱した。「戦時生活を立案しまたこれを遂行し、その実果を挙げ、その報告を得、その成績を検討する義務を婦人自身に負わしめて戴きますならば、この体制下に於いて婦人も一部の分担を申上げ、翼賛の途を熱誠をもって分に応じて尽くしたいものと思うのであります」と、とみはのべている。「下から盛りあがった強力体制をつくること」ともいっている。

晩年『自伝』で、「国防婦人会のように軍人が牛耳るものは、つぶさなければならないと考えていた」、「当時の男性は女性を奴隷だと考えているのが普通でしたから、このような時こそ、女性が発言しなければ女性の力を男性に認めさせることはできないとも思っていました」と書いている。女性の主体性が発揮されることを主眼としていたのだが、当時の高良とみのフェミニズムは、国家を超えることはできなかった。最晩年に、「あれは私の生涯の最大の汚点だった」とわたしに語った。

大政翼賛会への参加について、母の死後、父の高良武久は「僕は賛成しなかったんだよ」と語ったことがある。父は尾崎行雄の講演などを聞きにいった自由主義者だったから、父と母は政治的な考えについて微妙にすれ違ったのだ。

この年、日本は日独伊三国同盟を締結し、アメリカはくず鉄の対日輸出禁止という経済制裁でそれに報いた。翌一九四一（昭和16）年から、日本は資源を求めて南方への進出を図っていく。五月一三日、とみは他の一〇人ほどの婦人指導者たちと共に情報局の時局懇談会に呼ばれて、軍がアジア全域を支配してインドまで行くと聞き、軍の推し進める大東亜共栄圏構想に危機感をもった。(1)

12　母の禁欲——妹・宮子を性的事件で失う

日中平和への願いが無になっていくにつれて、とみはそのストレスを解消するためのように、末娘を溺愛した。母が美世子と一緒に寝るようになったことは、隣の和室で夫と共有していた寝室を別にすることを意味していた。それはおそらく母が望んだことだった。

とみはアメリカ留学中に、桐生出身のピューリタンの若い男性とニューヨークで出遭い、かれのヨーロッパ旅行のあと再会して、お互いに恋愛感情を抱くようになった。しかし二人は性的関係をもたないまま別れ、ニューヨークと桐生で手紙による長距離恋愛をつづけた。

とみはその後、すぐ下の妹・宮子を性的な事件による自殺で失っている。コロンビア大学にも妊娠して自殺する女子学生が何人もいる、と当時のノートに書いている。アメリカの女子学生にとっても、性は将来設計どころか生命まで失う恐れのある危険な欲望であり、誘惑だったのである。そういう環境でとみを支えたのは、留学中に強化されたプロテスタンティズムの宗教思想だった。

彼女は性について、「肉的生活がその驚くべき絶頂をもっているという事を否定するのは馬鹿だ。肉的生活はその驚異と深みをもっている。それらはその歓び——非常な歓びとそして悲しみをもっている」（英文）、「熾烈に熱し燃えて行く肉の生活と、白骨とも枯れきれない、もっとも苦しい明日と両方見ねばならぬ」と、一九二〇年三月二日の日記に書いている。

いっぽう大正デモクラシーの時代に青春を送った父は、男女の生き方についても性についても、世間一般より、またとみよりも解放的な考え方をもっていた。とみの遺品から見つかった武久の恋文はいずれ一冊にまとめたいと思っているが、かれがとみとの結婚に抱いた若い夢は、失望によって報いられたのではないかとわたしは感じている。

13　父の淋しさ——尺八とヴァイオリンの合奏

真木が多分小学五年生のとき書いた「音楽」という作文には、父の淋しさが滲み出ている。一九四一（昭和16）年七月のことだ。

「父は古くから音楽、殊に日本音楽というものにしゅみがあった。それで尺八を前から愛し、六段等の名曲も吹く位に成って居た。又自分で尺八を作り月夜にバルコニーで物静かに千鳥などをひいて心を慰めていらっしゃった。それで私にことを習わないかとおっしゃったり、何やらつづけ字の経文の如き字の尺八のふを一生けんめいに教えて下さった。が私にはそういう物をあつかう才能が無いがため二ヶ月位つまらないつまらないと思いながらもやっとおぼえたのは六段の初めの方だけである。それ程父は母のげいの無いためか、さみしがって居らっしゃった。

ところが私も学校でヴァイオリンを習い始めてから早くも一年をへて今ではどうやら十ぐらいの歌もひけるようになり、ふしを知って居る歌はつっかえつっかえひけるようになった。私は無しょうにうれしくなり毎晩々々おけいこのほかにいろいろ知って居るうたをひいてみる。

すると父が尺八をもって出て来て、「まきちゃん。大分君ヶ代がひけるようになったね。一つ尺八をあわせて見よう。」といっていろいろの民間にはやる歌を集めたふを持って来てひき出す。ところが私の方はドからひき出したが父の方ではファからひき始める。まごついて又初めからファで出始めた。つゆのしとしととふる中にこの二人の奏する音のながれが雨の音に入りみだれて美しくちょうわする。

後から後からいろいろの曲をひいたがヴァイオリンと尺八の音《ね》は兄弟でもあるかのようにちょうわして、しめった室にひびく。そうしてその音の中には他人にはわからない父子の愛が互いにむすびあってゆくような何となくなごやかなものが二つの楽器の間を往来して居た。又音楽に熱中する父の顔はいつになく赤らみ目がかがやいて居た。父は一個の医者としてよりも、一人の芸術的な才能にとんだ人だと自分でおっしゃった言葉が今さらのように思いうかんだ。雨ではあるがまどから半月があわく光って居る。緑のつたがわずかにゆれる程のささやかなかぜ。白くけむる雨がつたの葉にゆめのように光って居る。

音楽はやんだ。父と私はにっこり笑った。そうして二人共ほほえましく語らいながら楽器をしまった。そうして互いに「おやすみなさい」をいってわかれた。しかし父のあの顔はおそらく私が音楽をするたびに思い出すであろう。（おわり）」

父は母と美世子の密着した関係に介入せず、あるいはできず、従ってその関係は長く続いた。父の介入がなかったことは、美世子の成長に影響を与えたと思う。小此木啓吾は『自己愛人間——現代ナルシシズム論』で次のようにのべている。

「母と子の世界というのは絶対的でもあるし、社会以前の感覚的自己愛的な世界です。そこに父親と母親の子どもという三者関係が成立したときに、初めて自己愛的な世界ではない、第三者が入り込んだより理性的な世界が成立するわけです。／ところが、現代では父親と母親の子どもということは形式的にはあるが、父親が不在または第二の母親化してしまって、母親の子どもというウェートの方がとても大きくなってしまった。すると母親が自己愛人間なので、子どもは、母と子の自己愛的な結びつきから離脱しないまま思春期まで成長してしまうようなことが起こっています」（二〇八頁）。

その年末に太平洋戦争が始まり、翌年二月にシンガポールが陥落した。この頃になると、父は日本軍の侵攻を支持するようになっていた。

14　不発に終わった母への抗議——山うるしのムチで〝母ごろし〟

太平洋戦争が始まったとき、アメリカの実力をよく知っていたとみは日本の敗北を予感した。しかし三ヵ月後に真珠湾での〝九軍神〟の活躍と死が発表されると、彼女は若い軍人たちの献身に感動した文章を書いて、戦争協力を続けた。

おそらくこの年、わたしは本気で母に抗議しようと思ったことがある。母は来客を迎えて応接間にいた。わたしは玄関脇の廊下に立っていた。母にいいたいことを口のなかで反芻していた。わたしは母が妹への偏愛をやめることを求めていた。「美世子ばっかり可愛がって」という言葉が、たしかそこには入っていた。しかし応接間から出てきた母はわたしを見ると、「あら、ここにいたの」といったまま、客との話の続きに身を入れてしまった。軽くいなされたのだ。

わたしが立っていた廊下には、オーバーや帽子などに隠れて一枚の板がぶら下がっていた。意味を知ったのはかなり後になってからだが、そこには英語で次のように記されていた。"God helps those who help themselves." 神はみずから助くる者を助く。……それは母の自分自身へのモットーだったに違いないが、廊下に立っていたわたしへの警告でもあった。たとえ子どもでも、お前は自分で自分を助けなければいけないのだ、と。わたしの母への抗議は不発に終わった。

わたしはよく棒を振りまわして遊んでいたので、何度もうるしにかぶれた。最初は翌年の初夏、家の横の雑木林に生えていた木うるしにかぶれた。まだ顔にかぶれが残っているのに母から学校に行くことを強いられて、非常にいやな思いをした。

その年の夏休みに蓼科でかぶれたのは、山うるしだった。山うるしは茎を伐って皮をむくと、白いしなやかなムチになる。そのムチでとりわけよく切れるのは、アザミだった。次から次へと高原のアザミの花首を切り落としながら、わたしは自分が母親をやっつけていることを意識していた。山うるしのムチで〝母ごろし〟をしていたのだ。

美世子に暴力を振るった記憶はないが、二、三度父にひどく叱られたから、何かやったにちがいない。相手は美世子とその味方をした姉の二人だった。わたしはなぜか謝る理由はないと思っていた。父に頬っぺたを叩かれて無理やり謝らされたのが、屈辱だった。布団のなかで泣いているわたしに、祖母がそっとお菓子などをくれた。祖母はとても公平な人で、わたしだけを可愛がるということはなかったが、姉と父、妹と母、わたしと祖母という組み合わせが何となくできあがっていた。

15　太平洋戦争中の母の不機嫌――ナチスの女性観の紹介

太平洋戦争中の母は、とりわけ暗く不機嫌だった。それが極まったのは一九四三（昭和18）年の夏休み、母が姉と五年生のわたしだけを連れて蓼科の貸別荘に滞在したときのことだった。のちに知ったのだが、母は夜中に『青春の女性』という本を書いていたのだ。そこには「ナチス党は婦人を百姓が牛を見るごとくに見ることに誇りをもっている」というナチスの女性論の紹介が含まれていた。とても賛成できないという気持ちが滲み出てはいるものの、「ナチスのこの種の方便的女性観はけだし本質的なものではあるまい」といって逃げている。ヒットラーのナチス・ドイツはムッソリーニのイタリアと共に、日本の同盟国だった。

母は日本の傀儡政権となった汪兆銘政権についても、日本軍占領下のアジアの指導者たちを集めて開かれた大東亜会議についても、沈黙している。日本軍の援助でインドを武力解放しようとしたチャンドラ・ボースや新宿中村屋のビハリ・ボースについても、何も書いていない。前述したようにインドまで行くという情報局の軍人の発言に危機感を抱き、大東亜共栄圏に批判をもっていたからだ。また非暴力主義のガンジーを尊敬していたからだ。

母の不機嫌は、わたしには重苦しい圧力だった。身体的に虐待されてこそいなかったが、わたしは母の態度を一種の〝虐待〟と感じていた。子どもだったから、自分たちへの不機嫌だと思っていたのだ。だからこそ後年ドストエフスキーの『カラマーゾフの兄弟』を読んだとき、ロシア帝政下の〈虐げられた子どもたち〉のために語る次男イワンに、熱く共感したのだ。しかし中学時代ひそかに愛読したのは、ルナールの『にんじん』や下村湖人の『次郎物語』など、親に愛されない子どもの物語だった。

わたしの暴れん坊ぶりは四年生ぐらいで終わったらしく、五年になった四月の真木の日記には、「ルミ子が五時に椎名町に来て呉れた由聞きて普段仲悪きが如き彼《ママ》の中の良き面を知りて喜ばしく共に風呂に入りて一日の疲れをいやす」とある。寄宿先の石神井の坂本家から週末に帰る姉を迎えにいったのだ。

六年の九月に学童疎開に行く前には、「ルミ子は寮へ入るので大さわぎをしている」とある。父からは「うちをはなれても、るみちゃんはしっかりしているから、心配もしない。それがつまり親孝行だ」という、あまり有り難くないお墨付きの手紙をもらった。

16 （外から見た）戦争中の美世子——わがままで甘ったれという評価

わたしが那須に学童疎開した一九四四（昭和19）年九月と同じ月、二年生の美世子は自由学園の寮に学童疎開したが、週末に帰宅してご飯を沢山食べ、おなかをこわして寮に帰れなくなることもあったらしい。

真木は一〇月の日記に「みよ子は甘えて今晩とまると言う。みよ子なんか大ッキライだ」、「みよ子はハを直すので寮に帰らない、これも一つの口実なんだ」と書いている。この頃の美世子は家族から、「わがままで甘ったれ」という評価をもらってしまったようだ。

母の〝溺愛〟も、美世子への自然な感情表現としてはその頃すでに終わっていたのではないだろうか。美世子はわたしへの葉書に、覚えたばかりの平仮名で「毎日おなかがすいてたまりません」、「四年生がごはんのわけかたがとてもふこうへいです」などと書いてきていた。しかしわたしは美世子を慰めるというより、励ますことしかしなかったと思う。週末に家に帰れるだけでも羨ましいと思っていたのだ。美世子へのわたしと姉の手紙が、新潟に出した封筒一枚しか残っていないのは、中味が気に入らなかったためだろう。

近くに中島飛行機の工場があるため自由学園の寮も危なくなり、一九四五（昭和20）年一月、家族は茨城県の下妻町に疎開し、美世子は下妻の国民学校に転校した。その頃の日記に、真木は「私達三人の内で美世子は一番甘ったれで辛いことがきらいなので困る。防空演習で暗い時にピーナツバターをなめたり、なまの栗を食べたりする」と書いている。

四月、美世子は東京高等師範付属国民学校三年に転入学して、新潟県南魚沼郡石打村に学童疎開した。雪が電信柱の上まで積もっていたという。ひと月後に母が訪ねると、美世子は蚤と栄養不足のため衰弱していた。美世子は高校時代の「成城學園時報」に、雪の積もった道を友だちと寮から逃げようとして失敗した経験を書いている。

母は美世子を救うため、隣の塩沢町の地主・長岡屋の一室に、姉とわたしとお手伝いの久さんを疎開させた。六月だった。真木は学徒動員先で診断された肺浸潤の療養を続け、わたしは新潟県立六日町高等女学校一年に転入学した。週末になると久さんが迎えにいき、美世子は栄養を補給した。母は家族の大移動までやってのけて、美世子を守ったのだ。しかし母は仕事のためほとんど東京にいた。

八月、日本は戦争に敗けた。ソ連軍の新潟港上陸を恐れる家主から退去を求められて、わたしたちは在の農家に移った。美世子は寮から歩いてくるようになったが、ビタミン注射を受けていたらしい。わたしたちは一〇月末にようやく切符が買えて帰京したが、美世子は一一月下旬に母と一緒に帰京する途中、脚気衝心を起こして医者に担ぎこまれた。数日間母に付き添われて療養し、帰京した。

Ⅱ　思春期以後――高良美世子の創作を読む

17　（外から見た）美世子の思春期の始まり――母からの自立の兆し

小学生時代の美世子は、母が書いているように明るい子だった。一九四七（昭和22）年四月、母が参議院議員に立候補したときは、選挙運動のトラックに乗ってマイクで母の応援をしたという話だった。わたしは「美世子だけはわたしたちと違うね」と、姉と話し合ったのを覚えている。美世子は五年生だ。

戦後五年間ほど、家を人に貸していたため、家族は父の高良興生院に住んだ。父は診察室のある本館（母屋）に寝泊りしたが、母と妹は別の日本家屋の六畳間に、姉は妙正寺川沿いの四畳半に住んだ。父と母はこの頃から完全に別居したことになる。わたしは板敷きの三畳間を勉強部屋にしたが、寝るには狭いので夜は母と妹の部屋に合流したと思う。しかし何も覚えていない。わたしは母への愛憎を心の底に沈め、精神的な自立に向かって歩き出していた。

住宅難の時代、もう一つの四畳半には八重子さんという母の知人の姪のピアニストが下宿していた。彼女は男性歌手と組んで進駐軍のキャンプめぐりをしていたが、「美世子さんの初潮のとき、あたしがお世話をしたのよ」と後年語っていた。母がインドへ行って不在の時期だったと思う。わたしも初潮のとき相談したのは、鹿児島の疎開先から帰って間もない祖母だった。戦後、母は本来の明るさをとり戻し、ふたたび猛烈に忙しくなっていた。

父と母を「さん」づけで呼び始めたのは、美世子だった。わたしと姉には「お姉ちゃん」をつけずに、「真木ちゃん」「留美ちゃん」と呼ぶようになった。いつも最年少の美世子が、自立の兆しを見せ始めたのだ。彼女が母についてほとんど書かないことに、わたしは驚く。

美世子は中学で親友になった石井菖子さんに、「お母さんは新聞で読むほうが、お母さんらしい」と語ったという。社会的存在としての高良とみのほうが、身近にいる母より母親らしい暖かさをもっていたのだ。しかし母の美世子への特別扱いはつづいていた。わたしと姉は父から決まった額のお小遣いをもらっていたが、妹は母からもらっていたと思う。

美世子の暗さは中学一年、一九四九（昭和24）年には始まっている。アメリカ留学中の姉に手紙で「ゆうつ」を訴えたのは、その年末のことだ。真木は少し驚いたらしく、「ミーちゃんも、ゆーうつなんてしゃれたことを言うようになったのか。きょうだいそろって、太平洋のむこうがわとこっちがわで、ゆうーうつがってりゃあ世話ないね」と書いている。真木も慣れない環境で憂鬱だったらしく、わざと乱暴な言葉を使って強がっている。

姉の旅費は父が出したが、日本から送金できなかったため学費はスカラーシップ、生活費のために校長の家に住みこんで家事（掃除）を担当していた。二年目からは寮に入った。真木が留学したのは「母親から離れるためだった」と後年語っている。母の監督を嫌がる言葉もあり、「こっちに来たら、おやだの先生だのあんまり期待されたのが遠くなったから、楽になった」とも手紙に書いている。彼女の反抗期だったのだろう。

姉の不在は、わたしには解放感をもたらした。優等生の姉と比較される心配がなくなったためだ。一一～一二月に肋膜炎を患い、叔母の和田せつ医師に、洗面器半分ほどの薄黒い水を注射器で吸い出してもらった。

18　美世子の書いた物語を読む――女の子として何を感じていたか

美世子の書いた物語を読むと、女の子として何を感じていたかがうかがえる。中学一年作の「泉の女の子」では、作者の自己像らしい泉の水のなかに見える女の子は、「だんだんうすくなって行って、消えてしまった」と書かれている。「泉の主」の百姓達はほぼ男性で、「女子しゅう」たちは伝統的なジェンダー役割のなかにいる。梅次郎の姉だけは自主的だが、「女子しゅう」をまとめる役割を果たしている。

中学二年作の「墓地」の主人公は「少年」、つまり男の子だ。「漁夫のセポニ」のセポニも男性で、「かみさん」は夕食の支度をしているが、扉が絵になってしまったのでセポニは夕食が食べられない。早熟なオリジナリティを感じさせる作品である。「のぞみ」の主人公だけは女性だが、ピアニストの彼女は男たちの過大な期待に反して、郊外に家をもち日当たりのいい子供部屋をつくる「のぞみ」を語る。作者の二つの欲望を表しているのだろうか。

中学三年の「雪の夜に」でも、父と雪だるまを作った夜の夢に出てくるのは男の子だ。美世子は学校で、「女なんて台所に引っ込んでいろ」という男子の言葉に怒りを表してもいる。「鬼」は文明化しすぎた人間批判・自己批判を含む佳作だと思う。本来文明の外にいるはずの鬼は、美世子の本来の自己像でもあったのだろう。鬼は性別を超えた存在としてイメージされているようだ。

19　高台の家に戻る――生き方と才能の模索

美世子が中学二年の頃、一家は高台の家に戻った。「私はねに行きます」は、その二階に部屋をもつようになった美世子の表現だ。ちなみに一階で寝ていたのは祖母とわたし、そしてお手伝いさんだった。わたしは玄関前の和室に住んだ。そこは九州からくる父の叔父さんたちのための客間だったが、戦後は必要なくなっていた。秋には掘り炬燵を作ってもらった。一階と二階で、美世子との接触は少なかった。

「人間（1）」、「のぞみ」、夏から門司へ行った石井さんへの手紙（一九五〇年一一月六日）などを読むと、美世子が才能のことを考えていたことがわかる。またこれらの手紙は、美世子がどれほど自分を受け入れ理解してくれる人を求めていたかを語っている。

この頃から家族の無理解への不満が表れてくる。美世子を子ども扱いする父への不満と、わたしへの反発だ。わたしは高校三年、父と知的な会話をするのが楽しかった。そばで黙って聞いている美世子を、知らず知らずのうちに無視していたかもしれない。彼女が鈴木一雄先生の指導で作文を書いて評価されていたことを、誰も知らなかった。その先生も、中学二年限りで去っていかれた。

家族や先生や友達（石井さん以外の）が「わたしにとっては冷たい批はん者であり、わたしの心などかえり見てもくれない人々だ」という言葉は、きつい。わたし自身もずっとそう感じていたのだが……。祖母はいつも美世子を心配していたが、リュウマチの持病があり、すでに八〇歳近くなっていた。母は不在勝ちで、姉も不在だった。

美世子の自己評価が低いのが目につくが、区立小学校との学力差があった頃はともかく、彼女は姉妹のなかでは一番学力があったと思う。中等教育における男女共学の、姉妹で初めての経験者だったし、美世子の学校は進学校だったからだ。しかし親たちはそんなことを知らなかったし、勉学を評価する習慣もなかった。放任主義だったのだ。

この頃、死の予感のようなものが早くも現れる。「わたしは自分一人の力で生きて行きたいから。また生きていけなければ死んでしまうから」。学年末の三月三〇日にも、「いつのまにか死期になっていた」という言葉がある。

20　美世子の中学三年――「誕生を待つ生命」

中学三年になった一九五一（昭和26）年四月には、「やっぱり才のうなんかないんだ。一体何をして生きてゆけってんだい」と書いている。「自分の生活を価値あるものにしたい」とも。

五月、「私は今ほんとうに貴女がいなければ死んでしまいたいと思う。誰もがそのために幸福になるように思えてならない。（略）いつもいつも誰も私をこの世からほうむり去りたがる夢を見る。朝起きると冷汗を一っぱいかいている」と書いている。石井さんの友情が生きる支えになっていたようだ。何がそれほど美世子を追いつめたのだろう。家族の一人一人が、母と美世子との密接な関係を前提として自己形成していたことは事実だった。しかし誰もそのことを意識していなかった。

夏に、美世子は門司の石井さん宅を訪ねている。美世子は自分の「からっぽ」さに悩みながら、「内容のあるもの、真のもの」を求めていた。そして一九五二（昭和27）年一月二〇日、予言的な断言が現れる。「こんな哀れなみっともない自分でも、たった一つの生命であるのです。それも誕生を待つ生命なのです」。自分は人生ともいえぬ十五年間を不規則に過ごし、「今、それから去って、次の本当の生との間の無の段階にいるのです。そして早くその誕生日をしなければ永久にこの無の地位から抜け出ることが出来ず、生を受けることがなくなってしまうような気がします」。

三月一六日、美世子は7節で触れた文章で楽しかった幼い頃を思い出している。途中から野口勇君に語りかけながら。「父と温室のサボテンを見て目を輝かせていた」以下、父のことが多く書かれている。この時期、彼女は母親から自立するためにも父親を強烈に求めていた。とくに父の認知を。しかしそれは足りなかったといわざるを得ない。父と美世子の関係は、わたしと美世子との関係同様、希薄だったと思う。

父が隣の雄二君に樟脳のついたセルロイドの小舟を買ってあげたことは、よく覚えている。わたしは家で男の子のように振舞っていたが、父は本当の息子が欲しかったのだ。美世子はそのことを感じていたのだろうか？　後半の「だがそんな女の子は私のようなんでは不似合いだ」以下、幼い頃の幸福感はすっかり消えて、「真黒いオーバーを着て、スケッチ・ブックとえの具箱を下げ」た美世子が現れる。

「学校というもの」では、「二年の終り頃から私は学校がひどく嫌いになった」と書き、学校生活と「本来の自分」との矛盾のなかで、「一人では生きえない、（略）また一人でしか生き得ない自分」を見出している。同じ憂鬱な基調をもつ「卒業式及びクラス会が退けて」には、放浪者の幻想と母親との奇妙な会話が記されている。「台所」と母とは、「生活改善」のための器具を買い集めたこと以外、めったにない結びつきだったのだが。

21　美世子の高校一年――生についての予見的な断言

美世子が高校生になった一九五二（昭和27）年四月、高良とみが国交のないソビエトと中国に入り、周囲は騒然となった。わたしは前年から芸大の美術学部芸術学科に通っていたが、学生の文化運動誌『希望《エスポワール》』に参加し、四月から年末まで上野界隈に友人と下宿した。そして初めての注文原稿を書いて、母の行動を応援した。『希望《エスポワール》』6月号に載せた口述筆記の文章を父が誉めてくれた。恋愛も始まり、のちに『わが二十歳のエチュード』に入れる文章を書き始めていた。

六月、真木がカレッジを卒業して帰国した。だが帰国後まもなく、愛していたアメリカ人の青年ロス・バグショーが精神分裂病（統合失調症）で入院したという手紙が、校長から届いたのだ。真木はたとえ一生看病することになっても再渡米してロスと結婚したいと望んだが、精神病医の父はふだんの寛容さから一変して、絶対に反対した。その父も、勤め先の慈恵医大と興生院の仕事が忙しくなっていた。

この時期、真木が翻訳の下訳を二つも手がけたのは、渡米の旅費を自分で稼ぐためだった。しかしロスへの手紙に、まともな返事はなかった。わたしは姉を『希望《エスポワール》』に誘い、アメリカで見た「セールスマンの死」の舞台について書いてもらったり、友人の小説の翻訳を載せたりした。この一年間は真木にとって辛い時期だった。

この夏、美世子は新聞部の活動とは別に、早くも愛とその喪失を経験している。「瞬時の愛、動物の愛、所有の愛」、「少年少女の愛、子供の愛」と自己批評しながら、未来を与えうるもの、成長し得るものを求めていた。「やはり愛するがためにウロつきたく、（略）生を愛したいということを感じるのだ」と。

この頃の手記には、いくつもの重要な思考が記されている。「私は女であってはなりません」（性、ジェンダーについて）。「私があるのと同じ程度に他人のあるのを知る」、「自分の存在以上に他のものの確実性をみとめている」（他者について）。「日本には残念ながら（略）愛情と結婚生活を意識的に整理しつづけて行くという努力が、まだ一般に行きわたらない」（愛と結婚生活について）。「社会というものが一面束縛であっても、誰もそれを全部拒否し得ないだろう」（社会について）。「夢とは小さい希望である」（夢について）。

とくに生については、予見的な断言がある。「私は私を生きるために生れて来たのでしょう。私は私の存在を完うすることを生きます」、「「生の可能性」が私によって生きられようとしています。（略）自分一流の生を持ちたいと希みます。けれどそれは私に暗いやみを見せておどします」。

美世子は生を愛したい、生の可能性を生きたいと希み、未来への夢をもちながら、自分の前に「暗いやみ」が立ちはだかっていることを感じている。前年の「誕生を待つ生命」から始まる予言的な断言は、ただごとでないものを感じさせる。

高校一年の終わり頃、美世子は「成城學園時報」１４５号（一九五三年三月一四日発行、以下「時報」と略記）の編集責任者になっている。最近「時報」の当時の号すべてをコピーして送ってくださった大村新一郎氏によると、内容の企画はみなでアイディアを出しあって決めるが、編集責任者あるいは編集長は印刷所への入稿から校正まで最終責任を負うので、門限の厳しい女子にはなかなか難しく、これを引き受けたのは高良のほかもう一人だけだったという。この号には中高一本化へという問題などの紙面のなかに、同学年の部員二人によるフランス革命についての研究発表が載っている。

この時期の美世子の文章は少ないが、「神経的疲労」や「くたびれて」という言葉が目につく。

22　最後の作品——失踪した質屋の女房の話

美世子の遺稿に、物語としては最後と思われる未完の作品があった。時期もタイトルも不明だが、なぜか旧仮名遣いで書かれ、原稿用紙一四枚のうち一、七、九、一〇枚目が欠けている。主人公のジャーゲンは元詩人で、悪魔に金を貸す商売をしている「女房持ち」の質屋である。かれは悪魔がいなければ商売上がったりだと考えている。物語の後半をまとめてみよう。

ジャーゲンが家に帰ってみると、かれの妻はどこにも見えなかった。「リザ姐御は夕飯をこしらえている最中に、突然、完全に、そして解し難い方法で消え去ったのである」。ジャーゲンは自分で夕飯をこしらえ、寝床に入って熟睡した。「俺はリザを頭から信用している」と彼はいう。「どんな情況にあっても自分の始末をつけるあいつの能力を俺は特に信用している」。

時が経って、リザ姐御がモルヴァンを歩いているという噂が立った。案の定、ジャーゲンの妻がひっきりなしにぶつぶついいながらたそがれの光の中を歩いていた。（七枚目欠）。リザ姐御は身ぶるいして、「私についておいで」といったのみだった。その妹らしい公証人の妻が、姐御についてアムネランの荒野を通りぬけ、恐ろしい評判のある洞穴の処まで行った。一匹のやせた猟犬が舌をだらりと垂れて夕闇の中に彼等を迎えに出た。が公証人の妻が枝で三度《みたび》打つと、物言わぬ獣は行ってしまった。リザ姐御は黙って洞穴のなかへ入って行き、彼女の妹は引きかえして、泣きながら公証人の子供達のいる家へ帰った。

明くる日の夕方、妻の身内の者がみんな、それが男らしい行ないだと言い張るので、ジャーゲン自身がモルヴァンに出かけた。かれはアムネランの荒地を通りぬけて、洞穴まで彼の妻について行った。こんな所にはちっとも居たくなかったのだが。

一一枚目には半人馬が登場して、「曙と日の出の園」へ行こうとジャーゲンに告げる。「俺の背中に乗り給え、ジャーゲン。そこへつれて行ってやろう」。質屋がためらっていると、半人馬がいった。「何となれば他に道はないのだ。(略)この園は人間が滑稽にも実在の人生と呼ぶ所のものには決して存在しない、また存在したことがないのだ。だから当然俺のような仮想の動物だけがそこに入れるのだ」。ジャーゲンは、「実は私は妻を探しているんです。悪魔にさらわれたらしいんですがね、可哀そうな悪魔だ」という。

ジャーゲンが起こったことを半人馬に話すと、半人馬は笑った。「俺がここにいるのもその故かも知れないよ。ともかくそれについて解決の道は一つしかない。すべての悪魔の上に、そして聞くところによるとすべての神々の上に、すべての半人馬の上にはたしかに、万物を現在のように造りなした不在の「コシュシャイ」の力があるのだ」。「お前さんは彼のところに審《さば》きを乞いにゆかずばなるまいよ」。否応なしに、だ。そこにはどう行けばいいかと聞くと、「廻り道だね」という。園へ行くのと同じように「運命と常識を出しぬくんだからね」。

半人馬は、「だがそのままでは寒いだろう。お前さんと俺は正義を求めて、夢の墓場を越え、時の悪意を通って、奇妙な道を行くのだから」といってピカピカした、変わった模様のついた外套をくれた。親切のお礼をいいたいというジャーゲンに、半人馬はネッサスと名乗る。

ジャーゲンはたちまち半人馬の馬上の人となり、二人はどうにか洞穴を出てアムネランの荒地にさしかかっていた。まだ日没の光が漂う木の多い場所で、半人馬は西へ向かった。「折から質屋の肩に、胸に、やせ腕に、ネッサスの色どりどりの上衣が虹の如く輝いた」。

23　先見的すぎるテーマ――フェミニズム批評で読む

この物語は、美世子が中学一年のとき書いた「漁夫のセポニ」の続編のような趣をもっている。女房持ちの男が夕飯を食べられない理由を、作者は女房の失踪という事態に進化させている。ジャーゲンが自分で夕飯をこしらえて食べるところも、セポニより進化している。しかしジャーゲンはまだ周囲の「男らしさ」の神話に縛られている。

「悪魔にさらわれた」とジャーゲンはいうが、失踪はリザ姐御の自由意志のように思える。それにジャーゲンは悪魔を悪く考えていない。彼女は恐ろしい評判のある洞穴に入っていってしまい、いっぽう夫のジャーゲンは半人馬と一緒に実在したことのない「暁と日の出の園」に行こうとするが、結局「コシュシャイ」のところに「審《さば》きを乞いに」行くことになる。

作者は至高で不在の「コシュシャイ」を想定して、女房探しの旅を迂回させ、結末を先のばしにしている。まるでこの不在の存在が、彼女の失踪の正当性を審判する力をもつかのようだ。ジャーゲンと半人馬は、リザ姐御が家出をする正当性あるいはその根拠を求めて旅立っていったといえるだろう。しかもその案内人は、半分人間で半分動物の半人馬なのだ。

ウーマンリブもフェミニズムも、いや専業主婦全盛の時代さえまだ来ていなかった一九五〇年代前半に、結婚はもちろん婚約さえしていない十代の美世子が、こういうテーマととりくんでいたのだ。彼女が中世ドイツにでもありそうな人名や地名の響きを楽しんでいたことは明らかだ。会話も自然描写もうまい。しかしテーマがあまりにも先見的で、解決の道は遠い。女房の失踪の審判者あるいは根拠として、悪魔も神々もこえた不在の絶対者を設定するほかなかったのかもしれない。

作者はあえてリザ姐御という有能な人物を、「夕飯をつくる」ジェンダー役割のなかに置いた。そこには美世子の、母親への批評が含まれているのかもしれない。「私は具体的な生活がほしいのです。それがゆめなんです」と一九五三年七月一八日、高校二年のとき書いたように、美世子はいつも「具体的な生活」を求めていた。わが家にはそれが欠けていたのだ。

この作品はフェミニズム批評で読める、フェミニズム批評でしか読めない作品である。

24　美世子の高校二年――私は書かねばなりません

一九五三（昭和28）年六月、真木が再び海外に去った。デンマークの首都コペンハーゲンで開かれた第2回世界婦人大会に、日本婦人代表団の通訳として随行したのだ。母の尽力だった。東ベルリン、ソ連、中国、ルーマニアなどを経て九月にパリに到着、デッサンを学び、油絵を描いた。ようやく人生の目標を絵画制作に定めたのだ。しかし美世子は暖かい理解者を失うことになった。

娘たちは誰ひとり母のようになりたいとは思っていなかった。しかし伝統的なジェンダー役割に戻ることはできなかったから、自分の生き方を見つけるのに苦労したのだ。

人を上下関係でしか見ない世間や男女のあり方への批判、幸福についての考察、特集「少年と未来」における主張、社会への眼差しなど、美世子の批評精神は健在であり、ますます冴えているといってもいい。「跋」でわかったのだが、ボーヴォワール『第二の性』についてもまともに受け止めている。『第二の性』はキェルケゴールの『死に至る病』と共にわたしの本棚にあり、また『希望《エスポワール》』一〇月号にはわたしも出席した、『第二の性』をめぐる座談会が掲載されていた。

しかし美世子はこの年、予見していた「暗いやみ」のなかに入ってしまったようだ。「必然性」という言葉が現れてくる。美世子は自分の存在を必然的なものとして感じていたのだ。すでに中学三年末の「学校というもの」に、「何物かが私をここに生れさせたのにはある目的と意義とがある」と書いている。「個々に負うべきはおのれの必然性に他ならない。あるいは偶然性であるかもしれぬ」、「わたしが生れてこなければ決して存りえない詩を」、「人が愛する時、（略）彼は自己にとっての必然となる。彼は必然的に存在するようになる」。

また彼女は死を考える以上に生について考え、感じている。「感じるということは生のいちばん美しいことだと思う」。「私は「悲しむことさえできない」という、「生」という不可思議な生きものを発見し、死と同じくその脅威の前に頭をたれているのだ！　それでなくてただ死というものだけへの恐れが存在するはずがないから」。

「書くこと」についての次の言葉は、前述した予見的で断定的な文体をもっている。「私は書かねばなりません。書かないと何も創造されません。苦しみ闘ったことは史実にのこすべきです。私という人間がいかに未来において変形するとはいえ、やはり一個の叙事詩の中に生きたのですから」。

野口君とのことについては、「私たちの中の、一番近いものが出会う瞬間を私は感じ知ることが出来ます」、「私はすべての芸術から、人から、ものから、世界から、同調を、単一を、合体をしか求めない」という合体への欲望のあと、「私はあなたの立場になることをしない。なまじあなたから離れた、あなたに執着してしまわないために」という分離の意志が語られる。

そして「彼には「歴史」がなかったのだ。だから一時的なのではないでしょうか。歴史であるためにはそれ自体生れたり変ったり朽ちたりする「もの」でなければならないのです」という結論に近い言葉がある。それでも「私の、あなたにもった夢は死んではいない。この夢は、最初の夢／お化けでいるときもつ夢」と書いている。

石井さんらしい女友だちに対しても、「私は貴女に全部親しく、近いのだと思えるのです。けれどそれが私の愛というものの受け入れ方の誤りだったのです」という自覚と反省に至っている。

「愛のない日々」という言葉が出てくるが、この時期、彼女は家族を否定していない。「ささやかな、家庭的なよろこび」についての文章からそれがわかる。しかし翌年初めには「現実的なるものへのいちじるしい恐れがある」という。

一九五四（昭和29）年一月一五日には、「私の肉体は病におち」とあり、「肉の厚みは私を悲しませる」に始まる一節は、痩せる願望を暗示している。拒食症が始まっていたのだろう。五三年から翌年にかけての写真のなかの美世子は、うつの表情をしている。

25　「灰色のノート事件」

「時報」１４９号には「灰色のノート」が九月に文芸部から創刊されたことを伝える小さな記事があり、

次の150号（一九五四年二月八日）は三面で松川事件の特集を組んでいる。前年一二月末のおそらく未投函の美世子の手紙は、誰宛のものか分からないが、松川事件二審判決についての怒りを表している。この特集は生徒のあいだにかなりの論議を巻き起こしたという。

四面は「少年と未来」の特集で、高良美世子が青山薫のペンネームで「戦後派とその郷愁――〝灰色のノオト〟をめぐって」を、島根英一（大村新一郎）が「明日の喪失」を書いている。この二篇の趣旨は同じで、共同制作といっていいのではないかと大村氏はいう。前者については「名前をどうしようか」「男女どちらかわからない名前がいい」といって、「薫」になったという。

青山薫の文章は、上級の3年B組を中心とする文芸部に衝撃を与えたという。次号にB組の西正睦の反論「仮面を脱ぎ捨てよ」が掲載されている。文芸部から反論権行使の要求があり、それに応じたものらしい。現在の大村氏は、「青山・島根側が「公器」的な「時報」でいきなり同人雑誌を批判したということについては、「灰色のノート」側がカンカンになるのも、もっともなところもあったと思います」とコメントしている。

反論者は「青山薫君と共通するものはあると思う」が、「自己以下のものに没落しても結構虐待され縛ましめられ責められても渇望しているのは理想であり真理である」、「諸々の陥穽に踏み入れ彷徨し乍ら一本の藁を掴む努力を続けていると判断して欲しい」、「結局、青山君は傍観者的な観察に終始している」、「君が仮面をとり、悪戯に愚弄している社会を覗き込んだならば、松川事件以上のものに遭遇するだろう」などといっている。かれは青山を、仮面をかぶった男性と見なしている。

しかし男子の「頽廃」に対して「傍観者的」と見なされるような位置に立たざるを得ないのは、女性だからなのだ。青山の文は、今でいうジェンダーフリーの仮面をかぶった女性の文章なのである。この時点で美世子に欠けているものがあったとすれば、女性の立場に立った仮面なしの発言だったと思うが、この時代では無理だったと思う。彼女が躓いたのは、ジェンダー（社会的・文化的な性役割）を含んだ男と女の孕むずれと矛盾だった。美世子は九月頃、「彼女の性は永遠に正当化されない」、「男と女の間にはすべて対等な関係はない」と書いている。

次の152号（四月一一日）が、編集スタッフに高良の名前がある最後の号となった。しかし大村氏は彼女と争った記憶は全くなく、退部の意思を聞いた記憶もないという。「私は文芸部に関わりがなかったので、新聞紙面での論議以上のことは知らないのですが、それ以外の形で衝突があったのでしょうか。／新聞部の「激務」、「激戦」が高良さんの心の負担になったことは、あったと思います。／高良さんは学校を休みがち、というより休むことが長くなり、長期に休むようになり、それでも、長電話でいろいろ話していたりしたのですが、記憶では（定かでないが）9月ごろから、電話が通じなくなってしまった（取り次いでいただけなくなってしまった）。その後、居所を移られたという話をうかがったが、電話で話すことはできなくなってしまいました。（2015年5月16日記）」。入院などの時期に違いない。

26　美世子の高校三年――「愛されない子」という観念

高校三年の美世子は「二階の洋間に住んだ」と、母は「跋」で書いている。母がゆずったのだろう。それは美世子が幼時を母と過ごした部屋だ。結局、彼女はこの部屋で死んだ。

一九五四（昭和29）年四月、大村氏宛に「自分の中では鋭い、豊富なものだと感じるその感情が私の場合、現実に働きだすと実感がないというのは、現実の貧弱なためだろうと思うのです」と書いている。朝鮮戦争以来日本は不況から抜け出し、興生院の入院患者も増えていた。わが家は豊かになり、高台の家は奇妙な抽象性の上に浮遊しはじめていた。四年前までいた興生院では、父が栽培した小麦を石臼で轢き、手作りのパン焼き器でパンを焼いたりしていたのだが……。

五月一三日、美世子は「自分の〈からだ〉」について書いている。この頃、「学校や家庭での愛のない冷たい生活」、「激しい愛情キガ」という言葉が現れる。「何でもお母さんの胸のようにやわらかい、暖かいものならいいのだ」、「小さいころから何となく親しい「愛されない子」という観念」。

初めてここを読んだとき、わたしは本当に驚いた。「愛されない子」はわたしの役回りではなかったのか！「お母さんの胸のようなやわらかい、暖かいもの」を、美世子は独占していたのではないのか。わたしは美世子の孤立に気づいていたが、母の愛があれば何でも乗り超えられるはずだと思っていた。

しかし母の溺愛の結果、美代子は他の家族から疎外され、孤独に陥り、理由もわからずに痛んでいたのだ。甘えることで辛うじて保たれていた心のバランスが、思春期後期に崩れたのだ。そこには母の無意識と家族の無意識の厚い地層があり、美世子はその下に落ちこんでいたのだった。

彼女は「愛されない子」という自己意識を、感傷、大芝居、つまらない悲劇、センチ、自分の弱さの誇大視として考えている。センチメンタリズムと闘っていたのだ。しかしそれは「現実的にも、観念的にも解決されない自我」であり、「私の歴史」なのだ。母から離れようとして反抗しながらも、身近で頼れるのは母しかなかったのだろう、美世子はいろいろなことを母に話している。

その頃からわたしは美世子のことが気になり、何かしなければと思うようになった。その夏、妹を誘って恋人の竹内泰宏と真鶴へ行った。当時の写真では、美世子は痩せているようには見えないが、「跋」によるとすでに生理が止まっていたという。明治維新研究会に誘ったのもその夏だ。七月四日に皆でとった写真がある。わたしには何もいわなかったが、研究会の内容をまともに受け止めたメモが残っている。

九月一九日には、生きる理由を自分のなかの「自然」に見出そうとしている。しかし年末には、「怖るべきもの、それが自然だ」と書く。その後入院生活があったことになる。

九月二三日、アメリカのビキニ水爆実験による被害を受けた第五福竜丸の船員達の一人、機関長の久保山愛吉さんが死去した。母は入院中の久保山さんから話を聞いていたが、それをカードにして世界中の平和主義者に送るために英訳したのは、美世子だった。彼女の最後の社会活動となった。

Ⅲ　高良美世子の闘い

27　美世子とＰＴＳＤ

拒食症や過食症についての本や記事を読むと、美世子について思い当たることが多い。高岡健『不登校・

ひきこもりを生きる』には、次のようなことが書かれている。

人間は一〇歳ぐらいになると抽象的な考え方ができるようになり始め、自分の体験を言葉によって整理できるようになる。しかし一〇歳より前に辛い思い出がある人は、相当な苦労がその後に出てくる。物心がつかないうち、抽象的なことが考えられないうちにマイナスの育てられ方をされて被った体験は、たとえば痩せるとか食べられないとか、非行とか、暴力や自殺など、行動や身体の表現に結びついてくるのだ。

わたしの乱暴も一種の身体表現だったが、美世子の病気はまさにそのような例だったと思う。まずPTSD（心的外傷後ストレス障害）について考えてみよう。これは大地震や犯罪に遭ったときに心に傷ができて出てくる症状のことだが、いじめなどの場合にも当てはまる。高岡氏はいう。「病気の症状の主なものは、怖い夢を見る、昼間でも怖い情景が目に浮かんでくる、外に出られなくなる、冷や汗がタラタラ出てくる、ちょっとした物音でビクッとするといったものです。これをPTSDと呼んでいます」。

美世子の遺稿に多く出てくるのは、「恐怖」「恐ろしい」という言葉だ。中学一年の終わり頃姉にゆううつを訴え、三年時にはPTSDらしきものが現れる。石井さんへの手紙のなかの「いつもいつも誰も私をこの世からほうむり去りたがる夢を見る。朝起きると冷汗を一ぱいかいている」という状態は、三年末の「最も強烈で純粋で現実的なもの、「恐怖」を感じた」経験と共に、その可能性がある。美世子は家族のなかで受けた傷によるPTSDに悩まされていたのだろうか。誰よりも母に愛されていた美世子が、その結果の傷を誰よりも負っていたのだ。

28　拒食症は「我慢が第一」という生き方の結果

わたしが読んだ拒食症についての本で最もリアリティを感じたのは、高橋和巳『子は親を救うために「心の病」になる』、とくにその第二章Ⅰ節「拒食症は「我慢が第一」という生き方の結果」であった。高橋氏はのべている。

「母親の我慢が強いと、娘はその我慢を学び取り、その通りに生きようとする。／しかも、子は親以上に学んだ生き方に忠実であるから、娘はより完璧な我慢をするようになる。そして、その子が思春期になって自立しようとする時、培ってきた我慢は自立への自然な欲求を抑えて、もっと、ずっと我慢し続けようとする。自立したいという欲求が強くなればなるほど、我慢の力も強くなる。／すると、我慢が自己目的化する。

一度、我慢が自己目的化してしまうと、最初に何を我慢してきたかは、見えなくなる。拒食症の母親が見えなくなっている我慢は何かというと、感情を表現することの我慢である。人は、辛い、楽しい、苦しい、嬉しいなど、生活のその時々の感情を言葉にして気持ちのバランスをとり、あるいは誰かに共感してもらって、緊張をほぐしている。拒食症の母親はそれを我慢している。だから、いつも緊張が解けない。

では、自分の我慢が見えなくなった時に、人は何を我慢しようとするのか？

食べないということが人間にとって、一番の我慢であり、最高の自己抑制であることは容易に理解できるであろう。だから、我慢を自己目的化した女の子は拒食症になる」。

まさにその通りだ。のちに詳しくのべるが、高良とみは自然な感情を表現することをずっと抑制してきた。強すぎる使命感と理想主義、そのための禁欲が彼女を束縛し、感情の自然な流露を妨げてきたのだ。おそらく美世子は幼年時代からずっと我慢してきたに違いない。それにつづく小学生時代には、戦時中に経験しなければならなかった〝飢え〟の我慢があった。そして思春期になって母親から自立しようとしたとき、彼女はその我慢を母親より完璧に生きようとしたのだ。

美世子は実際、母親を我慢から救うために摂食障害という心の病になったのかもしれない。しかし母がようやく「美世子さんの「飢えていた魂」が可愛そうでなりません。（略）とうとう愛に飢えて死んでしまったように思えてなりません」とわたし宛に書いたのは、美世子の死後二年目のことだった。

29　歴史は隠蔽されていた

美世子は高良とみの活動の意味を認めていたし、その理想主義を受けついでさえいた。しかも母より鋭い先見性と批評精神と表現力をもっていた。ただそれらと家族一人一人とのあいだに、彼女の知覚し得ない深い亀裂があったのだ。

今考えると、高良とみは平和主義とその挫折、戦争協力とその抑制のなかから生まれた〝うつ〟状態に陥っていた。それが美世子への溺愛となって現れたのだが、美世子はそのプロセスを知覚することはできなかった。「生きているということは要するに〝関係〟なのだ。／つまり知覚し得ぬ、かけはなれた、親交のない面でかれらと会わねばならなかった」と、高校二年の六月一七日に彼女は書いている。

美世子は鋭い歴史感覚をもち、自分の存在の歴史性を直感していた。しかし母自身によって、また母の溺愛によって生じた亀裂＝傷の上に自己形成した家族一人一人によって、歴史は覆い隠され、見えなくなっていた。それを見るためには、一人一人の自己形成の過程を逆にたどって、かさぶたを剥がさなければならない。

しかしその作業はあまりにも難しく、美世子の生前になされることはなかった。美世子は恋愛や学校でのトラブルをきっかけにしてか、過去の〝知覚し得ぬ〟亀裂のなかに退行的に堕ちこんでしまったようだ。マイナスの螺旋《スパイラル》に入ってしまったのだ。

30　成熟拒否とナルシシズム

高校二年の夏頃、美世子は「私たちのあいだに、何か重要だと思われることがあっただろうか」と書いた紙の裏に、数人の子どもっぽい女の子の絵を描き、「子供になること」と書いている。美世子には大人になりたくないという成熟拒否があったと思う。母に愛されて全能感を抱いていた幼児期への退行の欲望だろうか。

また美世子は数人のスマートな女性のデッサンの上に、「誰に見せるためでもない、ナルチスムの表現である」と記している。そのうち二人は赤い洋服を着ている。最後に近い文章にも、「肉体のこの損傷！これこそ私のナルチスムの許さない悲劇だ」と書いている。

フロイトはナルシシズムを、対象からリビドー（欲動）が撤収され、自我に供給されるプロセスと捉えている。「外界から撤収されたリビドーは、自我に供給され、これによってナルシシズムと呼べるような態度が生まれるのである」（『エロス論集』）。

クリストファー・ラッシュ『ナルシシズムの時代』には、いくつかのナルシシストの特徴があげられている。これらの特徴は美世子が闘い、あるいは陥っていたものや、高良とみがつくろうとしていた家庭を考える上で、多少参考になる。

「ナルシシストは、（略）家庭の中では特別の地位を占めている場合が多い」。「自分自身の肉体に過大なまでの」関心をよせることもナルシシスト女性の特徴である。

「昇華——たとえば、患者はその仕事にかなりの才能をもっていたわけなのだから、そこに喜びを見出すといった——ができないことである」。

「ナルシシストである母親の世話は息づまるほどのものでありながら、そのくせ、感情的には子どもとの間に距離をおいているのである」。「調和のとれた家庭生活の理想の姿を演出してみようとしても、そんな生活の理想像さえ、自然に心のうちから生まれでたものではなく、外部にその源泉をもっている。したがって、皆で一致協力してそんな家庭をもとうとしても、しょせんその家族は、よくまとまった家族というジェスチャーゲーム、（略）「擬似的な相互関係」にまきこまれていくだけのことなのだ」。

小此木氏はまた前掲書で、「苦痛なこと、悲しいこと、恐ろしいことをパロディ化して、笑いものにすることで自己愛をみたしてしまうのも、（略）自己愛人間の自己防衛術の一つなのです」とのべている。真木への出さなかった手紙（一九五四年一二月）で、美世子がファンティ博士をパロディ化しているのは、そのような自己防衛だと思える。博士が実存主義を正当に認めたのはよかったと思うが、美世子は博士にも心の内奥を知られたくなかったのではないだろうか。

フロイトはまた、「精神分析によって神経症者に働きかけようとしても、ナルシシズムのためにその効果が限られるのである。この意味でのナルシシズムは（略）自己保存欲動のエゴイズムをリビドー的に補強するものであり、すべての生物に部分的に存在するものと考えられる」とのべている（『エロス論集』）。

美世子のナルシシズムも、本来は一次的な自己保存欲動からきていたのだろうが、しだいに自己破壊に向かったように思える。ラッシュによると、ナルシシズムは歴史感覚の欠如と関係があるというが、美世子の場合、前述したように歴史そのものが隠蔽されていたのだ。

31　懲罰的な超自我の出現

ラッシュは、現代の親の権威の崩壊は「超自我の価値（自制の価値）が重要視される社会から、イド（放縦の価値）への認識がどんどんたかまっていく社会」への移行を反映しているという。しかし彼によると、家庭生活の状態が変化したために引き起こされたのは「超自我の失墜」ではなく、超自我の内容の変化である。

「親たちは、よく修養を積み自制心を身につけたお手本になることもできず、子どもをおさえつけることもできないわけだが、だからといって、子どもが超自我なしに育つということにはならない。その反対に、そんな親のおかげで、親に対する原初的なイメージにもとづき、壮大な自己のイメージとまじりあった、あらあらしく懲罰的な超自我が発達するのである。（略）だから、自尊心の動揺が病的ナルシシズムをともなっている場合がとても多いわけだ。／超自我は自我の失敗を激しく怒って罰する」。「親の権威も、一般的な外部の拘束力も失墜した。このため、いろいろな点で超自我の力は弱められてしまったが、一方、逆説的に、超自我の中の攻撃的で独裁的な要素は強められているのだ。そのため、現代ほど本能的欲望のはけ口のない時代もないほどになってしまっている。許容的な社会における「超自我の失墜」。これはもっとわかりやすく言い換えると、原始的要素が支配的な、新しい形の超自我がつくりだされた、といったらよいだろうか」。

美世子が一九五二年一一月、高校一年のとき書いたのは、超自我の出現のように思える。「自己嫌悪、自尊心、ひくつ、ごうまん、こういった者たちは、すべて私を守る〝もとで〟です。自分の力以外に何かに依るとすれば、私はこんなものをあげなくてはなりません。そこから生れ出る悩ましい悪臭のするものをも、私は嫌わないつもりです。私は自分を無力だと思えなくなりました。自分に対して、命令する自分が生れてきたからです。これ以上に意志の強いものはまだ見たことがありません」。

自尊心やごうまんが超自我になることは、理解できる。しかし自己嫌悪やひくつまでが超自我になるとは、かなり屈折している。それが彼女に、自分の肉体を支配することを命じるようになったのだろうか。

32 親たちの美世子への認識——拒食症とは認識していない

父と母は美世子の症状をどのように認識していたのだろう。真木の遺品から見つかった、パリにいた真木への手紙から考えてみよう。

父の真木への手紙は、絵画修行へのはげましや支援の約束など、愛情に満ちている。わたしについては、「友人達との研究会や何かで忙しく、唯物べん証法哲学で思想的には骨組が出来て、詩などもつくっている」と認知している。しかし美世子については、「意志薄弱的な無気力」、「自分をコントロールすることがむずかしく、自主性が乏しい」、「虚無的」、「神経症的」など、決めつけるような言辞が目立つ。「母上に対しては非常に乱暴になる。そのくせ依頼心は強いのだが。今家で困っていることは美世子のこと一つだといってよい」と父は書いている。「美世子は留美子に反発する所がある様だ。兎に角美世子は弱い。実存主義の変な所に引かれたりしている」とも。父は母親の美世子への溺愛を認識していたのだろうが、その背後にむごたらしい孤独があったことには、気がついていない。

母に至っては、自分の子育てが娘たちを孤独にしたことに全く気づいていない。戦争という現実に対応するだけで精一杯だったのだろう。そして今は活動のための外国行きを望んでいる。父と母の手紙の文言から分かるのは、二人とも途方に暮れていることだ。美世子を心配しているが、重荷にも感じている。そして二人とも真木を頼りにし、帰ってくるのを待ち望んでいた。

しかしそれは無理な話だった。姉は期待をかけてくる親のもとを離れて、ようやく自分の道を見つけようとしていたのだ。それを中断することはできなかっただろう。わたしが妹とじかに向き合うことが難しかったのは、そのあいだにいつも母親という存在がはさまっていたからだ。そのため研究会に誘い、本や人を紹介するという方法でしか、妹と関わることができなかった。

母は一九五五（昭和30）年一月一四日の時点で、ようやく〝嘔吐の習慣と過食〟という言葉を発している。

しかし父も母も美世子の症状が精神的な不安を伴うことを知りながら、〝拒食〟を認識していない。また嘔吐が意図的なものだということを、充分に認識していないようだ。

当時の日本では、まだこの病気は顕在化せず、医学界には拒食・過食症の認識はほとんどなかった。だから無理もないが、親たちは「食べても肥らない」病気として認識していたらしい。慶応病院でも内分泌障害によって痩せる病気と診断されていた。本人も痩せたい願望や食事制限していることを、隠していたのだろう。

母が美世子を救おうとして懸命に努力し奔走したことは確かだが、その苦闘は半ば以上空回りしていたと考えるほかはない。

33　摂食障害が回復する四段階

高橋氏は摂食障害が回復する過程を四段階に分けている。

第一段階は「たんなる思春期のダイエットと思っている時期」。ダイエットという言葉すらなかった当時、親は何も気づかなかったと思う。

第二段階は「親が病気と認識する段階」で、痩せが極端になってきて明らかに異常と分かる段階。母親は拒食症、摂食障害という病名を知り、治療を促す。しかしこの段階では、親は専門の医師にかかれば治る病気だと考えている。一方、本人は治療を拒否し、痩せれば痩せるほどさらに自信に満ち、快活になっている。同時に心のなかでは「まだ太っている。まだ（我慢が）足りない」と自分を責めている。親子がまったくすれ違っている時期である。

わが家の場合、医学の認識欠如もあり、この段階で親はどうしていいかわからず、右往左往していた。美世子は活動的だったが、決して快活ではなかった。

第三段階は「病気の原因が親子関係に由来すると理解する段階」。親子の心の問題を解決しなければ治らないと、母親が認識を新たにする。同時に、「私の育て方が悪かったのかもしれない」と後悔の気持ちを抱く。母親の理解が進むと、子どもの症状はいくぶん和らぎ、この段階で問題が終息することも多い。

この段階は、残念ながら美世子の生前には母に訪れなかった。あまりにも使命や理想のための活動に邁進していたのだ。

第四段階は「母親が自分の生き方を振り返る段階」。子どもの極端な自己抑制の原因は母親の生き方に源がある。母親と一緒に生きようとしている娘の辛さがとれるためには、母親自身の辛さが解決されなければならない。そう気づいて母娘ともに回復する。

この段階が母に訪れたのも、美世子の死後だった。しかし明らかに美世子は母を感情表現の不足から救い、その生き方を変えた。わたしもそのお陰で救われたのだ。

34 サルトル『嘔吐』をめぐって

わたしがサルトルの『嘔吐』を美世子に薦めたのは、入院の前後ではなかったろうか。彼女の〝嘔吐〟のことは知らなかったのだが……。その後（たぶん一月頃）、美世子が珍しくわたしの部屋にきて、炬燵で話しこんだことがあった。『嘔吐』の最後近くの主人公ロカンタンの飛躍が、自分にはどうしてもできないというのだ。確かに『嘔吐』には飛躍がある。「私は自由である。（略）もはやいかなる生きる理由も私には残っていない」云々という独白から、古いレコードを聞いたあと、「私に試みることはできないであろうか……。（略）たとえば一篇の物語、起り得ない様な一篇の冒険」と、文学創造に向かうところだ。

その断絶をどうしても飛び越えることができない、と美世子はいった。わたしは説得しようと試みた。しかし彼女は頑固だった。わたしは子どもにまで死を強要する時代を生きてきたため生きることに決めていたのか、あるいはすでに書き始めていたのだろう。ついに美世子を説得することはできなかった。

美世子と話してはっきりしたのは、わたしが『嘔吐』を薦めたのは、まさにその断絶をのり超えて欲しいからだということだった。研究会に誘ったのもそのためだった。わたし自身、視線恐怖などの神経症的症状を、『希望《エスポワール》』への参加によって克服した経験もあった。しかし美世子はわたしの願いをとうに見通していたかのように、亀裂の前に立ち止まっている自分を開示してみせたのだった。

もし美世子の書いた物語のことを知っていたら、文学の話ができたかもしれない。せめて「生きる理由はゆっくり探したらいい、あなたは今のままで充分に素敵なのだから」といってあげればよかった。いまのまま、ありのままを肯定する包容力が、その頃のわたしには欠けていた。〝ありのまま〟は父の森田療法のモットーでもあったが、父も美世子を治すことができなかった。

35　美世子は〝引きこもり〟になろうとしていた——受動から能動へ

遺稿の最後に置いた「私は自由になろう」という六枚の便箋に、頁数7を記した便箋がもう一枚あり、そこには次のように書かれていた。

具体的参与＝「無参与」の設計
・晩食への非参加
・会話への積極的非参加（これは自己へ誠実である第一の条件）
生きながらにして鴉をまねぎ汚れたる脊髄をついばしむ　方法
・健康への積極的反意
一週間絶食実行＝健康への積極的不参加
・友人達への拒絶（美世子さんは寝ていますから……と電話で）

美世子は家族の団欒を否定して、今でいう〝引きこもり〟になろうとしていたようだ。拒食・過食は、退行のいわば受動的なプロセスである。しかし最後の段階で、美世子が自発的な引きこもりになろうとしていたとすれば、それは受動から能動への転換であり、回復への契機もそこにあったのではないだろうか。じっくりと引きこもり、周りもそれを暖かく見守り、彼女の生を受け入れ、その自己肯定感を育てていくことができていれば!! そのためにも、美世子が母の最後の平和運動のなかで身ごもり、母の胎内でタゴールやガンジーの前に座ったことを知り得ていたら。

彼女がそれを知っていたら、引きこもるなかでその事実と意味を自分のなかにとりこみ、より具体的に自分を必然的な、歴史的存在として感じることができたのではないだろうか。その想像力は広がり、創作活動にも新たな展望が開けたのではないだろうか。そうすれば、美世子は自分に誇りをもつことができ、そのリビドーを自己破壊ではなく、〝昇華〟のほうへ向けることができたのではないかと思う。

しかし女性が自らの性や妊娠を語ることが憚られていたこの時代、高良とみは語らなかったし、その時代経験を美世子の悩みと結びつけて考えることはなかった。戦時中からすでに美世子を置き去りにして活動に邁進したのだ。家族は美世子を矯正することに気をとられ、その生を暖かく見守ることができなかった。

しかも美世子は引きこもりの意志を実行に移していない。二月一七日頃学校へ行き、石井さんと会い、三月に入ってからは書いたものを整理し、死の数日前には父の病院へ行って看護婦さんたちと機嫌よく話している。まるでお別れの儀式のようだ。

36 最後は痩せたい欲望へ

遺稿の最後に置いた文章には、日付がない。確かな日付のあるメモは、多くの英単語のメモに混じって一九五四年一一月末に始まり、五五年三月一九日に終わっている。それを書き写すのはとても辛いのだが……。

一一月～一二月初めには、「新宿へ行く」「ホテル」などと英語で書いている。ファンティ博士と会うホテルのことだろう。「12月19日（日）、朝の〈気分の悪い〉こと、夜の欲望、充実感。12月20日（月）、再び〈失敗の理性的認識〉。再び　充実の欲望。ロレンスを読み始める」。拒食症の人は活動的だといわれるが、美世子も実に活動的だ。歌舞伎や文楽、能、映画、オペラを観、音楽を聞き、本を読んでいる。村上信彦『女について・反女性論的考察』も、メモに記されている。志賀高原から帰った頃には、「12月23日、罰として、一週間の絶食を命ず。only coffee」とある（前節の「一週間絶食実行＝健康への積極的不参加」は、この頃書いたのかもしれない）。

ファンティ博士がインドへ去ったあと、美世子は痩せる欲望へ、思考が肉体を支配する方向へと突き進んでいったようにみえる。

一月は「正常な appetite にのみ従うこと」。「1月2日、夜　35kg. 1月3日、Don't be absorbed in eating!　午後　翻訳、読書。ラジオ、バッハ (nothing but coffee)」。「1月10日、大失敗。Ⅰ 主食に手を出さぬ。御飯・パン・もち。Ⅱ 菓子に無関心でいる。和菓子・洋菓子。Ⅲ 菓子屋に立ち寄らぬ。ピーナツ・イモ」。

一三日からは食べたものを書いているが、ミソ汁、バナナ、ミカン、スープ、タマゴ白身、コーヒーなどのほかに、嫌いだったはずの「サラダ一皿」も入っている。「1月15日（土）、夜6:00　スキヤキ（シラタキ、ヤサイ、トウフ、肉3キレ）、ミカン、コーヒー。34.4kg.」「1月16日、33.3kg.」

一七日以後は時間刻みに食べたものを書いている。体重は「1月18日、32kg.」「1月19日（水）、33.5

kg」二三日（日）は干イカ、ケーキ、センベイなどを食べたため36kgに増え、翌日は×印がついている。二六日（水）は33.6kg。

母は「跋」で、二月頃「内分泌の治療方針を変更して、別な薬を使い始めてから、美世子も大分落ちつき、食欲もムラでなくなったらしく、そのころの日記は体重のことと、こまごましい食物のカロリーのことばかり書きつづけている」と書いている。しかし体重の記録は肥るためではなく、痩せるためだったのだ。メモが残っている。「I should not get well too early.」

二月は記録がなく、最後に近い三月一五日（火）には29.5kgとある。食べたものは「肉 2.5（50匁）、ミカン6、牛乳1、ミルク2」。一六日（水）、「リンゴ1、牛乳2」。一七日（木）、「オムレツ1、ゴハン2、ミソ汁1、タマゴ3、ミルク2、リンゴ汁1、coffee 1」。欄外に「うまいものあったらとっておくこと」。一九日（土）、「リンゴ　うまいの4、ミカン10、ハッサク3、バナナ、夏ミカン3、シチュウ（カレー、スキヤキ）、肉」。二三日、美世子は母親の帰りを迎えることになる。

拒食を知られるのを恐れてか、美世子は食事の時間をずらしていたようだ。わたしも身近に美世子を助けるにはほど遠いところにいた。一九五四年一二月、ようやく自分について、「自然さのなかった幼年期の意味」という言葉を記している。美世子の死後、母はわたしのノートに「愛されていないというコンプレックスを抱いた」という言葉を見つけているが、それを書いたのがこの頃のことだ。

Ⅳ　美世子の死、家族のその後

37　美世子の死

美世子が二階の鉄のベッドで眠っているのが発見されるとすぐ、せつ叔母が駆けつけてきて胃の洗浄をした。父も（わたしの記憶では）電話で呼び出され、医師会の重要会議を中座して戻ってきた。わたしはおろおろすることしかできなかったが、発見が比較的早かったから美世子は助かるだろうと思っていた。

母は書いていないが、美世子はその前に自殺未遂をして助かったことがあったのだ（あるいはそれが二度目だったかもしれない）。一九五五年二月初旬の「『助かった』ので、気分がよくなったのだ」以下の文章が、多分そのときのものだ。このときもせつ叔母が駆けつけてきて胃を洗浄し、父は大学の教授会を中座して戻ってきた。父が美世子を誘って散歩に行くようになったのは、そのあとのことだろう。しかしわたしの記憶では、皆が美世子を遠巻きにして、なすすべを知らなかった。

美世子は生きるためには自分には何かが必要だと、サインを出していたのだ。しかし誰もそのサインに応えることができなかった。美世子はあんなに母に愛されたのだ、充分に愛されたのだという思いこみがわたしにもあったし、おそらく父にもあった。母は美世子を心配していたが、その愛情は皮膚の内側にまで浸透することはできなかった。

今度も助かるだろうと信じながら、前回と同じようになるのではないかとわたしは恐れていた。誰も美世子の心に踏みこめず、彼女はふたたび、三たび自殺を図るのではないかと……。父の顔には疲れがみえた。その父がベッドの脇で、「今度は助からないかもしれない」と告げたとき、わたしは震撼した。吐いたものが肺に入り、肺炎を起こしているというのだ。肺炎の恐ろしさを充分には知らなかったが、父の口調には希望を失わせるものがあった。

部屋を暖め、湯たんぽを入れた。せつ叔母が人工呼吸をした。しかしそれ切り美世子は目覚めることなく、呼吸は次第に弱くなっていった。最後に、せつ叔母が胸の中心にカンフル注射を打った。

しばらくして、わたしは蹌踉として家を出た。和田医院の隣の八百屋に花はなく、目白通りの桔梗屋という本屋の隣の花屋で何かの花を三本買った。チューリップだったかもしれない。手持ちの小遣いではそれしか買えなかった。

翌日、美世子の身体を一階まで運んだのはわたしだった。棺では階段の踊り場を通れないからだ。硬くなっていた。そして軽かった。湯たんぽが近すぎたための火傷があった。決して治ることのない火傷だ。母は美世子が美しかったと書いているが、わたしには子どもに還ったように見えた。告別式のあいだ涙が止まらなかった。カンフルの匂いが生垣の沈丁花の匂いと入り混じって、しばらくのあいだ辺りに漂っていた。

38 母の「ホーム」という観念

美世子の死後八〇日ほど経った一九五五年六月一四日、とみは「愛情の表現の不足をくり返してはいけないと思う」という反省を真木への手紙に記している。次の六月一七日の手紙には、「何が私共の生活と思想の中に足らなかったから、ミーちゃんのような悲しい淋しい短命が起ったのかと考えると、深く深く反省され、また悲しまれてなりません」と書いている。

母は愛情の表現が下手だった。下手どころか、わたしには愛情を表現された記憶がほとんどない。若い頃ウィーンで第一次大戦後の飢えた子どもたちに遭い、飢えの実験的研究によってコロンビア大学で博士号を得た母は、飢えには敏感だった。しかし自分の子どもたちが何を求めているかという心の問題については、ほとんど無関心にみえた。いわゆるスキンシップもなかった。

母は西洋風の〈ホーム〉という家庭観を抱いていた。それは母の母・和田邦子や、母自身がアメリカ留学を通して抱いた近代家族の観念だった。また母は家族が同じ信仰で結ばれることを望んでいた。食事の前にはいつも手を合わせて、声を出さずに神に感謝の祈りを捧げていたが、美世子も含めてそれに同調する者はなかった。父は無神論者を自称していたし、姉とわたしも思春期以後は信仰をもたなかった。

美世子の死後にも、母は書いている。「私の一生の祈りはこの家庭が一緒に祈るホームとなること、愛情豊かに人間の足らぬ所を神の恩愛から受ける人間となることです」(五六年六月一四日)。「三十年間も祈りつづけて来た私共の家庭に真の宗教の生れる日を」(五七年二月)。

39　感情表現の欠如――アメリカ時代のノートから

母は人前では泣かなかった。「泣きむせびの夜は明けた」と書いているから、一人になったとき泣いたのだろう。彼女は留学時代のノートに書いている。「ちいさい時からまけぬ気がつよいために、人前で泣くのは大きらいで、人がいるという意識――人に対して全くオープンになれないからでしょうが――が、私の涙をのみ込ませてしまいます。それはなお苦しいのです。その感じは何とも言えない感じです。ですから私は腹のどん底ですすり泣き（sob）するのです。それが私をして一人ある事を愛させるようです。ただ、本当の友と、心の底から共にお互いの弱さを泣いて行けるようだったらと、そういう人生のもっとも美しい経験を仰いでおります」。

しかし母が喜怒哀楽をほとんど表現しなかったより深い理由が、次のところに語られている。「私の願いかつ信じてやみません事は、私どもが自己を、自己の感情を、自己のほこりと、自己の社会的賞讃とを全然強き意志によって捨て去ります時に、もしそれらの内いくらでもが（例えば感情のごとき）真に必要な時に、湧きかえる泉のごとく帰り来る事を信じます。私が今一番思っておりますのはその感情です。純智的になりたいというのはちいさい喜憂、愛憎から自由にのがれたいという事です。かなり、泣いているのか笑っているのかわからない平々凡々な人だと思われている私がこの上そうなったならば、まるで、路傍の石のようにそとに捨てられて人にふまれくだかれてもまだもっと価値のないものに見えて来るでございましょう。しかしながら、（略）必ずや、神のご用に立ち、神と共に不断の努力をなす者となり、しかして、時至る時に、実にその死せるがごとき石から世界をこがすような焔の出で、地のはてまで流れてやまぬ大河の流れを出すものとなりたいと切望しております。私の後日の使命は必ずやそこにある事を信じて、平に見え平凡に見ゆる今日の生活をほほえみつつ一歩一歩野の修行をして行く事をよろこびます」。

いっぽう、とみは「私はずいぶんお人好で」ともいっている。母は電車のなかなどでもすぐ周囲の人と仲良くなり、人気者になった。豊かな感情と包容力を思わせるその一面は、戦後の選挙運動のなかで存分に発揮された。

40　高良とみの信仰――神がわたしを通して働き給う

しかしそれでも説明し切れないものが、母にはあった。真木への手紙には、「「我もなく、世もなく、唯主のみいませり」と唱わずには居られない時もあります」（五七年三月）と書いている。留学時代の一九一九年～二〇年のノートには、「わたしが生きるのではない。神がわたしを通して働き給うのだ」という言葉が、啓示のように英文で書き記されている。「自己なき生活はよろこびである。セルフ・サクリファイス（自己犠牲）に立って、しかもこれ、神のみ知りたまうと思うた時のよろこびはまた非常なものである」「私はもはや生きない。イエス・クリストが私を通して働き給うのだ」という言葉もあり、自我が徹底的に打ちのめされたときの快感も記されている。

とみは明治生まれの日本の女性としては稀有なほど、自分を肯定して生きた。その彼女を日本女子大の成瀬仁蔵校長も、心理学の松本亦太郎教授も、海老名弾正牧師も期待してアメリカへ送り出した。当時の日本女子大は良妻賢母主義ではなく、女性の指導者を生み出すことを目指していたのだ。そのための月に百ドル（二百円）という破格の留学費を、父と母は送り続けた。その留学があまりにも稀有だったため、彼女は自分を全否定して神にすべてをゆだね、帰依する信仰を必要としたのではないだろうか。しかしその裏には、自分は「偉大なご啓示」を悟り得る者である、そうありたいという強烈な自己肯定の欲望があり、神に服従することによって主体性を獲得する転倒がある。

このような信仰をもつことは、感情の自然な流露を妨げる。母は父との結婚生活を、〝性を楽しむ〟という心境からは遠いところで生きたのではないかと思う。その年齢の女性にふさわしいさまざまな欲望を禁圧して三三歳まで勉学一筋に生きた生活が、身についていたのかもしれない。父がしだいに別の女性に心を移すようになったのも、無理なかったかもしれない。

最後のわたしへの手紙に、母は書いている。「美世子さんの「飢えていた魂」が可愛そうでなりません。甘えやさんで、甘ったれたい盛りにどうしても青年期の誇り（この人はとても誇りの高い人でした）がそれを許さず全く私も真に可愛がって甘えさせてやることが出来ず、とうとう愛に飢えて死んでしまったように思えてなりません」（五七年四月）。美世子の死後二年目のことだ。

初めの頃、わたしは母を許すことができなかった。とくに最後の二ヵ月近い不在は、長すぎた。あれだけ〝溺愛〟したのなら最後まで面倒を見るべきだ、と感じていたのだ。のちに知ったことだが、母はこの旅行でピラミッド見物までしているのだ。しかもそれは「母親大会」のための旅行だった。

41　家族それぞれの悲しみと変化――祖母、姉、父

美世子の死をいちばん悲しんだのは、祖母だったろう。年老いた自分が代わりたかったといって、祖母は身悶えして悲しんだ。母はしばらくするとその姑に、キリスト教の女性伝道師を送りこんだ。そして思

いがけず祖母が洗礼を受けたという話が、家を出ていたわたしに伝わってきたのである。

最晩年のある日、少し昔のことを聞いておこうと思ったわたしに、祖母は「お寺に行ってお説教を聞くのが嫌いだった」と語った。祖母の部屋には高良家の祖先の位牌がいくつか置かれた簡素な仏壇があり、毎日そこにご飯を備えるのが祖母の日課だった。位牌といっても神道風の、小さい木の板に俗名を記しただけのものだ（最近わかったのだが、父の祖父・高良友益は隠れ真宗の熱心な宗徒だったが、表向きは神道の信徒を装っていた）。月の一四日になると、祖母は「今日はお祖父さんの日だ」といって榊を供えた。しかし祖母から仏様の話を聞いたことはない。

若い頃から仏教のもつ女身のケガレ観に嫌気がさしていた祖母が、若い美世子の死をきっかけにしてキリスト教を信じるようになったということも、考えられなくはない。しかし八九歳で亡くなったとき、その柩にかけられた真っ黒なビロードの布と白く浮き出した十字架は、いかにも祖母に似つかわしくなかった。

最近、『春の雪——高良美世子遺稿』の手製カバーの表紙裏に、わたしは祖母の短歌一首を見つけた。

〈なき孫の文をし見ればこの家にありし姿のしのばるゝかな〉

美世子の死にもっとも苦しんだのは、真木だった。自分が帰国していれば美世子は死ななかったのではないかという思いが、彼女を苦しめた。そのせいかどうか、フランス時代の絵は一枚も残っていない。(2) その後、彼女は女性運動家で児童文学者の浜田糸衛氏と一緒に暮らすようになったが、「自分を必要とする人がいる限り、わたしはそこにいる」という思いをわたしが聞いたのは、ずっとあとのことだ。

父は一夜で髪が白くなった。「美世子は才能があったのに惜しいことをした」といっていたが、思い出すのは辛かったらしい。父の死生観も変わった。「人間は死んだら何もなくなる」といっていた父が、看取ってくれた森口智恵野婦長によると、死後のことを話したという。それでも「葬式は無宗教で」と遺言した。母については、「お母さんも昔は悍馬《かんば》だったなあ」とつぶやいたことがあるが、最後には「自分の才能を生かして意義のある仕事をした」という言葉を遺した。

42 母は普通の人になった

母は「大分人生観が変りましたねー」と書いているように、その後変わった。がんじがらめになっていた使命感から解放されたのだろう。病気になったわたしを医者が治せないとみると、中国帰りの治療師を見つけてきて一緒に治療に通った。肝臓を治すため伊東の天城療養所で一ヵ月以上、二人で身体を横たえていたこともあった。

それでもわたしは第二の美世子になることはできなかったし、なるわけにはいかなかった。それは母親の胎内にとりこまれる危険を冒すことだったから。母親と距離をおかなければ生きられないことを、わたしは知っていた。わたしは母親にこれまでになく接近し、ふたたび離れたのだ。

翌一九五六（昭和29）年六月、母とわたしはアジアを回り、閉鎖直前のスエズ運河を通ってヨーロッパへの船旅に出た。母は英国の平和会議に出席するため、わたしは勉強するために。わたしはこの旅で、当時も植民地化に苦しんでいたアジアの存在に目覚めた。その夏、人気《ひとけ》の少ないパリでの孤独な時間、わたしは死んだ少女をうたったポオの詩を読みながら美世子のことを考え、「風」という詩を書いた。そして自分の仕事を始め、自分の人生を見つけていった。二年後にわたしが詩を書く人間として出発することができたのは、母が計画してくれたこの旅と滞在のおかげだった。

病気中も旅行中も、わたしは母と話らしい話をしなかった。わたしと母との関係は話すことで解決できるものではなかったし、ことに船上では、せつ叔母まで亡くして母が悲しんでいることが分かっていたからだ。母は悲しいときや憂鬱なときは沈黙する、わたしにもそれが分かってきていた。

一九六〇年代以降、母は社会活動も少なくなり、晩年は好きな絵を描いて過ごした。母が普通の人になったのは、社会的な活動への意欲の減退とほぼ平行していた。

結局母は、自分の溺愛が美世子に及ぼした影響を、加害として認識することも、戦争との関係で認識することもなかったと思う。ただ一九五七年二月の真木への手紙に、「神、許し給わず、神様の御摂理の側から、此世から取り去り又は被いかくし給う悲運もあります。ミーチャンの死などもそれに近い経験を私としてはしているわけです（まだぬけ切りませんがネ）。親というものはそうしたものなのでしょう」と書いている。自分の美世子への愛を、神が許さなかったことを感じていたのだ。その後、わたしと姉が母の子育ての下手さ加減を批判すると、母は「それでもちゃんと育ったからいいじゃない」と答えるようになった。美世子の存在は、母の心の奥深くにしまいこまれてしまったのだろう。

一緒に食事をしたとき食前の祈りをしないので、訊くと、「仏教には森羅万象があるからねえ。……あたしは仏教の人たちとも平和運動をしたのよ」と母はつぶやいた。日本山妙法寺広島道場の僧侶たちのことだろう。森羅万象に出遭うためにはアニミズムまで遡らなければならないとわたしは思うのだが、母は祖母とは反対に、しだいにキリスト教から離れていったようだ。二度の大戦を防げなかったキリスト教へのトインビーの批判を、彼女は受け入れていた。

母の感情表現も自然になった。一九七〇年、わたしがニューデリーのアジア・アフリカ作家大会に出席したときは、わたしの詩を英訳した原稿をもって羽田まで見送りにきてくれた。後年、娘の美穂子は「お祖母ちゃんは普通のお祖母ちゃんとしてあたしを可愛がってくれた」といった。

母の「ホーム」の観念、「路傍の石のよう」な沈黙、そして人間離れした信仰が、女としての彼女の勉学と仕事へのモチベーションを支えていたとすれば、わたしは自分を、母が先駆者として闘った女性解放が抱えざるを得なかった矛盾からのサバイヴァー（生き残り）として考えるほかはない。母がかちとった新しい女の生き方には、男社会で奮闘しなければならなかったための無理や我慢からくる暗く硬い影の部分があり、わたしたちはそれに耐えなければならなかったのだ。

43　母から受けた傷を癒す――贈られたタゴールの詩

その後も母を受け入れることをためらっていたわたしに、母は一九六六（昭和41）年、「おくりもの」というタゴールの詩の訳を自筆で書いて贈ってくれた。最後に「八月八日　母より　お大切に　留美子様へ」とある。

〈わたしはあなたに　何かあげたい　吾が子よ。なぜなら　わたしたちは世界の　流れの中に　ただようているのだから。わたしたちの生命は別々に　運ばれるでしょう。そしてわたしたちの愛は　忘れられてしまうでしょう？　けれどわたしは　あなたの心を　私の贈り物で買いとれようなんて希うほど　愚かではない。あなたの生命は若く　あなたの道は遠い。わたしたちの愛をあなたは一息にのみほして　くるりと向いて　駆け去ってしまう。あなたには　あなたの仕事があり　友がある。わたしたちのための時間も想いやりも　もたないとしても　何の害があろう。わたしたちは年をとると　ほんとうに過ぎ去った日々を数えたり　永遠に失ったものを　心にいとおしむ暇をたっぷりもつ。川はあらゆる障りを破って歌いながら　流れ去ってゆく。けれど山はとどまり、追憶し　そしてその愛情をこめて川の流れに従う。〉

原文の「遊び」が「仕事」と変わっている。母は七〇歳になっていた。四日後の八月一二日、わたしは娘を産んだ。母は産室にくる代わりにこの詩をくれたのだろう。ありがたく受けとったが、わたしはきてほしかった（くるべきだと思っていた）ので、あとで文句をいった。母はやはり身体的には遠い人だった。興生院の森口婦長が、忙しさをぬって付き添ってくれた。美世子と六日違いの出産だった。美穂子と名づけた。

わたしは母の介護をほとんど興生院と姉と熱海の病院任せにしてしまったが、母の著作集全8巻と写真集を編集し、出版した。わたしが母を受け入れることができたのは、その編集の過程でほぼすべての遺稿を読んでからだ。わたしは母の人生を研究し、反芻し、母から受けた〝傷〟を癒さなければならなかった。〝傷〟の背後には、母と妹とのとり返しのつかない時間が横たわっていた。その時間を逆にたどり、傷を癒すことができたとき、わたしは初めて高良美世子という一人の人間、真っ当に生き、考え、悩み、書き、最後はわたしたちを救うために心の病になった一人の女性と向き合うことができるようになったのだ。それが、この解説を書いている現在である。

二〇一五年六月一九日

注

(1)この問題については、最近「高良とみは大東亜共栄圏に反対だった」(あるいは「高良とみと大東亜共栄圏」)という文章を書いた。いずれ出版する高良とみの著作集の補巻(タイトル未定)に発表するつもりである。

(2)真木は美世子に手紙を書いたはずだが、一通も残っていない。真木の遺品としても残っていなかった。美世子の死後、真木が焼却したのかもしれない。

参考文献

「インド旅日記」高良とみの生と著作第3巻『女性解放を求めて』(ドメス出版、二〇〇二年)
『非戦《アヒンサー》を生きる――高良とみ自伝』(ドメス出版、一九八三年)
吾妻和男『タゴール――詩・思想・生涯』(麗澤大学出版会、二〇〇六年)
「ガンジーと日本を語る」高良とみの生と著作　第4巻『新体制運動へ』(ドメス出版、二〇〇二年)
高良留美子『百年の跫音』下(御茶の水書房、二〇〇四年)
小此木啓吾『自己愛人間――現代ナルシシズム論』(ちくま学芸文庫、一九九二年)
高良留美子『連作長篇　発つ時はいま』(彩流社、一九八八年)

高岡健『不登校・ひきこもりを生きる』（青灯社、二〇一一年）
高橋和巳『子は親を救うために「心の病」になる』（筑摩書房、二〇一〇年）
フロイト『エロス論集』（中山元訳、ちくま学芸文庫、一九九七年）
クリストファー・ラッシュ『ナルシシズムの時代』（石川弘義訳、ナツメ社、一九八一年）
高良とみの生と著作　第1巻『愛と模索』（ドメス出版、二〇〇二年）
水田宗子「個と全体のつながりを求めて——高良留美子の詩と思想の展開」『モダニズムと〈女性戦後詩〉の展開』（思潮社、二〇一二年）
高良留美子『わが二十歳のエチュード——愛すること、生きること、女であること』（學藝書林、二〇一四年）

解題

高良留美子

高良美世子の遺稿

この本に収めた高良美世子の遺稿のうち、作文の多くと詩、『中学作文教室』二冊は、一九九三（平成5）年一月一七日に九六歳で死去した高良とみの遺品から、十数枚の写生画と美世子宛の手紙類と共に見出された。作文と詩はそれらと重複していたが、後述する『春の雪――高良美世子遺稿』所収の原稿はすべて収録した。

一九五一年一月から五月一五日までの日記と、「汽車」「雪」「映画、歌舞伎、書物の評」「私のまわりの人々」などは、「石井さんに贈る」と表書きしたノート「銀波（4）」に記されていた。ここにはまた「私の好きな詩」として、中野重治の「豪傑」と上田敏訳のヴェルレーヌ「落葉」が書き写されていた。このノートは中学時代の親友・石井菖子さん宛の多くの手紙・葉書と共に、高良美世子の新たな本を出したいと思って十数年前に高階（石井）さんから借り受けてコピーしたものである。

結局、中学二年三学期～三年五月一五日の日記は失われたのだが、石井さんのもとにあったため甦ったことになる。日付が前後するため、中学二年時の文章は作品中心のⅠ部と、手紙中心のⅡ部に分けることにした。
遺稿のうち生前発表の「わたしの犬」「鬼」「田島家の話」「ブランク」「戦後派とその郷愁――〝灰色のノオト〟をめぐって」の五篇には、推測を含めた発表紙誌と年月を文末に記した。『中学作文教室』への掲載は、受持ちでもあった作文指導の鈴木一雄（通称スズワン）先生の推薦だと思う
以下、目次の順序ではなく書かれた内容の順序にほぼ従って、各原稿について解題をのべ、次に『春の雪』などについて説明したい。

「跋――母の記す」

罫のないB4大の紙にペン書きの大きな字で書かれた六五枚の文章で、美世子の遺稿と共に見出された。美世子の死の半年後、一九五五年九月二二日夜に書き終えたものである。タイトルは「跋」、筆者として「母の記す」とあったが、「跋――母の記す」に改めた。

今回、旧字体を新字体に、旧仮名遣いを新仮名遣いに改め、改行を増やして小見出しをつけ、ほとんど全てを発表することにした。時期についての記憶の混乱は、年譜に合わせて訂正した。

ここには武久と真木に宛てた次のような文章が付されていた。

「帰って写真帖と日記を見ればハッキリ分るのですが、年次と美世子の学年とがコンガラがって分らなくなった。14頁迄簡略にして書き直したけれど、それ以后30頁からのは、一応父上と真木子さんとで読んで見て下さい。全体を理解させる母の役目としては、どうしても、こういう経過を書かざるを得なかった

ことを諒解して下さい。けれど勿論、これは、このまま世に出せるものではない。（30頁以后を更に簡略化して、最終の三ページ位を加えて、跋としては全部で20枚位のに直しますから、帰る迄待って頂いて下さいませ。）　九月二十二日夜　とみ子」

「30頁以后」とは、美世子の高校三年以降のことだ。とみは四月から先約のあったニューデリーの「アジア諸国会議」に永瀬清子氏らと共に出席し、その後病気のため留美子と共に伊東や真鶴で療養していた。『春の雪』のために書いたのだろうが、一部が「高良美世子略歴」に生かされただけで、発表されなかった。

文章はところどころ、はっきりした線で消されている。「美世子は母が印度へ初旅をしてタゴール詩聖と、ガンジー翁のもとに各々週余を過した昭和十年の暮れに母の胎内に生命を現したのであった」というところもその一つだ。わたしはこれを読んで初めてその事実を知ったのだが、美世子は知らないままだったと思う。

なお美世子を治療した和田医院の和田せつは、とみより一四歳若い一九一〇（明治43）年生まれの妹で、東京女子医専を卒業して鳥取や福岡で働いていたが、母・邦子の死後、高良家に近い下落合の家で内科・小児科の和田医院を開設して地域の医療に当たり、わたしたちを診てくれた。一九四三（昭和18）年まで父・和田義睦を介護し、看取った。スクーターで気軽に往診していたが、美世子の死の翌年五月、雨のなかを結核の友人を往診した帰り、下落合駅手前の無人踏み切りで西武電車に轢かれて急逝した。四五歳だった。

「美世子、真木、留美子への便り」高良とみ、高良武久、高良登美

高良とみの美世子への便りは、ほぼ美世子の遺稿から、一部はわたしのところから見つかった。美世子死後の武久ととみの真木宛の手紙は、二〇一一年二月一日に八〇歳で死去した真木の遺品のなかにあった。

同年六月一四日にとみが真木宛の手紙を書いたとき、傷心の武久は真木のいるフランスを訪れていた（岸見勇美『高良武久　森田療法完成への道』元就出版社、二〇一三年参照）。自由な海外旅行のできない時代だったため、武久の渡欧は外国からの招請という形をとったようだ。真木と武久はスペインとイタリアを旅行して六月中に帰国している。

一九五七年四月八日のとみの留美子宛の手紙は、わたしが保管していた。これらの手紙もすべて旧字体を新字体に、旧仮名遣いを新仮名遣いに改めた。

なお真木は真木子と名乗っていたが、外国ではMakiと署名することもあり、後年真木に統一した。戸籍名も真木である。高良真木として絵画創作をしてきたので、本書の表題などでは真木とした。

「追悼詩・真木への手紙」高良留美子

三篇のうち最初に書いたのが、おそらく四月一日作の詩「花──死んだ妹に」で、『現在』11号（一九五五年五月）に発表した。わたしの最初の発表作である。その後無駄をけずって「死んだ者に」「風の中へ」と共に、『わが二十歳のエチュード──愛すること、生きること、女であること』（學藝書林、二〇一四年）に収録した。

一九五五年四月の真木宛書簡は、真木の遺稿から見つかったもので、同じく前掲書に収録した。

詩「星の飛ぶ」

一九五六年六月～七月、病後のとみとわたしはとみの英国での婦人会議出席に合わせて、マルセイユへの船旅に出た。この詩はその船上でとみが書き、永瀬清子氏主宰の詩誌『黄薔薇』32号（一九五七年一二月）に発表したものである。わたしにはそれが初見であった。「五つ児星」はとみ自身の五人きょうだい、「三つ姉妹の星たち」は三人の娘たちを表している。

『春の雪――高良美世子遺稿』（一九五八年三月）

B5判変型（タテ二〇・五×ヨコ一七cm）、ハードカバー、上製、一四八頁、表紙は薄水色の和紙と白い布製、文字は銀箔押し。奥付「昭和三十三年三月三十日　発行（非売品）　高良美世子遺稿「春の雪」編集者　高良真木　東京都新宿区下落合二ノ八一〇」（奥付は添付式。一部の本の奥付では美世子が美代子と誤植されている）。グラビア頁一〇頁に母の選んだ美世子の幼時からの写真二五枚を、学年を区切る扉にその頃描いた水彩画やデッサンの写真をカラーで載せている。

序文「人間の努力の及ばない間に若い生命が失はれてゆきます。私どもの美世子もすこやかに育ちながら想ひがけない病気のために親しい者を残して眠りましてから丸三年経ちました。書き残した沢山のものの中から少しばかり選びまして「春の雪」を編みました。生前愛して下さった方々に美世子の御あいさつとしてお送りいたします。幸に在りし日の美世子のおもかげを偲んで頂けば在天の霊も慰められることと存じられます。父母より」（この序文は別紙に印刷したものを扉の前の頁に貼ってある。本ができてから貼ったと思われる）。

あとがき「妹が逝って一年を迎えた頃、私たち姉妹は遺された日記、詩、作文、断片、友達の皆さんが持って来て下さった手紙、を整理し始めた。終ってみると、その全部は原稿用紙九〇〇枚を越えた。小学校時代のものは皆無、中学三年九月までの日記は焼いてしまったらしく、断片と、友達宛の手紙、作文が残っているだけである。高等学校一、二年の日記が最も多く、三年の前半は受験、後半は病気のため少なくなっている。／殆どが自分のために書いたものなので、意味不明瞭な所、前後重複の所も多い日記の中から、妹がその短い生涯に最も強く求め、深く感じたものを表現した文章を撰び、これに手紙（未投函を含めて）の一部、比較的形をととのえた詩、作文の殆どを加えて、年代順にまとめた。又、旅行や折にふれて描いた沢山の水彩画のいくつかと、幼時からの写真を添えた。なお、高等学校の同級生であった大村新一郎さんの文章を特につけ加えさせて頂いた。／「春の雪」はこのように、死者の意志に関りなく、私たちの追悼の心の、わずかな表現であった。そして今、三周忌にあたって、生前、妹に友情を恵まれた皆様の御手許にこれをおとどけすることも、私たちの追悼と、感謝のわずかな志である。／一九五八年三月

高良真木　高良留美子」

わたしはここに署名しているが、編集にはほとんど関わっていない。「解説」で書いたように、六月に

船旅に出たからである。一九五七年二月の帰国後はすぐ家を出て、翌年二月に第一詩集『生徒と鳥』（書肆ユリイカ）を出した。

そのため『春の雪』の編集は姉に任せたが、原稿の筆写には関わった。病気がほぼ治った一九五六年早春から夏の初めにかけて、姉と一緒に多くの原稿を書き写したのだ。コピー機のない時代だった。家の応接間には一、二度光文社の人がきて、母を含めて打ち合わせをした。しかし真木宛の高良とみ書簡（五七年二月）にあるように、結局自費出版の私家版で小部数を出し、友人、知人、親戚に送った。

母は、美世子が自死したことを公表する気持ちにはなれなかったに違いない。それに光文社から大部数を出した場合、若い人たちに後追い自殺が出る恐れもあった。『春の雪』では、美世子は病死ということになっている。実際、病気ではあったのだが……。

『春の雪』の長所と限界——美世子の遺志

『春の雪』は作品中心に編まれていて、美世子の文学的才能がよく表れていた。それらはわたしたちにも初見で、父は「美世子は才能があったのに惜しいことをした」と嘆いていた。のちに「昭和三十年夭折《ようせつ》したから特にそう思うのであるが、早熟で才能に恵まれていた。私にとっては傷心のことであった」と書いている。

しかしこの本には、石井さんとの友情、学校や社会への批判、死の予感、次第に深まっていく孤独、そして何よりも家族のなかでの自分についての痛々しい認識の記述が欠けている。中学時代の資料が足りなかったためもあるが、それらを受けとめ切れなかったのは、若かったわたしたちの限界だった。

美世子は「私は書かねばなりません。書かないと何も創造されません。苦しみ闘ったことは史実にのこすべきです」という重要な言葉を遺している。原稿は「自分のために書いた」だけではなかったのだ。

「跋」には、美世子が「高校時代のノートをすっかりきれいに整理し、写真帳もはり、バラバラの原稿類や古い日記も一面庭でもやして整理したらしい」と書かれている。五五年一月中のことだろう。「史実にのこす」べきものを残したと考えていい。

「高良美世子さんの印象など」大村新一郎

おぼろげな記憶を頼って日中友好協会に電話したのがきっかけで、現在同会の副会長をしておられる大村新一郎氏と連絡がつき、『春の雪』への追悼文を本書に再録することを快諾していただいた。またタイトルの「高良さん」を「高良美世子さん」に改めさせていただいた。本書には高良姓の人間がほかに五人も登場するからである。

「高良美世子、永遠の友」高階（石井）菖子

高良美世子の新たな本を出したいという気持ちを高階（石井）さんに伝え、美世子の石井さん宛の手紙と葉書、ノート「銀波（4）」をコピーをとって返却してから、すでに十数年が経つ。現在、蜷川幸雄演出の演劇で活躍しておられる彼女にお願いして、この文章を書き下ろしていただいた。

野口勇さんのこと

野口勇さんの書いたものは一九五八年二月、わたしが最初の詩集『生徒と鳥』を出したとき受けとった葉書以外、何も残っていない。そこには次のように書かれていた。「あくせくと日を追って、三年の時間が流れ、生きて来たといえる何もない自分が改めて、さびしいものに想われます。旧友たちのさそいで、パロの会という文学同好会を作っていますが、創作へ向う態度すら忘れがちです。(略)皆様にもよろしく。元気でいると、申し上げてください」。その翌月に出して送った『春の雪』には、返事がなかった。一〇年以上前に亡くなったと伺ったので、本名を出させていただくことにした。

一部の本文の説明

この本に収録する高良美世子の遺稿本文について、わたしの知る限りのことを説明しておきたい。

〈中学時代〉

①「秋　―三題―」中の「秋のない年」に出てくる「庭」は、父高良武久が経営する高良興生院の庭のことだ。「死んだ猫」は可愛がっていたミケという仔猫だが、戦争中に死んでしまった。美世子は中学二年の初めまで興生院で過ごし、それから死去するまで高台の生家に住んだことになる。興生院の寮は四間ほどの和風の家だったが、高台の家は、外観は一応しゃれた洋館だった。しかし帰ってきたとき内部はか

なり荒れていた。「新潟」は美世子が学童疎開した土地である。

興生院にはけやきの木が何本もあり、その落葉でときどきたき火をした。「おち葉」はおそらくそのなかから生まれた小品である。

「雨」に出てくる「大六天」は、聖母病院近くの、五本の道が交わる辻に今もあるお稲荷さんの祠《ほこら》で、けやきと樫の大木のほかに短い銀杏並木があった。大六天からは聖母病院の当時の二つの円塔がよく見えたが、「風呂屋」はそこと聖母坂とのあいだにあった。「子安地蔵」は大六天から数分歩いた目白通りの落合長崎郵便局（当時）の斜め前、文房具店の角にあるお地蔵さんで、今も同じ場所にある。「縁日」は西落合の方で日を決めて開かれたもので、よく父に連れられて行ったものだ。五二年三月一六日の美世子の文章にも登場する。なお「大六天」は「跋」にも書かれている。

②「わたしの犬」の犬は、高台の家に戻ってから飼った茶色い雑種の牝犬で、ジュンといった。犬が放し飼いにされていた時代で、夜は物置に閉じこめておいても牡犬が侵入しようとして大騒ぎだった。後半で、作者は現実から離れて物語化している。

③「田島家の話」の「奥さん」は、高良とみと仲のよかった母方の従妹で、紀子さんといった。高良とみと共に、群馬県島村の蚕種製造業者・田島弥平の曾孫に当たる。ちなみに田島弥平旧宅は、二〇一四年に世界遺産関連施設として登録された。

夫の一男さんは運動具店のミズノに勤めていたが、後に独立した。戦後の住宅難の時代に田島家は高良興生院の寮の一軒に住んでいたので、年の近い美世子は子どもたちと親しくしていた。スポーツマンの一男氏は一九五六年の冬季オリンピックのスキーで銀メダルをとる猪谷千春氏と親しく、美世子も何度か志賀高原の猪谷山荘に泊めていただいたらしい。高良とみの美世子宛絵葉書には、猪谷山荘宛のものがある。

美世子は自由学園に一年間通っていたし、二年目には女子部の寮に学童疎開して毎週末に帰宅していたから、電車のことはよく知っていたはずだ。「前の同級生に会うといやだから……」というところに、彼女の気持ちが表れている。

④「一九五一年四月一日」「和兄ちゃん」とは父の従弟の高良和武氏のこと。当時九大にいた物理学者で、のち東大教授、朝日物理学賞受賞。門司の石井さん一家と知り合っていたらしい。

⑤「私の大好きな菖子さま」五月十五日は石井さんのお誕生日。「私が貴方を知ってから三回目のこの日」とある。美世子が石井さんと知りあったのは一九四九年四月だから、一九五一年五月は「三回目」ではあるが、その間は二年と少しである。

⑥「学校というもの」「二年の終り頃から私は学校がひどく嫌いになった」という、その時期は一九五一年一～三月頃であり、⑧に書かれている「私の少年期」の最中に当たる。

⑦「一九五二年三月十六日」家の二階の光景から始まる。「インド更紗のカーテン」は、母がインドで買ってきた刺繍入りの更紗をカーテンに仕立てたもの。この文章は高台の生家で過ごした幼年期の、いわば〈失楽園〉の記憶である。父がサボテンをつくっていた二坪ほどの「温室」は、戻ってきたときガラスが割れて使えなくなっていた。ヒマラヤ杉は四角い池の向こうに父が植えたのだが、繁りすぎて池に陽が当たらなくなり金魚が死ぬので、伐ってしまった。ぐみの木は隣家の武見さんの庭との境目にあり、毎

年おいしい実をつけたが、これもなくなっていた。バラと、家にからまる蔦は健在だった。「バルコニー」は西南の角にもあったが、ここでは美世子が幼時寝ていた部屋の外の、二坪の物干場のことだと思う。

この家は父が一九三二（昭和7）年に建てたもので、天井の高い夏向きの家のため、冬はかなり寒かった。戦前の暖房器具は火鉢しかなく、食堂のテーブルの角には大きな草色の火鉢が父と祖母の席のあいだに置かれていた。戦後二階の美世子の部屋にも、足を暖める蓋つきの火鉢ぐらいしかなかったと思う。石油ストーブなどのない時代だった。庭は広くなく、父はよく「庭が狭い」といって嘆いていたが、縁日などで植木を買ってきては植えていた。戦後、真鶴に小家屋つきのミカン畑を買って満足したようだ。

尾長のジー公が去ったのは、繁殖期に入っていたためだろう。その頃、父は野鳥に凝っていた。「父の病院」とは高良興生院のことだ。

「和田のおばあ様」は母方の祖母・和田邦子のことで、歩いて五、六分のところに、以前借りていた近衛町の洋館を移築して住み、地主から借りた広い畑でチシャ、アスパラガス、カリフラワー、シャンピニオン、えのき茸など珍しい西洋野菜をつくっていた。イチゴの温室があり、行くとよくご馳走してくれた。前出の田島弥平の孫に当たる。美世子が満三歳になる直前に死去した。
⑧「一九五二年一月二十日」「伊豆旅行」が五一年一〇月中旬のクラス旅行のことだとすれば、約二年半遡ると四四年四月、中学入学の時期になる。「私の少年期」は四四年四月~五一年一〇月の二年半だったことになる。「貴方」とは野口勇さんのことだろうか。
⑨「夕方の散歩」　家の北側の小路は、当時は人が歩く幅だけの舗装しかなく、雨や雪が降るたびにぬ

かるんでいた。

〈高校時代〉

⑩「一九五二年四月三十日」　大村さんの「高良美世子さんの印象など」によると、このあとの六月頃、美世子は新聞部の「時報」に誘われている。

⑪「ロマンチックな山歩き」　「高良美世子さんの印象など」によると、この文章は「時報」の友人たちと軽井沢に行ったときのものである。

⑫「一九五三年六月十五日」　「七面鳥」は前の家で飼っていた。境い目には木立だけで塀がなかった。

⑬「一九五三年七月十八日」　「家の前の空地に家を建てはじめた」とは、⑫の七面鳥を飼っていた家でアパートを建てはじめたことをいう。七面鳥もいなくなった。

⑭「一九五三年十二月末」　松川事件は一九四九年八月一七日、東北本線松川駅付近で列車が転覆、機関士など三名が死亡した事件。福島県警は国鉄および東芝の人員整理に反対する共産党員らの計画的犯行と断定して、暴力行為として党員・労組員らを逮捕した。裁判所は一審、二審とも有罪と断じたが、作家の広津和郎らの無罪論展開や救援活動が世論を喚起、のち、最高裁は原判決を破棄、差し戻した。六三年最高裁は全員無罪の判決を下した。この文章では一七人が有罪（うち死刑四人）、三人が無罪となった五三年一二月二二日の仙台高裁による二審判決を指している。

⑮「一九五四年十二月二十七日」　美世子が精神分析を受けていたファンティ博士のために志賀高原に

行ったとき感じたことだと思う（「跋」参照）。
⑯「そうだったのか、君も例のヤカラの一人に過ぎないのか。」　ここに引用されているボードレールの詩は堀口大学の訳だと思うが、『ボードレール詩集』（堀口大学訳、新潮文庫、一九五一年）にも『悪の華』（同氏訳、同文庫、一九五三年）にも、村上菊一郎訳『ボードレール詩集』（蒼樹社、一九四八年）にも、また鈴木信太郎の訳詩にも見つからなかった。

葉書と手紙

投函したことが明らかな便りは、石井さん宛の手紙と葉書を別にすれば、一九五四年四月八日の寄せ書きと一二月八日の真木宛の航空便だけで、他は宛名もなく、出さなかったと思われる。
⑰「一九五五年一月二十三日」　これは中学の同級生・上田寿美子さんの同年一月九日付の絵葉書への返信として書かれたと推測できる。「私があなたの栄養剤になるのでしたら、すぐにでもとんでまいりますといっても、二十四日から期末試験ですからこれがおわらないととんで行けません。私は短大を受けようと思っていますので四月にならないとゆっくりした気分になりません」などと書かれている。
⑱「御元気ですか。試験はどうでしたか。」　この手紙文も同じ上田さん宛と思われる。
⑲「I read your letter thankfully.」以下の英文は、成城の同級生・高木博子さんの三月五日付の葉書への返信メモの形で書かれたと推測できる。未投函である。体のことを心配してくれる高木さんの四通の葉書と二通の封書が残っている。「quit without working」は、「皆と一緒に働いて苦しみたい」という⑱に

ある言葉との関連を考えて、「働くことなしに去る」と訳した。「跋」で語られる米子さんも益枝さんも、職業安定所を通してきた高校出の若いお手伝いさんで、美世子とごく近い年齢だった。

本文が書かれていた紙について

本書に収録した文章は、原稿用紙・藁半紙・リポート用紙・ルーズリーフ・便箋などさまざまな紙に書かれていた。参議院の古い公報の裏に書いたものもあった。何冊もの大学ノートに書かれた日記はあまりにも独白的かつ〝うつ〟的で、『春の雪』に入れたもののほかは入れることができなかった。それ以外のものの方が対話的で、文章に動きとリズムがある。

執筆時期は美世子自身が年月日を記したものと、高良とみの筆跡で原稿脇に「1954年春?」などと記したものがあった。日付のないものについては『春の雪』を参照しつつ、文章の内容や文字、「跋」などを参考にして位置を推定した。

高良美世子と家族の略年譜

高良真木・高良留美子編

一九三六年（昭和11）　〇歳

八月一八日　東京市淀橋区（現・新宿区）下落合二丁目八一〇番地に生まれる。父は東京慈恵会医科大学精神神経科助教授・高良武久、母は日本女子大学校家政学部教授・高良とみ。六歳年上に真木、四歳年上に留美子がいる。父方の祖母・登美が同居して子どもたちを育ててくれた。

生家は母の実弟・和田新一の設計で一九三二（昭和7）年、留美子の生まれる前に自作農民がナスをつくっていた土地一〇〇坪弱を借りて建てたもので、和洋折衷、外観は洋館で、本式の西洋館を模したため靴脱ぎの土間がなく、西日が入るのに雨戸がなく、和室にドアなど、一風変わった家だった。

一九三七年（昭和12）　一歳

四月　武久は東京慈恵会医科大学精神神経科教授に就任。真木は自由学園小学部（戦争中の一九四二年から初等部と改称）に入学。

七月　日中戦争始まる。

九月　とみは国民精神総動員東京市実行委員会経済協力科委員。

一九三九年（昭和14）　三歳

四月　留美子は自由学園小学部に入学。

美世子にこの頃から野菜類を嫌う偏食が始まった。

六月　とみは非常時国民生活様式委員。

七月　近くに住んでいたとみの母・和田邦子が七日死去。享年七一歳。

一二月　留美子は肺門リンパ腺炎のため辻堂の白十字林間学校に転校、療養。

一九四〇年（昭和15）　四歳

とみは物価形成中央委員・大蔵省貯蓄奨励婦人委員・大蔵省国民貯蓄局講師・国民精神総動員中央本部贅沢全廃委員。

四月　留美子は帰宅して近所の淀橋第四小学校二年に転校。

八月　武久は森田療法による神経症治療のため、自宅近くの妙正寺川沿いに高良興生院を開業。

一九九五年五月まで五四年九ヵ月間続ける。母屋（本館）は黒川男爵の下屋敷だったが、その死後夫人が庭に借家として建てた六軒の和風家屋があり、それらを寮（病室）として利用した。

一〇月　とみは大政翼賛会臨時中央協力会議員として臨時中央協力会議に出席（婦人局設置を提唱）。

武久は、「ぼくは賛成しなかったんだよ」とのちに語った。

一九四一年（昭和16）　五歳

四月　目白平和幼稚園に入園。仔犬や猫を愛し、人形も好きなものは一生手離さなかった。留美子は三年から自由学園小学部に戻る。

一二月　太平洋戦争が始まる。アメリカの実力を知っていたとみは日本の敗北を予感する。

一九四二年（昭和17）　六歳

二月　シンガポール陥落。武久は軍部の進軍に期待するようになる。

三月　とみは日本女子大学校家政学部教授を辞任。

一九四三年（昭和18）　七歳

三月　とみの父・元鉄道、土木技師和田義睦が老衰のため二日死去。享年八三歳。

四月　自由学園初等部に入学。四〜六月頃、姉たちは母のキリスト教平和団体「日本友和会」の同志である石神井の坂本太代子氏宅に寄宿。

七月　翌年夏まで五、六年生の留美子と一緒に学校に通う。椎名町班であった。

一〇月　とみは農林省民情委員。

一一月　とみは石賀事件により憲兵のとり調べを受ける。

一九四四年（昭和19）　八歳

四月　自由学園初等部二年に進級。真木は坂本家に寄宿。

六月　祖母の登美は鹿児島県川辺郡川辺町の長女・鯵坂志都《しず》の婚家に疎開した。近くに知覧飛行場があるため、まもなく米軍の爆撃に曝される。

七月　サイパン島陥落、米軍の本土空襲が始まる。

九月　自由学園女子部の寮に学童疎開。土曜日に帰宅して栄養を補給したが、食べ過ぎておなかをこわし寮に帰れなくなることもあった。同じ月、留美子ら初等部五、六年生は栃木県西那須野郡狩野村の馬事研究所の独身者寮に学童疎開。

一〇月頃　高良興生院は内科も兼ねていたため診療所に指定され、武久は夜間東京を離れられなくなった。一家は空襲時に備えて高台の家をたたみ興生院に転居。

一一月　自由学園女子部二年の真木は、中島飛行機武蔵野製作所に学徒動員された。

一二月　三日に米軍の空襲を受け、上級生一人が防空壕への直撃弾により死亡。真木は肺浸潤の診断を受け休学。学園では工場を引き上げ、男子部の教室と女子部の体育館をコンクリート床に改造、旋盤を置いて飛行機の部品を製造する。

一九四五年（昭和20）　九歳

一月〜三月　茨城県下妻町のクエーカー教徒の知人桜井勇三氏を頼り、米人宣教師が住んで布教にあたっていた教会所有の洋館に真木、お手伝いと疎開。真木は病気療養、美世子は下妻小学校三年に転入学。

三月　真木は学校工場に戻ったが、病弱のため製品検査にまわされる。留美子は一〇日、下町大空襲の焔のくすぶる東京に帰り、母と下妻へ行く。

四月　軍人一家に家を明け渡して一二日帰京。その深夜米軍空襲。一家は残っていた患者たちと共に川の中の洲に避難したが、駆けつけた消防車が川の水を汲みあげて消火してくれた。病室の一棟消失。翌日、怪我人が受付に列をなした。煙で眼をやられた人が多く、重傷者は聖母病院に送った。新宿のデパート街から東中野、妙正寺川の対岸まで焼土と化す。自由学園も中島飛行機が近いため危険となり、四年生は那須の馬事研究所に合流、一〜三年は縁故疎開することになった。とみは腹膜炎を患う。その後美世子の学童疎開先を探す。

武久は精神科医として戦地に行かないかと軍にすすめられたが、断わった。年齢のせいか、強制はされなかった。戦地で精神病が増えていたらしい。

四月　月末に東京高等師範附属国民学校三年に転入学し、雪の新潟県南魚沼郡石打村に学童疎開。蚤と栄養不足のため衰弱。石打の「高師附属国民学校中ノ島分教場高橋寮内　高良美世子様」という五月二四日付の姉たちの手紙が、封筒だけ残っている。

六月　真木と留美子はお手伝いの野口久さんと共に隣の塩沢町の地主・長岡屋の一室に疎開。真木は病気療養、美世子は週末毎に泊まりにきて栄養補給した。

八月　敗戦。姉たちは在の農家に移る。真木は栄養失調のため黄疸を発症、両肢にねぶと（おでき）ができる。
九月　日本政府代表は降伏文書に調印。米軍の占領が始まる。
一〇月　姉たちは月末に帰京。列車は復員兵で超満員だった。真木と留美子は自由学園女子部に再入学。
一一月〜一二月　一一月下旬に母と東京への帰途、湯檜曽温泉で脚気衝心を起こし、母が医者に担ぎこむ。一日帰京。その後とみは腹膜炎を再発。
武久は虚脱感に襲われ、〝出家遁世の志〟などとつぶやいて山にこもりたいといっていた。長野県などに農場を探していたようだ。

一九四六年（昭和21）　一〇歳

二〜一二月　とみは広島県呉市の政務助役（嘱託）として市の東京連絡事務局長に就任し、マッカーサー司令部、内務省その他官庁との交渉に当たる。家にはほとんど不在。
父は興生院の本館に、家族は病室の一つに住む。父は鹿児島に行きリューマチの母親を背負って帰京。
四月　近くの落合第一小学校四年に転入学。姉たちは自由学園を退学して日本女子大附属高等女学校の四年と二年に転入学。
興生院の患者は少なく、父は庭や病室の焼け跡と、借り受けた隣家の焼け跡で小麦、ジャガイモ、サツマイモ、南瓜などを栽培。おかげで一家は戦後の食糧不足の時期にひどく飢えずにすんだ。

一九四七年（昭和22）　一一歳

四月　この頃高師附属小学校五年に復学したと思われる。真木は東京女子大学外国語科入学。とみは参議院全国区に民主党から立候補して当選。美世子は選挙カーに乗って応援した。

一一月〜一二月　留美子は肋膜炎を患う。

高台の家は住宅難の中、若い子爵の借り主が複数の人に又貸しし、住人たちが物干場などに七輪を置いて煮炊きをするので隣家から火事の心配を訴えられた。

一九四八年（昭和23）　一二歳

四月　高師附属小学校六年に進級。留美子は日本女子大学附属高等学校に入学。

一九四九年（昭和24）　一三歳

四月　東京教育大学附属中学校一年に入学。同級の石井菖子さんと親しくなった。

鈴木一雄（通称スズワン）先生に作文を指導して頂き、詩や物語を書く。先生には後まで相談相手になって頂いた。裁縫、家事、体操は苦手であった。

八月　真木渡米。翌月米国インディアナ州リッチモンドのアーラム・カレッジに留学。

夏　同級生と共に蓼科にキャンプに行って楽しんだ。

一〇月　中華人民共和国成立。
一〇月～一二月　とみは世界平和者会議に出席、インド各地を回る。ローマ法王に会う。
一二月　アメリカ留学中の真木に「ゆううつ」を訴える。

一九五〇年（昭和25）　一四歳

四月　東京教育大学附属中学校二年に進級。茨城県境町に行く。
六月　この頃、高台の生家に戻る。朝鮮戦争が始まる。
この夏、親友の石井菖子さんが門司へ行かれ、淋しがっていた。留美子は胃下垂のため秋から休学。

一九五一年（昭和26）　一五歳

一月　父への不満、留美子への反発が現れる。
三月　友人二人と菅平に行きスキーをする。
三月　月末に熱海へ行く。鈴木一雄先生の受持ちが終わる。
「一年の終り頃から私は学校がひどく嫌いになってきた」と、九月に「学校というもの」に書いている。
四月　東京教育大学附属中学校三年に進級。茨城県境町に行く。留美子は東京藝術大学美術学部藝術学科に入学。
五月　石井さんへの手紙に「いつもいつも誰も私をこの世からほうむり去りたがる夢を見る」と書く。

六〜七月　とみはカナダ・アメリカＭＲＡ大会に出席。

美世子は井上武士先生のお宅で週一回作曲とピアノを教えて頂く。音楽を非常に愛し、よく「自分自身のもの」といって即興的にピアノを弾いていた。また好きな詞に作曲した（楽譜は残っていない）。文学、絵、音楽のいずれかに将来の途を求めていたが、才能がなければ平凡に人間らしく生きたいと書いている。「銀波（４）」と題した日記を石井さんに贈る。

七月　下旬に母と志賀高原の猪谷《いがや》山荘へ行き、水彩を一五枚ほど描く。

八月　中旬に門司を訪れ、石井さんのご家族と共に楽しく過ごす。

一〇月　中旬にクラスの伊豆旅行中、夜一人で散歩に行き、冷えて発作を起こし、先に帰京する。一二月まで学校を休む。下旬に母と奈良、京都をまわる。「奈良の仏像のような気持になりたい」といい、その後も何度か訪れた。この頃から孤独を好むようになった。生と死、自己と他人について考え始める。

一一月　とみは日米安保条約批准に際し、参議院で反対の青票を投じる（講和条約には賛成）。

一二月　留美子は広島の原爆を意識的契機として創刊された学生の文化運動誌『希望《エスポワール》』に参加、竹内泰宏と会う。

一九五二年（昭和27）　一六歳

一月　父と日光へスキーに行く。自分は「誕生を待つ生命なのです」と書く。

三月　月初めに埼玉県吾野の山寺・根の権現へ行き、五日間、人と話さずに暮らす。六日、「恐怖」を感じたと書く。つづいて幼時の回想を記す。水彩を描く。二四日、野口勇君らしい少年の顔のデッサンと言葉を書く。月末、大島へ旅行。都会では生きられないと書き、折にふれて旅行を大きな慰めとしていた。

四月　成城学園高等学校一年に入学。留美子は上野界隈に友人と下宿して週末だけ帰宅。

四〜六月　とみはパリのユネスコ会議から、国交のないソビエトに入国してモスクワ国際経済会議に出席、シベリアの捕虜収容所を視察。招かれて中国を訪問し、第一次日中民間貿易協定を結ぶ。北京のアジア太平洋地域平和会議準備会に出席。この間の四月一八日、対日平和・日米安保両条約発効。

六月　大村新一郎氏らから高校の新聞部の「成城學園時報」(以下「時報」と略称)に誘われて入部し、142号から編集スタッフになる。文化担当。真木はアーラム・カレッジを卒業して帰国。

七月　とみはインドなど各地を回って一五日帰国。高良とみ歓迎会が婦人たちの力により日比谷公会堂で盛大に開催される。平塚らいてうが歓迎の挨拶。

八月　真木と蓼科に、母と志賀高原に旅行。

九月　「私の求めていた愛、それは失われてしまった」と書く。

一〇月　下旬に富士五湖を旅行し、写生画、写真を残す。スケッチ帳に「富士五湖の研究」を書く。晩秋、高校の軽井沢旅行を契機に「時報」の新しい友達を得る。

一一月　「私は自分が無力だと思えなくなりました。自分に対して、命令する自分が生れてきたからです」と書く。

一二月　「私は私を生きるために生れて来たのでしょう」「自分一流の生を持ちたいと希みます。けれどそれは私に暗いやみを見せておどします」と書く。留美子は自宅に戻る。
高校に入ってからピアノ、作曲の練習は止めた。この頃、化学に興味を持ち、父のように医者になってもよいといっていた。自分を主観の世界から客観の世界へ位置づける必要を感じ、芸術よりも科学に自分の途を見出そうと努めていた。

一九五三年（昭和28）　一七歳
一～三月　とみは中国在留邦人三万人の帰国交渉のため北京の中国紅十字会へ。帰国協定を結ぶ。
三月　「時報」145号の編集責任者になる。
四月　成城学園高等学校二年に進級。留美子は慶応義塾大学法学部法律学科二年に転学。とみは参議院全国区に緑風会から立候補して上位当選、外務委員。日本婦人団体連合会副会長（会長は平塚らいてう）。
六月　「時報」147号に学童疎開の記憶「ブランク」を発表する。「ああ何という落ち目に私は入ってしまったことか」と書く。真木はデンマークのコペンハーゲンで開催された第二回世界婦人大会に、日本婦人代表団の通訳として随行。東ベルリン、ソ連、中国、ルーマニア、チェコスロヴァキアを回り九月パリ到着。デッサンを　学び、ヨーロッパ各地を旅行、油絵を描く。
八月　母が沓掛の星野温泉に家を借りる。そこを根拠に蓼科、小諸を二度ほど回る。
一〇月　銚子の海岸に石井さんと行き一泊。またクラス旅行で上高地に行く。通学の便を考え、中旬から成城に下宿。ついで代々木に下宿。

一一月　中旬に二年前と全く同じコースで伊豆を旅行。

秋〜冬　松川事件の問題や、広く社会と自分達の世代のモラルについて考え、「時報」の友人たちと話す。

この頃から胃腸の具合がわるくなる。

一二月「私は書かねばなりません。（略）苦しみ闘ったことは史実に残すべきです」と書く。

一九五四年（昭和29）　一八歳
一月「肉の厚みは私を悲しませる」と書く（拒食症が始まっていたようだ）。

二月「時報」１５０号の特集「少年と未来」に「戦後派とその郷愁——〝灰色のノオトをめぐって〟」を発表する。

三月　ビキニ環礁での米国の水爆実験により焼津の第五福竜丸の船員達が被爆。水爆マグロが各地の市場に出回る。とみは世界宗教者平和日本会議を東京と広島で開いていたが、出席者たちは焼津などへ行き、実験の被害は直ちに世界に発信された。

四月　成城学園高等学校三年に進級、自宅に戻り、二階の洋間に住む。留美子は竹内泰宏をチューターとして江戸川橋の竹内宅で資本論研究会、つづいて明治維新研究会を開く。

六月「学校や家庭での愛のない生活」「激しい愛情キガ」「愛されない子」と書く。

大学は経済学部を考え、試験勉強を始める。竹内や、留美子が慶応で知り合った神尾宏が家庭教師をする。冬以来、学校の欠席も多く、痩せが目立つようになる。この前後、武久は神奈川県の真鶴半島に小家屋つきのミカン畑を買う。

七月　とみは九月に死去した第五福竜丸の無線長・久保山愛吉さんの手記を英訳して平和アピールを世界の平和主義者、団体に送る。美世子はその英訳を引き受ける。「時報」153号の編集スタッフには名前が見えない。

七月～秋　留美子たちの明治維新研究会にときどき出席する。

夏　真鶴の家に三回行く。一度水泳中息苦しくなり、溺れかける。この頃から生理が止まっていた。

一〇月から休校。「私はあの倦怠を、吐気をあまりにも愛しすぎたのです」と書く。便秘、嘔吐に苦しむ（拒食と過食・嘔吐のくり返しに入っていたようだ）。

一〇月初め　慶応病院に入院して全身の検査を受けたが、内分泌障害か精神的な原因と思われるというだけで、原因ははっきりしなかった。自宅で療養する。健康な人間の生活、習慣を喪ったことを悲しんでいた。

一二月　来日中のスイス人S・ファンティ博士にほとんど隔日、精神分析を受ける。

一二月一八日に志賀高原へ田島家の子供達と行くが、三日目、寒さに疲労困憊して帰る。あんなに愛した自然も、「恐るべきもの」として恐れた。

一九五五年（昭和30）

一月　ファンティ博士の訪印に伴い、自分も三月頃からインドに行くことを希望していた。一五日、高校の始業式に出席する。月末頃、原稿や日記を整理して一部を焼却する。

二月〜三月　アテネ・フランセに一日から籍を置き、ときどき行く。二月五日、とみは仏・独・デンマークを経て三月、国際民主婦人団体連合会評議員会（ジュネーブ）に、同会副会長の一人として出席、被爆報告、世界母親大会開催のアピールを発表（丸岡秀子、羽仁説子、鶴見和子氏らと同行）。イタリア民主婦人会議に出席、北欧を回り、パリで真木と会い、エジプト、インドを経てホンコンから帰る。

「悪癖」「吐くほどものを食うあの癖」と書き、家族の〝楽しさ〟への訣別を宣言する。

三月　二二日夜、母帰る。真木がすぐには帰れないことを知る。

三月　二四日未明、永眠。一八歳七ヵ月であった。牧師と親しい友人たちを招いて告別式をし、落合の火葬場で荼毘に付す。

四月　とみは先約のあったニューデリーのアジア諸国会議に出席。日本が受けた原子爆弾やビキニ水爆実験の悲劇を訴え、世界から原子力戦争を撲滅させるべく呼びかけた。

五月　傷心の武久はヨーロッパに旅立つ。パリ滞在中の真木と会う。

六月　武久はパリ大学で「森田療法」を講演、またスイスのバーゼル大学で以前からその理論に深い関心を寄せていた哲学者ヤスパースと会う。真木とスペイン、イタリア旅行を経て帰国。

九月　武久は胃潰瘍手術を受ける。夏以降、留美子ととみは病気療養。

一一月　自由民主党結成。その後一党支配が三八年間つづく五五年体制が始まる。

一九五六年（昭和31）

冬～春　美世子の遺稿を真木と留美子が筆写、とみと共に光文社の人と打ち合わせ。

五月　とみの実妹の医師・和田せつが一四日、鉄道事故のため急逝。享年四五歳。

六～七月　病後のとみと留美子はアジアを経て海路マルセイユへ。エジプトのナセル大統領がスエズ運河の国有化宣言をしたため、船はカイロに停泊せずポートセードに急行。とみは英国の婦人会議に出席、留美子はパリに留まる。

一〇月　ハンガリー事件。スエズ戦争。

一九五八年（昭和33）

三月『春の雪――高良美世子遺稿集』を私家版で出版して友人、知人、親戚に贈る。

この後、書家の豊道春海氏に「高良」の揮毫を依頼し、真鶴の小松石で多磨墓地に墓をつくる。美世子の遺骨を埋葬し、墓のかたわらに好きだった辛夷《こぶし》の木を植える（根が張り過ぎたため今はない）。

一九六〇年（昭和35）

一一月　母に代わって育ててくれた高良登美、老衰のため一日死去。享年八九歳。

一九九三年（平成5）
一月　高良とみ、老衰のため一七日死去。享年九六歳。
一九九五年（平成7）
五月　高良武久、肺ガンのため二〇日死去。享年九七歳。
二〇一一年（平成23）
二月　高良真木、肺ガンと肺気腫のため一日死去。享年八〇歳。
二〇一四年（平成26）
七月　留美子、真鶴の真木の家で高良真木の小学校から女子部三年までの日記を見つける。
八月　留美子、高良美世子の遺稿集（本書）の編集を始める。

〈参考文献〉高良留美子『百年の跫音』上・下（御茶の水書房、二〇〇四年）。
ただし武久と真木をモデルにした人物たちは事実と違って早々に退場している。

あとがき——高良留美子

本書は高良美世子の、「私が生れてこなければ決してありえない詩」であり、「誕生を待つ生命」である。美世子の書いたものを一冊にまとめたいという気持ちを抱いてから、十数年が経つ。美世子の人生の四倍より一〇年も長く生き、六人家族のなかでただ一人生き残ったわたしは、美世子が一七歳のとき書いた次の言葉を噛みしめながら、編集作業を続けた。

「私は書かなければなりません。書かないと何も創造されません。苦しみ闘ったことは史実にのこすべきです。私という人間がいかに未来において変形するとはいえ、やはり一個の叙事詩の中に生きたのですから。／「詩」これだけでよいです。たくみであるよりも、何よりも詩的であり、事実であることがのぞましいのです」。

この本はさまざまな視点から読むことができると思う。日中事変の前年に生まれ、「五十五年体制」成立の年に一八歳で死んだひとりの少女の生の表現、その早熟な才能による創作と思考、友人、学校、恋、病気、家族との関係など……。少女たちにとって未来の見えない、生きにくい時代であった。

その見えない中心にあるのは、母と娘の愛と相克であろう。日本女子大卒業後、渡米してコロンビア大学で心理学を学び、四年半後に哲学の学位を取得した母・高良とみには、当時の女性としてあまりにも先進的な道を歩んだことによる過剰なほどの使命感・義務感と観念的な家庭観があり、「跋——母の語る」の語り方にも表れているような母意識を抱いていた。さらに、日本のアジア侵略戦争への抵抗とその挫折があった。その只中に生を受けた美世子は、時代の、また親たちや家族の矛盾のシャワーを全身に浴びなければならなかった。

母が戦争に協力しながらも日中和平を願い、植民地インドの解放を願っていたことは、母にとっても日本人にとっても望ましいことだったのだが、時代の強大な圧力の下で、それは犠牲を伴わずにはすまなかった。その内実をいくらかでも明らかにするために、わたしは長い解説を書くことになった。ただ美世子の拒食症が、戦争中の飢えの我慢とどういう関係があるのかについては、よくわからないままだ。一〇歳未満の出来事だから、何らかの影響はあったのではないだろうか。

母と子、とりわけ母と娘の問題は、ジェンダーという横の関係に関心を集中させてきた現代フェミニズムも、扱いかねている問題である。しかし少女たちを生きにくくしている社会のあり方は、形を変えて現在も続いている。

わたしは、母に反抗することによって軍国少女になることを免れたと思う。三年生後半頃までは、母親の愛情に抱かれて安心して外の世界と交わるという子ども時代をもてなかったため、内へと向かう心が結果としてわたしを軍国少女から遠ざけたのだが、四年生か五年生になると、わたしを振り向いてくれない母、わたしが象徴的な〝母ごろし〟をして反抗している母は戦争に協力している母だということを、はっきり認識するようになっていた。とくに大政翼賛会以後、彼女はそういう女性として全国に知れ渡っていたのだから、母親と戦争とはほとんど同一のものとして感じられていたのだった。

戦後もそのこだわりは消えず、母のソビエト・中国行きなど平和のための活動に共感しながらも、わたしは戦時中の母に対して相当きびしい批判をもっていた。一九七三年夏から高良興生院に住むようになった母に、子育ての一段落したわたしが聞き書きを始めたのは、自分の幼年時代を母親との関係で知りたいという気持ちと、それが母の戦争協力とどう関わっていたのかを知りたいという気持ちからだった。

途中から女性史研究者・柘植恭子さんの協力を得て、それは『非戦を生きる——高良とみ自伝』（ドメス出版、一九八三年）として結実したが、戦争期についてはは柘植さんに聞き書きをお任せしてしまった。戦中の女性史にくわしくなかったためもあるが、老齢の母に突っ込んだ質問ができなかったためでもあった。

一九九三年の母の死後、わたしはすべての遺稿を読み、二〇〇二年から翌年にかけて、『高良とみの生と著作』全8巻と『世界的にのびやかに　写真集・高良とみの行動的生涯』をドメス出版から刊行した。高良とみの国策協力が、とりわけ植民地インド解放の願いという裏の面（真意）をもっていたため複雑な経路をとったことを認識するためには、それから現在までの長い時間が必要だった。

このたび本書を編集することを通して、わたしは母の戦前の平和運動の挫折にすべての根源があり、彼女がそれを真っ向から受け止めることができずにうろたえ、妹への溺愛に逃げたという事実＝真実に到達することができたように思う。その愛も真実の愛だったのだが……。

高良とみは日中事変が始まった翌年の一月、次のような草稿を残している。「近来の自分のまごつき様は何としても、余りの醜態である。一度まごつき出した以上、自分の足の上に立って、しっかりと地歩を築いて行かねばならぬではないか。学問の方面でも、学界の中でも、婦人界や其他の教育方面に出る気がないなら、潔く研究の一途をたどることこそよいので、現在は、その点では、何の不足もなく身辺も経済的にも必要なだけは準備されて居るではないか。それ以外を心に置かず一路精進せぬならば到底神の御許しは来たらぬであろう。（昭和十三年一月）」。

彼女が「学問の方面」へは進まず、日中和平とインド解放の願いを抱きつつ大政翼賛会の議員になって婦人局設置を提唱したのは、一九四〇（昭和一五）年一〇月のことであった。そして四一年五月、情報局に呼ばれて「軍部がインドまでをも征服してアジア人全体を統制していく」と聞いて以来、彼女は軍部が意図していた大東亜共栄圏につよい危機感を抱き、「人種的偏見や、皮膚の色が黒い、黄色い、白い、等」によらない人間の平等観を最後まで説き続けたのだった。

戦後七〇年続いた平和国家日本が破壊されつつある現在、わたしたちはこの現実と正面から向き合わなければならない。

編集中に、新しい資料をいくつか見出すことができた。グラビアに入れた告別式の写真は、美世子の死後六〇年目にあたる昨年の命日の前日に、真鶴の家の戸棚から見つかった。正面から撮った二枚のうち、成城学園の札のあるほうを使うことにした。成城学園高校時代の友人・大村新一郎さんが五月に送ってくださった「雑話室　八輯」（成城学園時報部戦後同人會々報、一九九五年十二月）の「会員消息」欄には、「死

亡　高三高良美世子さんは、三月卒業を前にして急逝されました。大変な勉強家であり、研究会の中心であった彼女の急逝は深くおしまれています」と記されていた。

また二〇一一年に死去した長姉・高良真木の遺品からは、わたしには初見の、美世子の死を真木に伝える家族の手紙が見出された。

出版については多くの方々のお世話になった。「雑話室　八輯」と「成城學園時報」の当時の号をすべてコピーして送ってくださった大村さん、追悼文「高良美世子　永遠の友」と六〇年後の高良美世子への追伸を書いてくださった高階（石井）菖子さん、写真や翻訳のことで助力してくださった小松峰年さんとわたしの娘・竹内美穂子夫妻、原稿をすべて読み、内容とタイトルに最もふさわしい高良真木の絵を選んで望み通りの美しい装幀とレイアウトをしてくださった松岡夏樹さん、そしてこの本の原稿に、現代の母と娘の関係につながる普遍的なテーマを見出して、すべてを具体化してくださった自然食通信社の横山豊子さんとスタッフの方々の皆様に、心からお礼を申し上げたい。

拒食症を病んだ美世子の本が自然食通信社から出るというのも、何かのご縁かもしれない。

期せずして三姉妹の力を結集してできたこの本が、高良美世子が生きた「一個の叙事詩」として、生を愛した彼女の「誕生を待つ生命」の誕生につながることを願っている。

二〇一六年三月三〇日

誕生を待つ生命——母と娘の愛と相克

2016年6月15日　初版第1刷発行

著者　高良美世子
編著者　高良留美子
発行者　横山豊子

発行所　有限会社自然食通信社
〒113-0033 東京都文京区本郷2-12-9-202
電話　03-3816-3857／FAX　03-3816-3879
http://www.amarans.net
E-mail：info@amarans.net

装画　高良真木
装幀　松岡夏樹
編集協力　山木美恵子
組版　かぷり工房
印刷　吉原印刷株式会社
製本　株式会社越後堂製本

ISBN978-4-916110-75-6